Fantoches e outros contos

2005
CENTENÁRIO DE

Erico
Verissimo

Erico Verissimo

Fantoches
e outros contos

Ilustrações
Rodrigo Andrade

Prefácio
Moacyr Scliar

1ª *reimpressão*

COMPANHIA DAS LETRAS

IX Prefácio — O Erico contista

FANTOCHES

7 Os três magos
19 A aquarela chinesa
27 A dama da noite sem fim
41 Como um raio de sol
55 Um dia a sombra desceu
67 Chico
81 Criaturas versus criador
99 Malazarte
115 O cavalheiro de negra memória
129 Faustino
139 Quase 1830
151 Pigmalião
161 Uma história da vaquinha Vitória
171 Tragédia numa caixa de brinquedos
181 Nanquinote
183 Gênesis
193 A fuga
201 A volta

OUTROS CONTOS

214 As mãos de meu filho
221 O navio das sombras
226 Os devaneios do general
233 Esquilos de outono
250 Sonata
267 A ponte

322 Crônica literária
325 Crônica biográfica
328 Biografia de Erico Verissimo

Prefácio

O ERICO CONTISTA

Esta reedição de *Fantoches* é mais do que a recuperação de uma parte importante, e em geral pouco conhecida, da obra do grande escritor. É um verdadeiro evento literário, que proporciona ao leitor um encontro tríplice: com o jovem contista que dava seus primeiros passos na literatura; com o contista maduro e seguro de seu ofício, cujas histórias compõem a segunda parte do volume, e finalmente com o escritor que, no auge da carreira, olha seus trabalhos iniciais e comenta-os em notas manuscritas (ilustradas com desenhos: Erico pensava desenhando, coisa que Luis Fernando herdou dele, assim como o talento literário). Algo insólito, para dizer o mínimo, e, como logo veremos, profundamente instrutivo — um notável e muito raro exercício de autocrítica, que diverte e emociona o leitor.

Fantoches foi o primeiro livro de Erico Verissimo. Nascido em Cruz Alta (RS), em 1905 — seu centenário de nascimento foi, ainda recentemente, evocado e celebrado em todo o Brasil —, Erico era descendente, tanto pelo lado paterno como pelo materno, de estancieiros tradicionais. Ou seja: sua origem está ligada à própria história do Rio Grande do Sul, região conquistada a ferro e fogo aos espanhóis e que depois, dividida entre os senhores da guerra, deu origem ao latifúndio gaúcho. No pampa, aquela planura vasta e ondulada que se estende por Rio Grande do Sul, Uruguai e Argentina, surgiu a primeira riqueza da região, o gado, criado livre no campo. No final do século XIX e começo do século XX, a exportação da carne era uma importante fonte de rendimentos: a Argentina era a quinta economia mundial. Mas, como freqüentemente sucede com as *commodities*, a atividade entrou em crise. O pai de Erico, Sebastião Verissimo da Fonseca, era um conhecido perdulário. Resultado: a fortuna da família se evaporou. Os pais se separaram em 1922 e Erico foi morar na casa da avó, com a mãe. Não pôde completar os estudos iniciados em Cruz Alta e que deveriam culminar com a entrada na Faculdade de Medicina (aliás, a vocação médica de Erico aparece repetidamente em sua obra, na qual são numerosos os personagens e temas médicos; *Olhai os lírios do campo* é um dos exemplos, mas não o único). Erico teve de ajudar no sustento da família, trabalhando como balconista no armazém do tio, o primeiro de seus vários empregos (foi também sócio de uma farmácia, que faliu).

Enquanto isso, lia e escrevia. Lia muito. Autores brasileiros: Coelho Neto, Aluísio de Azevedo, Joaquim Manoel de Macedo, Euclides da Cunha, Monteiro Lobato, Oswald de Andrade e Mário de Andrade. E também Walter Scott, Tolstói, Eça de Queiroz, Émile Zola, Dostoiévski, Oscar Wilde, Bernard Shaw (cuja influência aparece no conto "Pigmalião", de *Fantoches*), Anatole France, Nietzsche, Omar Khayyam, Ibsen, Verhaeren e Rabindranath Tagore. Um leitor eclético, portanto, que no entanto não fugia às preferências de sua geração, para quem os escritores franceses eram grandes guias literários. E não só lia, também traduzia, sobretudo do inglês e do francês; mais tarde, muitas obras de autores estrangeiros seriam publicadas pela Globo com tradução de Erico.

Ele tinha tudo para se tornar escritor. Em primeiro lugar, a poderosa vocação de narrador — modestamente, intitulava-se um "contador de histórias". Só que Erico tinha a capacidade mágica de transformar narrativa em arte. Para essa vocação, contribuíram a vida atribulada, as copiosas leituras e o cenário. Literatura é parte importante na tradição cultural do Rio Grande do Sul, cuja tradição inclui os "causos", as histórias que os gaúchos contavam quando, após a lida no campo, reuniam-se para o churrasco e o chimarrão. A essas histórias juntavam-se as narrativas dos imigrantes; em muitos grupos, o apego ao livro (à Bíblia, pelo menos) era um traço característico. Vivendo em Cruz Alta, praticamente no meio do estado, Erico vivenciava essas correntes culturais. Veio para a capital mais tarde. A Porto Alegre dos anos 30 era uma cidade pequena, provinciana, em que abundavam os pruridos moralistas (os livros de Erico foram proibidos em alguns colégios por serem "imorais"). A vida literária dependia das rodinhas de chope mencionadas pelo autor. Ele freqüentava a do bar Antonello, na rua da Praia (como ainda hoje é conhecida a rua dos Andradas, artéria central da cidade), onde estavam as lojas elegantes, se fazia o *footing* e ficava a Livraria do Globo e a Editora Globo, na qual Erico começou a trabalhar em 1930 e que publicou toda a sua obra. A roda de chope que o escritor freqüentava incluía Augusto Meyer, Theodemiro Tostes e Athos Damasceno Ferreira, entre outros intelectuais. Erico se classificava como "um conviva chatíssimo: não falava, não fumava... e não bebia". O fato de morar em Porto Alegre fez com que ele, a princípio, se enquadrasse na categoria dos escritores urbanos: é a classe média da cidade que Erico retrata em obras como *Caminhos cruzados*.

Fantoches foi lançado em 1932. Já tinha publicado alguns contos em revistas. Em suas palavras: "Eu escrevia e publicava esparsamente desde 1929. Por quê? Necessitaria de escrever um ensaio enorme para responder a esse por quê. Talvez possa dizer, numa resposta incompleta, que me sentia inclinado à literatura — desejo de comunicar-me com os meus semelhantes e comigo mesmo; ânsia de sair do anonimato, da mediocridade duma vida de cidade pequena; necessidade de emular os escritores famosos que eu lia, pois sempre gostei muito de ler. E é natural que, aos dezoito ou vinte anos, todo o homem tenha o desejo de ver seu nome ligado a algum empreendimento, a algum feito. No meu caso esse desejo era o de ver o meu nome na capa de um livro". *Fantoches* vendeu cerca de 400 exemplares; outros 1100 foram destruídos num incêndio do depósito da Globo ("Casual, juro!", diz o autor). Assim, a edição ao menos não resultou em prejuízo e, segundo Erico, "encorajou-o" a oferecer à Globo a novela *Clarissa* (1933).

O livro é de "pouca ou nenhuma importância literária", diz Erico no prefácio à edição fac-similar que comemorou os quarenta anos de lançamento de sua primeira obra. De novo, temos uma evidência de sua modéstia. Claro, trata-se do livro de um principiante, com todos os defeitos de um livro de principiante, mesmo que depois esse principiante tenha se tornado um grande escritor. Mas, ao mesmo tempo, *Fantoches* já revela as qualidades que apareceriam na maturidade do escritor.

Diz ele que o livro "não tem unidade". Pode ser; isso costuma ocorrer (aliás, na maioria das vezes) com livros de contos. Mas as histórias têm traços em comum. Como é freqüente nos escritores em início de carreira, há a pretensão à universalidade, pretensão de abordar, não raro de forma pomposa e grandiloqüente ("Sangue do meu sangue!", brada um personagem), os grandes temas da condição: a paixão, o ódio, a submissão a um Destino (sempre com D maiúsculo) implacável. Não há cenários definidos, nem do ponto de vista de lugar, nem do ponto de vista da História. Em "Os três magos", o cenário é apresentado como uma praça deserta. "Onde?", pergunta a anotação de Erico; em que cidade, em que país? Numa nota ao conto "Chico", a mesma indagação: "Onde se passa esta estória? Não sei". Alguns contos têm a forma de pequenas peças teatrais, o que não deixa de ser curioso: teatro foi uma das poucas formas que Erico não tentou. Mas a sua capacidade de construir diálogos vivos, reveladores, já estava presente aqui.

O aspecto mais original desta reedição de *Fantoches* é sem dúvida o diálogo entre Erico já veterano (com 66 anos) e o jovem Erico, autor das histórias. As observações escritas nas margens das páginas, na letra do próprio escritor, são antológicas e constituem não apenas num exercício literário, mas sobretudo uma lição de vida. Às vezes, Erico é severo. Sobre o conto "Como um raio de sol", diz: "Todo este drama é possível. Porém a maneira como foi desenvolvido me parece falsa". Outras vezes é bem-humorado, irônico. Dirigindo-se a um personagem, adverte: "João, você já disse isto. Não é preciso repetir". A propósito de um personagem que brada "Homem não chora", comenta: "Gaúcho macho". O conto "Chico" o faz suspirar: "Se um dia houver um concurso de lugares-comuns acho que vou me inscrever nele com este conto".

Erico também analisa a gênese das histórias. "Os três magos": "Na roda literária que eu freqüentava, a pieguice era considerada um pecado mortal contra o bom gosto. Neste 'ato de circo' procuro equilibrar-me num fio de ironia, evitando — nem sempre com sucesso — cair na rede do sentimentalismo". Sobre "A aquarela chinesa": "Esta era a imagem do chim que me ficara na memória inconsciente, como resultado do filme seriado *Os mistérios de Nova York*, em que quase todos os bandidos eram chineses". Não deixa de notar as incorreções, as impropriedades. A propósito da frase: "Os três homens se submergem", pergunta: "Para que o *se?*". "Entra pela vidraça da janela um jorro de luar", escreveu o jovem Erico, e o maduro escritor pergunta aos leitores: "Vocês não acham *jorro* uma palavra forte demais, já que se trata de luar?".

A segunda parte deste volume chama-se *Outros contos*. A diferença é impressionante. O que temos aqui é o escritor em sua maturidade, chegando ao apogeu de seu poder narrativo. As três primeiras histórias o demonstram. "As mãos de meu filho" é uma análise comovente e dilacerante das limitações da paternidade. Ao assistir ao concerto do filho, pianista famoso, um homem evoca seu passado. Bom pai ele não foi; dado à bebida, não conseguia sustentar a pequena família e por isso dependia da mulher, uma santa. Do filho, já crescido, teve de ouvir a frase arrasadora: "Tenho vergonha de ser filho dum bêbedo!". Mas um mérito esse homem tem. Pelo menos um, como conta ao porteiro do teatro: numa noite em que, por causa do frio, tinham colocado o bebê a dormir junto com o casal, sentiu nas costas as mãozinhas do menino e ficou a noite inteira acordado, com medo de involuntariamente machucá-lo. As mãos do pianista devem-lhe algo e isso lhe serve não só de consolo — é uma glória. "O navio das sombras" é uma metáfora sombria sobre a morte. E em "Os devaneios do general" é o gaúcho Erico que, antecipando *O tempo e o vento*, conta a história de um caudilho dos pampas, o general Chicuta, em seu amargo ocaso: está numa cadeira de rodas, o empregado debocha dele (no fundo vingando o pai, morto por ordem do velho), o genro é um bacharel bem-

XIII

comportado e seu passado guerreiro sumiu. Mas então o bisneto pequeno aparece, trazendo na mão uma lagartixa que acabou de degolar, e isso faz renascer a esperança do ancião: "Seu patife! Seu canalha! Degolou a lagartixa? Muito bem. Inimigo não se poupa".

Depois de *Fantoches* e *Clarissa*, a carreira de Erico decola, com reconhecimento do público e da crítica. *Música ao longe* e *Caminhos cruzados* recebem prêmios; o escritor viaja ao Rio de Janeiro, onde conhece Jorge Amado, Murilo Mendes, Augusto Frederico Schmidt, Carlos Drummond de Andrade e José Lins do Rego. Seus leitores crescem exponencialmente e ele diversifica a produção literária, escrevendo livros infantis, ensaios e livros de viagem, como *Gato preto em campo de neve*, relato de sua primeira viagem aos Estados Unidos, em 1941. Na Editora Globo, lança obras importantes de Balzac, Proust, Virginia Woolf, Thomas Mann, John Steinbeck, James Hilton e Katherine Mansfield, várias delas traduzidas por ele. E em 1947 começa a obra que o consagraria, o épico gaúcho *O tempo e o vento* — previsto para ser um livro único, transformou-se numa trilogia com mais de 2 mil páginas, consumindo-lhe quinze anos de trabalho. Tornou-se mais famoso e popular, ganhou mais prêmios: o prêmio Machado de Assis, da Academia Brasileira de Letras, o Jabuti, da Câmara Brasileira do Livro. Morreu em 28 de novembro de 1975. Carlos Drummond de Andrade escreveu então um poema:

> *Falta uma tristeza de menino bom*
> *caminhando entre adultos*
> *na esperança da justiça.*

O "menino bom" foi o que escreveu *Fantoches* e também o mesmo que permaneceu vivo no grande escritor que foi Erico Verissimo.

Moacyr Scliar
Escritor

Fantoches

Fantoches

Hesitei na escolha do título deste livro. BONECOS... CIRCO... TÍTERES... CARROSSEL candidataram-se, mas não foram eleitos.

Erico Verissimo

FANTOCHES

Se eu tivesse uma tendência paranóica, talvez pudesse afirmar que com Fantoches sustentei nos ombros, financeiramente, a Livraria do Globo, como um Atlas moderno. Ora, na verdade imprimiram-se 1.500 exemplares deste livro. Venderam-se uns quatrocentos e poucos... Os restantes ficaram atirados num depósito que foi providencialmente destruído por um incêndio. (Casual, *juro*.) Como os livros estivessem segurados, não houve prejuízo para os editores e o autor ganhou a sua comissão sobre cada exemplar vendido,
isto é, queimado. O desaparecimento do saldo de Fantoches deu-me coragem para oferecer à Globo a novela Clarissa (1933).

Por onde tens andado, meu velho Anatole France? Li e reli o teu Le Jardin d'épicure nos meus tempos de boticário, em Cruz Alta... Mas há quantos anos não nos temos encontrado! Pardon! Pardon! Mea culpa!

ESTE LIVRO, QUE NAO TEM UNIDADE, COMPOE-SE DE UM PUNHADO DE CONTOS BEM DIFERENTES UNS DOS OUTROS, E ESCRITOS EM EPOCAS DIVERSAS. SAO VARIOS E MULTI-FORMES COMO O PROPRIO ESPETACULO DA VIDA. DENTRO DELES FALAM E GESTICULAM FANTOCHES DE TODO O FEITIO: GRAVES E PANDEGOS, SOMBRIOS E LUMINOSOS, AGITADOS E SERENOS. . .

AO PUXAR OS CORDEIS O AUTOR TEVE MUITA VEZ EM MENTE AQUELA OPINIAO DO VELHO ANATOLE FRANCE, SE-GUNDO A QUAL "SI L'ON VEUT NOUS DIRE UNE BELLE HIS-TOIRE, IL FAUT BIEN SORTIR UN PEU DE L'XPERIENCE ET L'USAGE". . .

E. V.

Este último parágrafo poderia servir de epígrafe para o romance INCIDENTE EM ANTARES, que haveria de aparecer 40 anos de-pois de FANTOCHES. Só que a estória dos sete defuntos no coreto não é propriamente "une belle histoire"...

Conto escrito em Porto Alegre em dezembro de 1931. Publicado nesse mesmo mês no _Diário de Notícias_.

Nesse tempo — canhestro primo da roça — eu frequentava à noite a "roda de chope" de Augusto Meyer e Theodemiro Tostes, no Bar Antonello (Rua da Praia). Aug e Theo me toleravam... Eu era um conviva chatíssimo: não falava, não fumava... e não bebia.

Outros membros da "roda", uns efetivos, outros ocasionais:

OS TRES MAGOS

Atho Damasceno Ferreira, fino de corpo e de espírito, mestre do epigrama... Paulo Corrêa Lopes, poeta místico... Às vezes aportava a nossa mesa, remando na sua gôndola, Ennani Fornari, misto de poeta e prosador, espadachim e tenor de opereta... Reynaldo Moura, feito manso, entre irônico e encabulado de estar vivo, amante de símbolos e palavras, e achando que fora da língua e da literatura francesas não havia salvação... Paulo Gouvêa, poeta com talento de ator... Fernando Coruna, escultor e arquiteto que começava

a imprimir sua marca na cidade... João San-
tana, homem de muito saber e muito calar,
íntimo de filósofos gregos — e sempre ausente
em espírito do lugar onde seu corpo se
encontrava. [Por esse tempo Mário Quin-
tana morava ainda na estrela Aldebarã,
companheiro de quarto do Anjo Malaquias.]
Sotero Cosmo, o esquisito desenhista, já havia
levantado vôo para outras paragens. E uma
que outra noite enfávamos com os simpáticos
silêncios do "mano" Guerreiro ou com a presença irreverente do Aluízio Franco.

Nesse tempo em Pôrto Alegre alguns
rapazes sofisticados tomavam cocaína.
Serrano com inclinações espartanas, nunca
tive a menor curiosidade de provar
desse alcalóide. Com relação a entorpecentes, meu único pecado foi o de
ter escrito o conto que segue.

Por que a forma teatral em muitas destas estórias? Não sei. até hoje (escrevo esta nota em 1972) ainda não me senti inclinado para o teatro.

OS TRES MAGOS

E' numa praça deserta. Noite de Natal.
Ao fundo, por entre arvores, casas com janelas iluminadas. Bem na frente, um banco em que está sentado um sujeito triste, de barba crescida, mal vestido.

E Onde?

Estamos então num palco?

1.ª PERSONAGEM — (falando como em sonho) — Quando as estrelas treme-tremiam no ceu claro, o grande milagre aconteceu...

Era de bom inventar um verbos... Meo Tristes inventava o alontanar, que me encantava...

Neste momento entra a 2ª PERSONAGEM. Senta-se tambem no banco em que está a 1.ª. E' um homem fortemente moreno.

2.ª PERSONAGEM — Bôa noite, moço.

1.ª PERS — Então os tres magos subiram ao dorso dos camêlos...

2.ª PERS — Bôa noite...

1.ª PERS — E viram que... — bôa noite! — por entre o pó branco das estrelas...

*Pára bruscamente, como si despertasse.
Ha um silencio curto.*

2.ª PERS — O senhor tem?...

1.ª PERS — Que é?

2.ª PERS — Diga logo: tem?

1.ª PERS — Não entendo... Explique-se.

2.ª PERS — (cochichando) — O pó...

1.ª PERS — Coca?

2.ª PERS — Coca.

1.ª PERS — Está enganado.

2.ª PERS — Então o senhor não é?...

1.ª PERS — Não sou.

2.ª PERS — Desculpe. Pensei... Assim falando sósinho, de noite... "Por entre o pó branco..." Desculpe.

1.ª PERS — Eu falava no pó branco das estrelas, compreende?

2.ª PERS — E a coca não será o pó branco lá dos outros mundos?...

1.ª PERS — Talvez. Mas quem é o senhor?

2.ª PERS — Sou uma cousa muito feia. Os jornais combatem todos os dias.

1.ª PERS — Politico?

2.ª PERS — Não. Tenho uma profissão exquisita. Nunca queira ser o que sou. Não vê que... ora! o senhor sabe... Costumam chamar... ora! pro... proxeneta.

1.ª PERS — E' pena...

2.ª PERS — E o senhor que é?

1.ª PERS — Oh! Não digo, tenho vergonha.

2.ª PERS — Diga logo...

1.ª PERS — Emfim...

2.ª PERS — Vamos, diga...

1.ª PERS — O senhor não vai fazer troça?

2.ª PERS — Não. Pode dizer.

1.ª PERS — Pois eu sou poeta.

2.ª PERS — E' pena...

Entra a 3.ª PERS. E' um preto maltrapilho.

3.ª PERS — Licença?...

Senta-se tambem no mesmo banco. Ha um longo silencio. A's vezes uma das tres personagens suspira. Todas teem o ar acabrunhado.

2.ª PERS — (pra o preto) — O senhor senhor tambem é poeta?

3.ª PERS — Não. Sou ladrão.

Nos meus tempos de moço, nas pequenas comunidades do interior o poeta era uma figura considerada ridícula.

Na roda lite-
rária que eu
freqüentava,
a piegüice era
considerada um
pecado mortal
contra o bom
gosto.
Neste "ato"
de circo "pro-
curo equili-
brar-me num
fio de ironia
evitando—nem
sempre com
sucesso—cair
na rede do
sentimentalismo

Novo silencio.
Vem das casas vizinhas um barulho de festa: risos, retintim de cristais, gritos.

1.ª PERS — Natal...

2.ª PERS — (pra o preto) — Você nunca foi creança?

3.ª PERS — Não me lembro.

2.ª PERS — (pra 1.ª) — E o senhor?

1.ª PERS — Fui. Mas longe, longe...

Outra vez ficam calados por algum tempo. E o silencio é tão inquietante e angustioso e tristonho, que parece que os tres homens que-rem trocar confidencias.

3.ª PERS — Tanta comida lá naquela casa. E eu, com fome... (Espalma a mão sobre o estomago). A semana passada estive na cadeia. Tão bom! Ao menos tinha comida e cama. Inda acabo roubando de novo... — (Pra os interlocutores) — Os senhores teem alguma cousa pr'eu roubar? Lá na esquina está um guarda... (A 1.ª e a 2.ª PERS sorriem com amargor.) Eu quero voltar pra cadeia.

2.ª PERS — Hoje estou triste. Num tempo eu já fui feliz. Era bom. Guri, tinha pai e mãe. Ganhei arvore de Natal... Pulei e cantei. Hoje — malandro e perdido — a unica cousa pura que tenho é a lembrança disso...

1.ª PERS — Tambem eu tenho a minha arvore de Natal, lá longe, longe no passado... Papai Noel, o velhinho barbudo, vinha na pontinha dos pés com o saco de brinquedos... Eu sonhava com os sapatos que estavam debaixo da cama... (Suspira) Tão longe! E esta noite morna, este ceu... Os senhores não vão rir si eu chorar?...

2.ª PERS — Ora...

3.ª PERS — Pois eu rio. <u>Homem não chora</u>. Si o senhor provasse o que eu provei... Não chore que é feio...

1.ª PERS — Obrigado. Isso conforta.

2.ª PERS — Pode chorar. Conte com o meu apoio. Talvez eu chore tambem. Porque esta noite está mexendo com os meus nervos...

1.ª PERS — (bruscamente) — O senhor mentiu. O senhor é poeta. Está disfarçado de proxeneta. Eu sei, eu sinto. Não négue.

2.ª PERS — Juro que lhe disse a verdade.

1.ª PERS — Tem vergonha?...

Uma musica suave alaga o ar tepido. Vem da casa vizinha oude ha crianças e presépes? Ou vem das estrelas?
Os tres homens (se) *submergem num silencio que doi.*

1.ª PERS — Amigos, não podemos perder a noite. Vamos fazer alguma cousa pura...

Bosta, besteira, bestifices — palavras postas em circulação literária 'pelo nosso desejo de democratizar a linguagem escrita.

BURRO!

2.ª PERS — Pura?

1.ª PERS — Sim. Pura. Ao menos hoje. Só hoje.

2.ª PERS — Quê?

1.ª PERS — Vamos brincar de Natal.

3.ª PERS — Isso é besteira...

2.ª PERS — Explique...

1.ª PERS — Os reis magos eram tres. Um era branco. Outro, moreno como bronze. O terceiro, negro como as noites vazias de estrelas.

3.ª PERS — Isso não é fita de cinema?

1.ª PERS — Nós somos os tres reis magos. Eu sou Gaspar. (Pra 2.ª PERS) — Tu és Melquior. (Pra o preto) — E tu, Baltazar...

3.ª PERS — Depois?

1.ª PERS — Vamos procurar o menino Jesus. Ele vai nascer hoje pra redimir o mundo. Então não haverá mais desgraçados. Nem poetas, nem proxenetas, nem ladrões. Tudo ficará puro e contente.

2.ª PERS — Mas será que o encontramos?

1.ª PERS — A estrela grande do Oriente nos guiará. Assim rezam as Escrituras. Que tal? Vamos?

2.ª PERS — Que mal ha nisso, não é?

Aqui me faltou coragem para escrever "encontramos ele". O fantasma de minha professora, D. Margarida Pardelhas, ainda me assombrava...

FANTOCHES

3.ª PERS — Mas a gente continua com fome...

1.ª PERS — Somos os tres magos.

2.ª PERS — Somos os tres magros.

1.ª PERS — Olhem, lá... (Aponta prao alto) — A estrela grande, brilhando... Vai acontecer o misterio do Natal. Vamos, Melquior, vamos, Baltazar. Aceleremos o passo dos nossos camêlos. Vamos levar nossos presentes ao Filho do Homem.

Caminham. Com os olhos na estrela que nenhum realmente vê... Parecem sonambulos. Ou doidos. Mas sorriem

2.º QUADRO

Em outro recanto da mesma praça. Uma mulher pobre está sentada num banco. Tem nos braços uma creança.
Os tres magos entram em scena. Como quem entra num sonho.

GASPAR— (apontando prao banco) — A estrela parou sobre o estabulo. O grande milagre aconteceu. Eis o Filho do Homem...

MELQUIOR — (inconcientemente) — Eis o filho do homem...

BALTAZAR — Vamos ajoelhar.

Ajoelham-se. A mulher recua, assustada. Aperta o filho contra o peito.

A MULHER — Tenham dó de mim.

GASPAR — Nada temas, Maria. Vimos adorar o menino. Nossos camêlos ficaram lá, sob as palmeiras. Somos tres reis poderosos.

A MULHER — Mas...

GASPAR — Vamos, amigos, apresentemos as nossas oferendas.

MELQUIOR — (Tirando do bolso uma cedula de 20$000) — Toma, creança, é tudo o que tenho. A ultima nota: era pra comprar um tiquinho do pó que dá a ilusão. Toma, é tua... (A mulher segura o dinheiro e sorri).

A MULHER — Como o senhor é bom...

GASPAR — Eu te dou isto. Cinco mil réis. E' o preço do meu ultimo poema. E' teu. (Apresenta uma cedula, que a MULHER apanha, deslumbrada).

A MULHER — Nem sei como agradecer.

GASPAR — (prao preto) — Agora tu, nobre etiope.

BALTAZAR (gaguejando) — Eu... eu... não tenho nada pra dar. (Fica com a cabeça baixa, os olhos pregados no chão, como que vergado sob o peso duma vergonha muito grande.)

GASPAR (com voz estrangulada) — Nós todos te trazemos tambem a nossa grande tristeza. (Soluça). Tu não devias ter nascido.

Vais sofrer. Teu sacrificio será inutil. Os homens não compreenderão... (Chora).

MELQUIOR — Que é isso, Gaspar?...

GASPAR (em delirio) — Não, Jesus, não! Não te sacrifiques pela humanidade. Ela é ingrata. Sempre haverá desgraçados. O teu sofrimento será vão. Continuará a existir o odio, a dôr. Haverá sempre poetas, proxenetas e ladrões: (Grita) Não! Não! Eu tenho pena de ti, inocente! Não!

BALTAZAR — Olha o guarda, seu Gaspar...

GASPAR (arrebatado) — Morrerás na cruz, sofrendo e perdoando... Mas a terra não se libertará de sua miseria.

E os homens roubarão... E tomarão o pó branco que dá ilusão... E farão versos... Só pra esquecer que a vida é amarga. Não! Jesus, eu vou te levar comigo, eu vou... Hei de te esconder num lugar puro onde a furia dos homens não te possa descobrir. (Faz menção de agarrar o pequeno. A mãe levanta-se, apavorada, e põe-se a gritar. Baltazar e Melquior tentam acalmar Gaspar, que parece enfurecido. Um guarda surge).

O GUARDA — Está preso.

GASPAR — Bruto! E's centurião de Herodes. Herodes mandou matar todas as creanças, pra poder destruir a vida do Menino Jesus.

Bruto! (Investe contra o guarda, que o subjuga facilmente).

MELQUIOR — Seu guarda, esse homem é bom. Parece que está doente, delirando...

BALTAZAR — Nós estamos brincando de Natal.

O GUARDA — Ele vai explicar tudo na Delegacia. (Sai com Gaspar preso pelo braço. A mulher tambem se retira com o filho. Baltazar e Melquior ficam, melancolicos...)

MELQUIOR — Coitado! O brinquedo acabou mal mas foi bonito. Nunca mais me esquecerei disto...

BALTAZAR — Ao menos um dia na vida eu fui rei... Rei magro... (Saem devagar).

E a praça outra vez fica deserta. Tudo quieto. O ceu parece que vae vergar sob o peso dos astros. E a vida continua. E muita gente passa, e conversa e olha...

Mas ninguem (não) fica sabendo daquele misterio novo da noite de Natal. E bonito como o suave misterio do Natal de verdade. Ha muitos, muitos anos, em Belém...

Esta era a imagem do chim que me ficara na memória inconsciente, como resultado do filme seriado Os Mistérios de Nova Iorque, em que quase todos os bandidos eram chineses.

A AQUARELA CHINESA

P.S. Mais tarde eu viria a conhecer o sinistro Dr. Fu-Manchu das novelas de Sax Rohmer.

Pode parecer que esta minha
Aquarela Chinesa seja um pas-
tidio do antológico *The Mezzotint*,
de Rhodes James, mas devo
esclarecer que só vim a ler
esse conto inglês quinze anos
após a publicação de *Fantoches*.

[nota manuscrita, topo:] Ao tempo em que escrevi este conto, Mao Tse-tung estava já preparando a Longa Marcha. Richard Nixon devia ser fullback do time de futebol da Duke University, e decerto preparou-se também para a sua longa marcha até à Casa Branca e, eventualmente, a Pequim...

A AQUARELA CHINESA

[nota manuscrita, margem:] Vocês não acham 'jorro' uma palavra forte demais, já que se trata de luar?

Revolvo-me na cama, inquieto. Passeio o olhar insone na meia-luz do quarto. Entra pela vidraça da janela um jorro de luar. Brilham moveis e cristais.

Uma vaga inquietude me empolga. Fecho os olhos. Quero fazer parar o pensamento. Tento aprisionar o sôno. Em vão... Passam os minutos.

Levanto-me. Abro a janela. O vento frio da noite entra numa golfada pra dentro do quarto. Olho: a cidade adormecida, combustores de luz amarelada e tremula como tantos outros olhos sem sôno; o ceu gelado, muito azul, com um brilho de estrelas que mal se percebe.

Fecho a janela. Acendo a luz. Sento-me numa poltrona e fico olhando pra aquarela chinesa que está pregada á parede, na minha frente. Que encanto misterioso ha nesta téla? Que magia, que sortilégio sutil a envolve? Não sei... mas sempre que os meus olhos caem sobre o cromo ficam parados, facinados, mergulhados na combinação suave e exquisita de côres e linhas.

A chinesinha vestida de amarelo, com cabelos lustrosos e negros, olhos rasgados, está debruçada tristemente a um balcão florido. Longe, o mar, as montanhas, o ceu — tudo azulado pela loniura. Debaixo do balcão, um joven chim. Tem os braços estendidos pra o alto, como quem suplica. A moça está abstraída, olhando não sei pra onde... Ha velas sobre o mar. Flores pelos caminhos. Mas o encanto do quadro não está sómente na menina chinesa, nem no jovem que implora, nem na paizagem suave... O encanto está na historia delicada que o autor desconhecido procurou fixar naquele momento grave, numa sintese magica.

Fico a olhar, a olhar... Torno a apagar a luz. Uma faixa de luar passa sobre o quadro, que toma um tom novo e estranho. Tudo a meu redor se esfuma. Algo de grandioso vai acontecer. Tenho a intuição de que vou penetrar o misterio deliciosamente inquietante da aquarela chinesa.

Já não estou mais no meu quarto. Parece que a noite morreu... Ha sol. O cromo tem agora proporções vastas: Vejo, com um tom real, as montanhas do fundo, ouço o ruido do mar, sinto o perfume das flores... As figurinhas do quadro se agitam, ganham vida.

O chinês ainda está com os braços levantados. Ouço-lhe a voz nervosa:

— Liu! Liu! Então não me vês?

A chinesinha continua com os olhos e o pensamento voltados pra distancia...

—Liu! Liu!
Liu olha pra baixo. Um sorriso triste. Um gesto vago.
— Tu? Pobre Ling...
Tem uma voz de porcelana, tão lisa, tão bonita.
— Liu! Todo o dia, toda a noite ando rondando a tua casa. Porque foges de mim?
Wang-Fu foi pra outras terras... (A voz do joven tem um acento doloroso.) Wang-Fu já não se lembra mais de Liu...
— E que importa? Liu gosta dele...
Ha um silencio. O chinês deixa cair os braços. Liu torna a mergulhar a alma no horizonte do mar.

O POBRE LING...

Mergulhar a alma no horizonte do mar... mas como?

Eu tenho a intuição de toda a historia. Ling ama Liu. Liu ama Wang-Fu. Wang-Fu é marinheiro. Um dia se foi pra terras estranhas e nunca mais voltou. A pobre chinesinha vive no seu balcão florido a olhar o mar, a buscar no longe das aguas, perto do ceu, alguma vela branca... Quem sabe? <u>As flores da cerejeira morrem no inverno mas na primavéra tornam a reflorir.</u> Quem sabe? Um dia Wang-Fu pode regressar. Trará de volta o coração de Liu. E Liu ficará contente outra vez. E haverá no balcão florido cantos de alegria, musica de alaúdes.

Descobri mais tarde que as flores de cerejeira nunca duram mais de duas semanas...

Mas, e o misero Ling, que vive a chorar noite e dia, dia e noite, ao redor da casa da chinesinha nostalgica? Que será de Ling? O sol e a lua teem pena dele, porque sempre o encontram naquela mesma postura de quem suplíca...

Agora Ling fala:
— Liu! Olha pra mim...
Mas Liu está com os olhos voltados pras aguas. Vela que branqueja? Asa de gaivota? Reflexo de sol? Wang-Fu que volta?
— Liu! — soluça Ling.
Mas a chinesinha vestida de amarelo está tão distante, tão alontanada...
Ling faz um gesto de desespero. Tira do cinto a adaga recurva. Vejo a lamina reluzir no ar cheio de sol e cair depois, rapida, sobre o peito do desgraçado chim. Long rola...
Liu nem dá por isso... Tem agora os olhos ainda mais tristes.
Nem asa de gaivota. Nem reflexo de sol. Nem vela que branqueja. Ilusão, só ilusão... Wang-Fu não voltará, nunca mais, nunca mais...

* * *

Um raio de sol me fustiga o rosto.
Acordo. Abro os olhos.
Na minha frente — a aquarela chinesa. Levanto-me, dou alguns passos, aproximo-me do quadro. Realmente um sonho?
A chinesinha está lá, debruçada ao balcão florido, olhando o mar, o ceu, as montanhas perdidas na lonjura... E Ling? Não o vejo...
Vou á janela. A cidade chameja ao sol, na manhã côr de mel. Respiro com força.
Torno a olhar a aquarela estranha... E Ling?

Chamo o meu creado. Faço-lhe perguntas a respeito do quadro. Ele me garante:

— O senhor está equivocado. Nunca vi ali o chinesinho de braços levantados. Só a chinesinha tristonha, olhando pra o mar... Palavra de honra: nunca vi o outro.

E' exquisito. Seria capaz de jurar que vi o namorado infeliz sob o balcão da sua amada...

E pra dar uma satisfação a mim mesmo — concluo:

— O meu creado não tem imaginação. Está claro que não poderia ver o que eu vi. Ling morreu com a adaga cravada no peito...

Evidentemente nunca tive creado em toda a minha vida...

Lembrete: Vejam como o sexo explícito está ausente deste conto e da maioria dos outros que formam este volume.

O fantasma de Henrik Ibsen de quando em quando atravessa este draminha... Que outras influências sofria eu naquela época? A de Edgar Allan Poe? A de Villiers de L'Isle-Adam?

Henrik Ibsen esteve comigo quando, na minha botica de Cruz Alta, entre 1926 e 1930, eu vendia comprimidos de aspirina, papéis de calomelanos, Elixir de Nogueira, etc. Seu quero esse grande dramaturgo norueguês foi em parte responsável pela falência de Farmácia Central, de Erico Verissimo & Cia.

Neste meu dramalhão, o caçador das montanhas, Silvano, lembra um pouco o velho Ekdal, de O PATO SELVAGEM.

Note-se que o autor continua a não situar geograficamente as suas estórias e a não deixar clara a nacionalidade de suas personagens. Neste conto, como ao anterior, o Brasil está ausente. Como explicar isso? Para o menino que lia Julio Verne só podia haver romance e pitoresco em terras alheias, nunca na sua própria querência. Aventura era sinônimo de viagem.

Concebe-se um Marco Polo nascido em Cruz Alta?...Ou uma Viagem ao Centro da Terra que tenha começado num buraco de nosso quintal?

A DAMA
DA
NOITE SEM FIM

PERSONAGENS

MARIO.

LUIZ — seu irmão.

PEDRO — amigo de ambos.

SILVANO — velho caçador das montanhas.

A ação se passa na cabana de SILVANO, nas montanhas. Sala tôsca. Porta ao fundo. Janelas á direita e á esquerda. No centro, uma mesa; sobre a mesa, um lampeão e livros. Bancos.

Pedro está sentado á janela, olhando pra fóra. Luiz, sentado á mesa, tem sob os olhos um livro, que lê com atenção.

Silvano gesticula desordenadamente.

SILVANO — Não deviam ter vindo... Ha nestas montanhas qualquer mistério grande que ninguem sabe...

(Ri) Ha-ha-ha! Isto é hospicio? quem foi

30 — ERICO VERISSIMO

que disse? A casa do velho Silvano virou sanatorio. Bôa!...

PEDRO (sem dar **atenção**) — Pobre Mario! (Olha pra fóra). **Tem** o aspéto dum homem que está á beira do precipicio... Qualquer hora vem o desequilibrio e a quéda...

SILVANO — Não é o primeiro que cai no perau brabo.

PEDRO —(com sorriso triste) — Meu velho, não é desse perau que falo... E' de outro. Mais fundo, mais escuro...

SILVANO — Quem foi que disse que eu não conheço o outro? Hum! Tenho visto cousas aqui nestas alturas...

LUIZ (levantando-se) — E' a ultima experiencia, o medico disse... Si o clima das montanhas não lhe fizer bem... adeus! E' melhor esperar o fim com paciencia.

SILVANO — Não deviam ter vindo. E' o que eu digo. Ha nestas montanhas qualquer mistério grande... (Cala-se bruscamente. Dá uma gargalhada). Ha-ha! Pra que falar, velho caduco, pra quê?

Começa a cantarolar uma canção horrenda, gutural, funebre. Sai lentamente pela porta do fundo.

LUIZ — Este velho me irrita. E' brutal. Deviamos ter buscado hospitalidade noutra casa.

Escrevendo "perau brabo" eu pagava o meu tributo á linguagem gauchesca, numa tentativa de me redimir do pecado de fugir tanto aos temas literários regionalistas.

É possível que, representada por bons atores, esta mi-ni-peça fica[sse] menos ridícula do lida que ~~escuta~~... Quién sabe!

PEDRO — Calma, Luiz. Ele está embriagado.

LUIZ — Os meus nervos não suportam. Um inferno! A doença do Mario me faz sofrer... (Com voz surda). E o peór é que eu... eu... tambem ás vezes... nem sei... mas parece...

PEDRO — Que ha homem?

LUIZ — Oh!... eu... (Nervosamente). Nada... Qual! Tolices...

PEDRO — Coragem. Hão de vir dias melhores.

LUIZ — (aproximando-se da janela)—Lá está ele. Parado, imovel. Parece de pedra. Que será que enxerga? Coitado... Agora está sereno. Mas ás vezes tem crises fortes, fica furioso. Frequentemente perde por completo a memoria de todas as cousas. Depois vai se lembrando aos poucos...

PEDRO — Geralmente parece a creatura mais normal deste mundo... E' singular.

LUIZ — E' a (tara) Pedro, a sina da nossa raça... (Suspira). Mais tarde ou mais cedo... to... (Hesita. Gagueja)... todos caem.

PEDRO — Vocês são uns visionarios. Precisam de combater essa imaginação doentia. Ora, não ha de ser como dizes...

Outro livro que li com entusiasmo, ao tempo em que escrevi esta "peça": LE CONFLIT, de Le Dantec

Torci por Ariel contra Caliban em DRAMES PHILOSOPHIQUES, de Renan, e concluí que não podia haver atitude mental mais sábia que a de Próspero, que ria da Comédia Humana...

TODOS CAEM...

LUIZ — (soturnamente) — Eu sinto, Pedro, eu sinto. E' horrivel...

PEDRO — (com um sorriso forçado) — Sabes? Amanhã vamos dar uma batida nos arredores. Dizem que ha bôa caça por aqui. Levaremos as nossas armas. Quero ver si sabes atirar decentemente...

LUIZ — (como si o não ouvisse) — Sim... todos caem... todos. Pois não é mesmo? Porque havemos de constituir execepção, eu e o Mario? Todos cairam, avós, pais, filhos... Todos... um por um... (Começa a andar nervosamente dum lado pra outro). E' fatal... Um por um... um por um... todos...

PEDRO (dissimulando) — O velho Silvano é caçador experimentado. Mas nós havemos de lhe levar vantagem, pois não é mesmo, Luiz?

LUIZ — E onde deixamos o Mario?

PEDRO — Vai comnosco. Não iremos mui longe. Voltamos antes da noite.

LUIZ (como quem se recorda de alguma cousa.) Noite? Pois sim.

Noite. (Fica repetindo a palavra, como si lhe quizesse penetrar mais fundamente o sentido.) Noite... noite... (Um clarão lhe incendeia a face) Sim! Noite! (Pega a mão de Pedro.) Pedro! Tu sabes? A nossa casa era grande, fria e triste como um tumulo. Num corredor fundo e escuro havia um quadro... (Mudando

FANTOCHES 33

de tom.) Mas é uma tolice... Pra que contar?...

PEDRO — Que é isto? Domina-te, rapaz.
Assim vais mal.

> *Luiz senta-se pesadamente, esconde o ros-
> to nas mãos espalmadas. Em seguida levanta-
> se, mais sereno.*

LUIZ (caminhando pra Pedro) — Não é
nada, amigo. A doença do Mario me perturba.
E ás vezes eu sinto uma nuvem... uma nuvem
que me tolda a razão. Mas passa logo, passa.
Nós vamos caçar? Pois havemos de mostrar a
esse velho idiota como é que se atira...

> *Entra Mario. Mansamente. Tem a apa-
> rencia dum homem normal. Para á soleira da
> porta.*

MARIO — Bôa tarde.

PEDRO e LUIZ — Bôa tarde.

> *Mario aproxima-se de Luiz. Pega-lhe da
> mão com brandura.*

MARIO — Luiz, eu estive olhando o ceu, as
montanhas e pensando... pensando em cousas
exquisitas... Tu não te lembras? (Faz um
gesto vago.) Na nossa casa... ha muito, muito
tempo... Hein? Não te lembras?

LUIZ — ?

MARGINAL HANDWRITTEN NOTES

Barulho não me soa bem neste contexto; que pretende por dramático...

Como se vê. O entusiasmo do autor pelos poentes colorido é antigo...

Encantavam-me as estórias sobre quadros ou, melhor, sobre retratos de pessoas. Eu lera DAPHNE ADEANE, de Maurice Baring e — óbvio! — O Retrato de Dorian Gray, de Oscar Wilde. Vinte anos mais tarde eu haveria de escrever um romance intitulado

O Retrato. Segundo tomo da trilogia O TEMPO E O VENTO

MARIO — Naquele corredor escuro quando a gente caminhava os passos tinham um barulho que dava medo. Parecia um tumulo...

LUIZ — Sim... sim...

MARIO — Eu me lembro... Uma figura, um quadro...

LUIZ (com brilho inquietador nos olhos.) Um quadro...

MARIO — Contavam que tinha sido pintado por um louco...

PEDRO (interrompendo-os) — Por favor, rapazes, deixem disso.

LUIZ (sem atende-lo) — Uma mulher vestida de preto... com um veu escondendo o rosto... Não era?

MARIO — Sim... Uma mulher...

PEDRO (olhando através da janela.) Vejam que maravilha. O sol vai afundando atrás das córdilheiras. Como o ceu tem cores bonitas! Venham ver...

LUIZ — Tu tinhas medo, Mario, não tinhas?

MARIO — Diziam que o quadro trazia desgraça... que era um mistério terrivel...

LUIZ — A mulher de preto estava eréta, rigida, mãos muito brancas...

FANTOCHES 35

MARIO — Decerto eram frias...

LUIZ (como si acordasse de repente.) Ora, Mario. Vamos falar em outras cousas. Vem olhar o sol.

Caminha pra janela e fica olhando o crepusculo.

MARIO — Ninguem sabia o que havia por trás do veu preto. No fundo da figura, só escuridão... E uma noite... uma noite... eu era creança... vi no meu quarto um vulto. Era a mulher de preto, eu juro... Gritei. Mamãe apareceu e disse que eu era um menino muito bôbo. Mas papai ficou sério e achou que eu tinha visto mesmo...

PEDRO — Mario, porque não vais deitar? Deves estar fatigado.

MARIO — Luiz, por amor de Deus, dize-me como se chamava aquele quadro.

LUIZ (irritado) Mario, eu te peço, não fales mais nisto, não fales mais nisto!

MARIO — Eu sei... Chamava-se.. a mulher... não!... a dama... a dama do... da... ora!...

LUIZ (nervoso) "A DAMA DA NOITE SEM FIM" Pronto! Estás contente?

MARIO (com um riso demente) — A dama da noite sem fim! (Caminha pra Luiz e agarra-lhe ambos os braços) Conta o resto, conta!

PEDRO (separando-os) — Que é isto? Vocês parecem creanças...

A noite desce.
Ha luar Ouve-se a cantiga funebre do velho caçador, fóra.

LUIZ (irritado) — Pois eu conto. Uma noite o nosso pai acordou gritando, dizendo que a dama da noite sem fim tinha aparecido na escuridão do quarto.

MARIO — Conta, mano, conta...

LUIZ (delirando) — Ela falava com voz gelada: "Vim buscar-te. Os outros já foram. Porque demoras tanto?"

MARIO (transfigurado) — Como é lindo... Conta mais, Luiz...

Pedro faz um gesto de desespero e sai pra fóra.

LUIZ (num desabafo) — No dia seguinte o nosso pai foi encontrado morto ao pé do quadro da dama da noite sem fim.
Na mão, um punhal brilhando...

MARIO — E o rosto dele, morto, estava horrivel, Luiz, estava?

LUIZ — Estava lindo. Parecia adormecido. Até sorria...

MARIO — Decerto todos os nossos antepassados tambem sorriram assim, não é?

FANTOCHES 37

LUIZ — Todos vamos sorrir esse mesmo sorriso. (Raivosamente.) Eu! Tu tambem. Tu! A dama negra nos vem buscar, ouviste? A nós dois, não podemos fugir...

MARIO — Sim... eu sinto.

> *Luiz tem como que um momenta de lucidez. Sua espressão fisionomica se transforma, recuperando a serenidade. Abraça Mario e começa a chorar perdidamente.*

LUIZ — Não, Mario, meu irmão, nós precisamos fugir... Somos moços. Temos de nos livrar da predestinação, da tara...

> *Ouve-se, vindo de fóra a voz de Pedro: "Luiz, venha ver a luz da lua que vai subir!" Luiz sai. Mario caminha até a janela. Olha pra fóra. Silvano entra.*

SILVANO — Bôa noite.

MARIO — Bôa noite.

> *Volta-se. Põe o indicador sobre os labios, pedindo silencio. Chama Silvano com um aceno. O velho se aproxima.*

MARIO (apontando pra fóra.) Quem é aquela mulher ali?...

SILVANO — Onde, homem?

MARIO — (em surdina) Ssst! Fale baixo. Ali... Ali... De preto.

SILVANO — Não vejo ninguem. A noite de tão clara parece dia. Vejo a estrada branqueando. Vejo a boca do perau, a sombra das arvores, mas não enxergo mulher nenhuma...

MARIO — Ali bem pertinho... Está me chamando... Está acenando! Que será que quer comigo? (Silvano sai) — Eu vou..

> *Salta pela janela, rapido.*
> *Passam-se alguns segundos. A sala está sombria. Ouvem-se gritos, fóra. Pedro e Luiz entram correndo.*

LUIZ — (á janela) — Mario! Mario!

PEDRO — Mario! Para! Ele corre... o perau... Horror! (Tapa os olhos. Luiz dá um grito. Ficam ambos estarrecidos, imoveis, aniquilados.)

SILVANO (entrando) — Doido! Se foi. Não tive tempo de agarrar ele. Eu sabia... Eu sabia... Não deviam ter vindo.

> *Pedro deixa-se cair sobre uma cadeira. A fisionomia de Luiz tem uma expressão terrivel de pavor.*

LUIZ — Pedro, eu tenho medo, tenho medo...

PEDRO — Coragem. Era fatal...

LUIZ — (tremendo.) Mas foi ela... foi ela...

Ajoelha-se aos pés de Pedro e encosta a cabeça ao peito do amigo, como uma criança assustada.

PEDRO — Serena, rapaz, serena.

LUIZ — Pedro, eu não estou louco?... Estou?

PEDRO — Certo que não estás...

LUIZ — Então tu tens de acreditar em mim... (Voz sumida) Eu vi... eu vi...

PEDRO — Quem?

LUIZ — A mulher de preto... A dama da noite sem fim... Ela ia na frente de Mario... Ia chamando... ia arrastando... Eu vi... A lua clareava tudo... Juro que vi... Foi ela que puxou o meu irmão prao perau... foi ela...

PEDRO — Insensato! Não ha mulher nenhuma nas montanhas. Não é mesmo, Silvano?

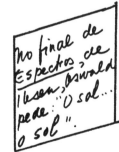

O caçador dá de ombros. Ha um silencio curto e cheio de angustia.

LUIZ — Luz! Luz! Tenho medo... Tão escuro... E se a noite não tem mais fim? Luz! por amor de Deus! Luz!

PEDRO — Acenda o lampeão, Silvano.

SILVANO (sereno) — Amanhã vamos ver o cadaver.... Deve estar em pedaços... (Risca um fosforo.) Eu bem dizia... Não deviam ter vindo... (O fosforo se apaga. O velho acende outro.) Ha um mistério muito grande... Os antigos contam que ás vezes na calada da noite Ela anda perdida, vagando pelas montanhas...

LUIZ — Ela? Ela?

SILVANO — Sim, porque essa mulher de preto, certo, é a propria...

Pedro (interrompendo-o bruscamente.) Ssst!

Leva o indicador aos labios. SILVANO cala-se.

E a palavra terrivel que o caçador não chegou a pronunciar fica ressoando como um agouro na sala sombria.

NOTA: ESTAS BAILARINAS NADA TÊM A VER COM A PRESENTE HISTÓRIA. (OU ESTÓRIA, COMO QUEREM OUTROS.)

COMO UM RAIO DE SOL

Outra perigosa excursão pelos caminhos do sentimentalismo. O momento mais perigoso deste sketch é aquele em que surge em cena a Filha cega. Relendo-o agora, ouço música de violinos soluçantes... e coro. Concluo, porém, que a gente não deve envergonhar-se dos pecadilhos da mocidade... nem imaginar que a idade madura ou mesmo a velhice nos tenha livrado deles para sempre...

> *No Rio Grande do Sul, varanda é a sala de jantar. Pelo menos era...*

COMO
UM RAIO DE SOL

O PAI — (60 anos).

A FILHA (24 anos).

O HOMEM TRISTE (36 anos).

> *E' numa larga varanda. Grandes janelas ao fundo. Uma porta á direita e outra á esquerda.*
> *Pequena mesa ao centro, com cadeiras de vime ao redor. Sobre a mesa, um livro.*
> *Cromos pelas paredes.*
> *Manhã de sol.*
> *Através das janelas — por onde a luz entra a jorros — veem-se as arvores do jardim e um pedaço rutilo de céu azul.*
> *Batem á porta da esquerda, primeiro levemente, depois com mais força.*
> *Entra o PAI. E' um velho de fisionomia simpática.*
> *Caminha pra porta; abre-a de vagar.*

O HOMEM TRISTE (de fóra) — Dá licença?

O PAI — Tenha a bondade de entrar.

> *Aos 26 anos eu achava que um homem de 36 era já quase um velho... Quando cheguei aos 40, transferi a velhice para os 50... Quando completei meio século, decretei que a velhice só começava mesmo aos 60. Hoje, com 66 "na cacunda", prefiro não tocar no assunto.*

> *Meu irmão observou que chove pouco em minhas estórias.*

Handwritten margin note (top): O Autor também é um sujeito tímido

Handwritten margin note (left, top): Este homem triste parece-se um pouco com Ama- ro, que aparece- ria dois anos mais tarde em CLARISSA

Handwritten margin note (left, middle): Quando escrevi este cnto. eu narrava numa pensão (familiar!) em Porto Alegre

Handwritten margin note (left, bottom): O moço se vai aos poucos li- bertando de sua professora.

ERICO VERISSIMO

Entra o HOMEM TRISTE.
Está vestido com modestia.
Parece uma creatura timida.
Olha pra todos os lados, como que embara-
çado. O PAI com um gesto mostra-lhe a
cadeira ao pé da mesa.

Sente-se. A quem tenho o prazer de falar?

O HOMEM TRISTE (sentando-se) — Obrigado. Eu móro aqui na pensão ao lado.

O PAI — Perfeitamente. Estou ás suas ordens.

O HOMEM TRISTE — Eu lhe suplico que não se zangue...

O velho sorri sem compreender.
O rapaz fala com dificuldade, comovido.

Eu tomo a liberdade... (Muda bruscamente de tom.) — A moça que todas tardinhas apa- rece ali na janela que da prao jardim, é sua filha?

O PAI — Sim, é minha filha. Que é que ha?

Silencio prolongado. O HOMEM TRIS-
TE se agita na cadeira, enleado.
O velho observa-o com serenidade.

O HOMEM — Senhor, não leve a mal... E' uma ousadia de minha parte... Não se zan- gue, sim?

O PAI — Vá falando sem preocupação. Eu não me zango nunca.

FANTOCHES

O HOMEM — Ha poucas semanas que estou morando na casa vizinha, onde aluguei um quarto. Sou professor de matematica. Um homem... assim diferente dos outros... Nunca tive na minha vida... nunca tive... Eu me refiro a mulheres, — o senhor me entende?

O PAI — Perfeitamente. Continue.

O HOMEM — Tudo que vou contar é ridiculo, muito ridiculo... Eu vejo... Mas, como dizia, sou uma creatura que nunca amou. Estou maduro: ando beirando os quarenta. Passei toda a minha mocidade absorvido pelos livros. A matematica é a minha unica paixão. Era... Hoje, o senhor vai vêr, eu tenho outra paixão, maior, muito maior... Isto não e mesmo muito ridiculo?

O PAI — Qual! Já tive a sua idade...

O HOMEM — Obrigado.

> *Pausa. Tira do bolso um lenço com o qual enxuga o rosto perolado de suor.*

Veja como estou comovido. E' uma vergonha...

O PAI — Fique calmo. Faz de conta que está falando com o seu pai... Vamos!

O HOMEM — Pois uma tarde do meu quarto olhei pra sua casa... E vi, debruçada á janela que dá prao jardim, uma moça... Que lin-

O escritor plástico, visual aqui se revela

Poeta = Ridículo. Ainda a cidade pequena.

da! Uma roseira subia até a janela, circundando-a. E a moça parecia uma santa no nicho coroado de rosas vermelhas...

Vê como até estou ficando poeta? Oh! Isto é dum ridiculo atrós...

O PAI — E' naturalissimo tudo quanto o senhor sente...

O HOMEM — Muitas tardes seguidas eu continuei a ver a janela florida com a moça bonita olhando o jardim... Mas seria que ela olhava o jardim? Oh Eu nem ouso...

O HOMEM cala-se de repente. O outro sacode a cabeça com ar triste.

Mas... emfim: tudo começou a mudar na minha vida. Senti algo estranho dentro de mim. E o dia em que não enxergava a sua filha eu não era feliz... E' que eu já estava irremediavelmente apaixonado... O senhor vai dizer que sou um insolente, não é mesmo?

Pausa.
Embaraçado, o rapaz começa a folhear á tôa o livro que se acha sobre a mesa.

Antes, a minha vida, o meu mundo, era aquele quarto sombrio onde eu morava com os meus numeros, as minhas equações, binomios... o diabo! Sonhava com problemas intrincadissimos em que os algarismos dansavam loucamente.

Muita vez em pesadelo me apareceu a quarta dimensão, como um fantasma...

O PAI — (sorrindo) — E depois?

O moço demora o olhar sobre a capa do livro.
Lê o título a meia voz.

O HOMEM — "COMO UM RAIO DE SOL". Romance. (Elevando a voz). O senhor me desculpe, mas a sua filha entrou na minha vida como um raio de sol... Veja o titulo deste livro... E' uma coincidencia: bem como um raio de sol...

O PAI (tristemente) — Como um raio de sol...

O HOMEM — Assim é que, resumindo: eu... eu... amo a sua filha...

O PAI — (sereno) — E acredita que ela o ama tambem?

O HOMEM — Oh!, meu caro senhor! Eu não ouso afirmar...
Mas... sim... realmente, sou um homem triste, feio, sem encantos de especie alguma... Mas todas as tardes na janela florida a sua filha... Por favor, não me olhe com essa cara tão triste, sim?

O PAI — Fale, meu amigo, fale...

O HOMEM — A sua filha me olhava muito, muito, fixamente... A principio me pareceu que ela olhava pra nada, estava como que sonhando... Depois — todas as tardes aquilo se repetiu — fiquei acreditando que... que os olhos dela estavam voltados pra mim... Que mal ha nisso, não é mesmo?

> *Cala-se, ofegante.*
> *Torna a enxugar o suor que lhe roreja a*
> *pele do rosto.*
> *O velho esfrega as mãos tranquilamente.*

O PAI — E agora, que deseja?

O HOMEM — Agora eu lhe venho pedir permissão pra me aproximar da sua filha...

O PAI — Meu caro, eu não o conheço. Sei apenas que é meu vizinho... Mas, mesmo que o conhecesse não permitiria...

O HOMEM — (interrompendo-o). Não permitiria?

O PAI — Não.

> *O HOMEM TRISTE baixa os olhos e*
> *fica calado. O outro continua a falar com voz*
> *pausada.*

Olhe, eu tenho idade pra ser seu pai. Ouça o que lhe vou dizer. Não procure saber quem é minha filha, nem si ela realmente o ama.

O HOMEM — Vou perder o meu raio de sol?

O PAI — Ela só poderia trazer mais sombra pra sua vida.

O HOMEM — Não diga!...

O PAI — Estou fazendo o possivel pra evitar que o senhor tenha uma desilusão maior. Mas eu lhe juro que minha filha não o póde amar, — compreende?

O HOMEM — Eu vim tão contente... Não entrei cantando porque seria uma falta de respeito. Mas quando atravessei o jardim tive a impressão de que penetrava no castelo encantado da felicidade...

> *Ha um longo silencio. Cantam passaros no jardim. Ouvem-se, vindos de longe, pregões diversos.*
> *O velho caminha prao interlocutor e põe-lhe paternalmente a mão no ombro.*

O PAI — Escute: eu simpatiso com a sua pessôa. Não lhe desejo nenhum mal. Mas é melhor que volte pra sua casa e não pense mais na minha filha.

O HOMEM — Então?...

O PAI — Espere... Faz de conta que ela é a felicidade. E a felicidade, meu amigo, não passa duma mulher bonita que nos mira, debruçada a uma janela florida... Entre nós e ela ha sempre um muro. Mas nunca, nunca devemos saltar esse muro. Porque a felicidade só é bonita, só nos dá alegria de longe... Si todos os homens compreendessem isto não haveria tanta tristeza no mundo...

O HOMEM — Nunca mais posso ver a sua filha, então?

O PAI — Fique tranquilo. Quer fazer uma promessa? E' pra seu bem.

O HOMEM — Uma promessa? Pra meu bem? (Pensa.) Quero.

O PAI — Pois prometa que nunca falará de minha filha a ninguem, nunca procurará saber quem ela é...

O HOMEM — Oh! Mas isso...

O PAI — Prometa. E' pra seu bem. Garanto-lhe que assim será mais feliz. Volte prao seu quarto, pra os seus numeros, pra os seus livros. E todas as tardes venha olhar a minha filha, lá de longe, do outro lado do muro... Dou-lhe licença...

O HOMEM — Posso olhar sempre o meu raio de sol?

O PAI — Perfeitamente. (Com brandura). Vá. Vá e não me fique querendo mal.

Apertam-se as mãos. Encaminham-se lentamente pra porta, que o velho abre devagar.

O moço se volta, passeia o olhar pelo compartimento, depois encara o outro.

O HOMEM — E o senhor não fica zangado por tudo quanto eu disse?

O PAI — Não. E o senhor vai cumprir o que prometeu?

O HOMEM — Vou.

O PAI — Adeus.

O HOMEM — Adeus.

Sai.
O velho fecha a porta.
Depois vai á janela e fica longo tempo olhando pra fóra.
Pela porta da direita entra a FILHA. Vem de cabeça erguida, olhos muito abertos e parados. Tem os braços estendidos, tateantes.
O PAI, vendo-a, caminha pra ela e toma-lhe das mãos.

O PAI — Filha!

A FILHA — Papai.

O PAI — Como estás?

A FILHA — Bem. A manhã está bonita?

O PAI — Maravilhosa.

A FILHA — Eu sinto...

O PAI — Queres que eu continue a leitura do nosso romance?

A FILHA — Sim.

O velho fa-la sentar-se.
Pega do livro e manuseia-o.
A moça fica imovel na sua cadeira, com as
mãos enlaçadas caidas sobre as coxas. Seus
olhos, muito abertos, teem uma fixidez enorme.

O PAI — Em que ponto ficamos?

A FILHA — (sem fazer um gesto)—Quando o principe encontrou a pastorinha no jardim do castelo...

O PAI — Bem.

Folheia rapidamente o volume.
Depois começa a lêr com lentidão.

O PAI — "O principe Edevaldo tomou das mãos alvas da pastorinha e lhe disse com voz doce como mel: "E's a minha vida. Não te trocaria por nenhuma princesa da terra. Eis-me aqui a teus pés, principe mas escravo..."

A FILHA (interrompendo a leitura) — Pai! Como devia ser bonito o principe... Pai! Como deve ser lindo o amor!

O PAI (continuando a ler) — "Os labios dos jovens se uniram num beijo puro e apaixonado. Por fim o principe, como que embriagado de felicidade, exclamou. "Minha vida era escura e triste Tu surgiste como um raio de sol, como um raio de sol!"

Aqui uma nuvem de tristeza ensombra o
rosto da moça.

FANTOCHES

A FILHA — (com voz sumida) Pai!

O PAI — Filha!

A MOÇA — Como um raio de sol... Oh!
pai! Si eu pudesse vêr a vida, si eu pudesse vêr
a minha casa, o meu jardim, as minhas rosas.
Pai! Si eu pudesse te vêr! Si eu pudesse vêr o
sol, pai! O sol! O sol!

Deixa cair a cabeça sobre o ombro do ve-
lho e desata a soluçar baixinho.
Longe, na rua, um garoto passa cantando
uma canção alegre. Cantam tambem passaros
no jardim.
Os vidros da janela, as paredes da sala, os
moveis, os cabelos da moça — tudo rebrilha na
luz dourada da manhã.

Outra vez
o sol!

Idem

P.S. Eu acho que o Homem
Triste poderia ser feliz se
casasse com a moça.
Cega. Elle lhe poderia atribuir
todos os predicados fisicos dos
heróis dos romances que o Pai
costumava ler para ela.
Mas agora é tarde! E o
violino poderia gemer de novo...
se os violinistas estivessem acordados.

Outra tragédia ibseniana.

UM DIA A SOMBRA DESCEU

Estou a pra pensando
que o assunto deste
conto não é de todo
mau. Bem trabalhado
talvez desse uma novela,
um romance ou uma
peça de teatro...

UM DIA

A

SOMBRA DESCEU

FIGURAS

JOÃO.
PAULO.
O MÉDICO.

Sala discretamente mobiliada. Uma porta ao fundo; outra á esquerda. Janela á direita. No primeiro plano, junto á parede da esquerda, <u>uma lareira acesa</u>.
E' inverno. Noite. Pela janela entra o luar. A luz da sala está apagada.
João, sentado numa poltrona, tem o rosto escondido nas mãos espalmadas. Paulo passeia impacientemente dum lado pra outro; olha o relogio com frequencia.
<u>O fogo da lareira, avivando-se de quando em quando, põe nas pessoas e nas cousas um fantastico tom avermelhado</u>. Dansam sombras nas paredes. Ha um silencio longo.

JOÃO — Pobre Maria! Tem sofrido muito!

PAULO — (detendo-se na frente do outro) — Ela bem merecia outra sorte.

[nota manuscrita:] no Rio Grande do Sul, no inverno, faz frio de verdade. Desde menino desejei ter uma lareira em casa. Só veria esse desejo realizado em 1941.

Para o leitor de Le Dantec, o destino "funcionava" muito. E o leitor de Omar Khayyam achava que tudo estava escrito: os homens, tanto os sábios como os idiotas, não passaram de fantoches.

Sempre o problema da hereditariedade!

JOÃO — Dizes bem. Merecia... Mas que queres? <u>Ninguem póde com o destino.</u> Tudo está escrito. (Levanta-se bruscamente, segura Paulo fortemente pelos ombros.) Paulo, tu não pódes compreender, tu não pódes compreender!

PAULO — João, si um dia a tua mulher...

Cala-se de repente, como si se tivesse arrependido do que começára a dizer.

JOÃO — Que é?

PAULO — Nada! Já me ia sair uma tolice... (Sorri um sorriso forçado).

JOÃO — (sentando-se novamente) — Eu daria a vida pra que esta hora não chegasse.

(Olha longamente a porta do fundo, que se acha fechada). Lá dentro... Quem sabe quanto estará sofrendo?... (Passa a mão pelos cabelos.) Nunca, nunca devia ter chegado esta hora... O doutor disse que não tivesse cuidado... Mas, Paulo, tu me entendes, não é mesmo? Nunca devia ter acontecido isto... <u>Um filho! Um filho meu... Meu! com este sangue sórdido com esta carne doente...</u>

PAULO — Bem, amigo, sosséga.

JOÃO — Mas eu preciso desabafar.

PAULO — Vamos, homem, deixa disso!

JOÃO — (com voz soturna). Um dia a sombra desceu... A sombra... Senti que tu-

FANTOCHES

do escurecia. Todas as cousas perdiam a significação. Os homens não eram mais homens, as casas não eram mais casas... Tudo esfumado, tudo confuso... As idéas no meu cerebro se baralhavam... (Com voz arrastada). Perdi a razão... Paulo, ha um fáto que eu nunca contei a ninguem. Eu me lembro... foi ha muitos anos.

PAULO — Porque não vais descançar um pouco? Estás agitado... Isso passa lógo.

JOÃO — Uma doença horrivel consumia meu pai. Ninguem podia atinar com a origem da molestia. Uma noite — como eu me lembro! — o velho me chamou, fitou em mim os olhos que lhe saltavam das orbitas... e me disse — tu sabes o que ele me disse? — me disse: "Meu filho, a sombra... a sombra..." E não falou mais. Levaram-no no outro dia prao hospicio...

PAULO — Não fantasies. Essa historia nada tem que ver com teu caso, fica certo disso.

JOÃO — Depois que a sombra desceu levaram-me pra aquela casa grande, de muros altos... Lá, homens palidos como fantasmas, passavam gesticulando, falando com ninguem... Uns riam... Outros choravam... Até que um dia —tudo já estava mais claro — trouxeram-me outra vez pra casa...

PAULO — Porque não abandonas essas recordações tristes?

ERICO VERISSIMO

JOÃO — Voltei. Pobre Maria! Como sofreu! Eu sentia que minha mulher vivia a chorar ocultamente...

PAULO — Maria é uma creatura extraordinaria.

JOÃO — O tempo passou. Todos os velhos amigos fugiram desta casa. Só ficou um. Tu, Paulo, tu! (Com efusão exagerada.) Obrigado! obrigado!

PAULO — Ora, homem, que tolice!

JOÃO — Mas um dia a sombra tornou a descer... Era a tara da minha raça, a herança da familia... A sombra desceu. Tudo ficou escuro... A razão me fugiu... E me levaram mais uma vez prao hospicio.

Depois... Pra que estou repetir fátos que conheces?

> *Cala-se bruscamente. Passa a mão pelo rosto.*
>
> *Paulo, visivelmente nervoso, começa a caminhar pela sala. Olha com frequencia pra porta do fundo, que continua fechada.*

JOÃO — (Com voz cava.) Paulo!

PAULO (voltando-se bruscamente.) Que é lá?

JOÃO — Não sei... E' estranho. Mas eu sinto que a sombra vai descer outra vez. Vem vindo... não tarda.

FANTOCHES   61

PAULO — Não, amigo, tem calma, ela não virá... Estás bem...

JOÃO — Pai... pai... eu... um filho... Meu! (Ri nervosamente.) Meu filho, deste sangue, desta carne! Uma creaturinha que vai carregar sem culpa a minha miséria. Será talvez um idiota... E amanhã, quando começar a amar a vida, a sombra — estás ouvindo, Paulo? — a sombra tambem descerá sobre ele. E meu filho ha de sofrer o que estou sofrendo. Será um pobre louco de quem todos fugirão. O meu filho!

PAULO — Cala-te, homem! Não deves falar assim.

Ha um silencio pesado. Depois, num pincho subito, João se levanta. Tem no rosto uma expressão inquietadora. Segura nervosamente o amigo pela gola do casaco.

JOÃO — Paulo, és meu amigo?

PAULO — Tu sabes.

JOÃO — De verdade?

PAULO — De verdade.

JOÃO — Eu estava pensando... pensando...

PAULO — Em qué?

JOÃO — Olha... O meu filho vai nascer... talvez já tenha nascido... (Olha pra

ERICO VERISSIMO

Todo este drama é possível. Porém a maneira como foi desenvolvido me parece falsa.

porta do fundo.) Mas essa creaturinha não póde não deve viver...

(Numa exaltação). Eu não quero que ela viva, compreendes? Não quero!

PAULO — Que dizes, João?

JOÃO — Sangue do meu sangue... Só eu sei o que tenho sofrido. E' horrivel. A sombra um dia desce... e tudo se acaba...

PAULO — (comovido) João! João!

JOÃO — Psst! (Põe o indicador sobre os labios, pedindo silencio.) Não contes nada! Não disseste que eras meu amigo? Pois eu vou confessar tudo... Ha muito venho pensando nisto. E' uma idéa fixa... fixa... fixa... Todo o dia, toda a noite... sempre pensando...

PAULO — Por Deus, conta logo!

JOÃO — Eu vou matar o meu filho...

PAULO — (exaltado) — Louco!

JOÃO — (sereno) — Dizes bem... Ele será louco um dia, si viver.

PAULO — E' um crime, tu não pódes fazer isso, não pódes!

JOÃO — Um dia a sombra desce...

PAULO — Não! Não!

JOÃO— Eu tenho de mata-lo, de mata-lo por amor dele mesmo.... Sangue deste san-

FANTOCHES

gue, carne desta carne... Vai carregar a minha
herança tenebrosa... Lá na cidade branca das
estatuas imoveis ha uma paz sem fim... O
vento ás vezes uiva nos ciprestes... Mas nada,
nada mais quebra o silencio da cidade branca...

PAULO — Sosséga, homem!

JOÃO — Lá na casa grande de muros altos
os homens passam como fantasmas, gesticulando, falando com ninguem... São horriveis. Têm
um aspecto que dá medo... Não! meu filho
não póde ir pra lá... Eu vou manda-lo pra cidade branca das estatuas imoveis... Lá, só o
barulho do vento nos ciprestes... Paulo, ele
vai ser feliz assim!...

> *Ergue-se bruscamente.*
> *Dá dois passos incertos, fica olhando pra*
> *os lados, indeciso.*

PAULO — Ouve: tu não tens direito de tirar a vida a essa creatura.

JOÃO — Sangue do meu sangue!...

PAULO — Nunca... (Raivosamente.)
Porque ele é meu filho, — compreendes? — meu!
ouviste?

JOÃO — Mentira!

PAULO — Meu! Sangue do meu sangue,
carne da minha carne!

JOÃO — Mentira!

João, você já disse isto. não é preciso repetir.

Estava escrito... Um romancista como este teria de escrever um dia INCIDENTE EM ANTARES.

Outra vez pião...!?

Até tu, Paulo?

PAULO — Meu filho!

JOÃO — Mentira!

PAULO — (num delirio.) Tu estavas no hospicio. Eu vinha sempre a tua casa. Maria precisava duma pessoa amiga pra lhe dar conforto. Estava cansada da tua miseria... Em acessos de loucura muita vez bateste nela... Maria não podia amar-te mais... Eu vinha aqui muitas, muitas vezes... Ela é moça, nós somos moços... havia nesta casa muita sombra, qualquer cousa de funèbre e terrivel... Maria precisava de sol! E nós nos amamos — entendes? — nós nos amamos. Essa criança que vai nascer é sangue do meu sangue. E' meu filho!

JOÃO (com voz sumida) Mentira!

Fica estatelado sobre a poltrona. Sua face é uma mascara inexpressiva. Tem os olhos pregados fixadamente num ponto indefinivel.

PAULO, palidissimo, fica mirando João longamente.

A porta do fundo se abre de repente. Aparece o MEDICO. Está de avental branco. Tem no rosto uma expressão de desgosto

PAULO — (voltando-se bruscamente prao recemvindo) — Doutor! Maria?

O MEDICO — Bem.

PAULO — A creança

FANTOCHES

O MEDICO — (sacudindo a cabeça) Morta...

> *O MEDICO sai pela porta da esquerda.
> PAULO fica com os olhos pregados no chão.
> JOÃO levanta-se vagarosamente. Esten-
> de o braço na direção do outro e começa a rir
> perdidamente.*

JOÃO (num tremor convulsivo) — Olha o
teu filho... ha-ha-ha-ha! Morto.. Ha-ha-ha-
ha!... o teu filho!... hi-hi-hi-hi! o teu filho!...
hô-hô-hô-hô... a tua carne! ha-ha! o teu sangue! hi-hi-hi-hi!

> *Cai pesadamente sobre a poltrona. E con-
> tinua a rir um riso rouco, longo, continuo, es-
> tertorante, horrível.*

*P.S.- Quarenta anos depois des-
te dramalhão não consegui ainda
descobrir de quem era o filho...
Uma idéia! Eu entro em cena
intempestivamente e exclamo:
— Sou eu o pai da crian-
ça! Ha-ha-há!*

O FILHO
É MEU!

(Gabola!)

Por iniciativa do jornalista Prado Junior, este conto foi publicado numa revista surgida em Cruz Alta em 1929 (e creio que nesse mesmo ano falecida). O autor era então completamente desconhecido.

Considero este pobre Chico a primeira criatura de carne e osso que apareceu neste livro de títeres.

A estória é em torno do batido tema do menino pobre numa noite de Natal.

CHICO

"Vamos, Chico, começa a trabalhar!"

> Quatorze anos mais tarde — no romance O GESTO E' SILÊNCIO — eu haveria de "inventar" outro vendedor de jornais: Angelírio, mais conhecido como "Sete Méis."

CHICO

> Onde se passa esta estória? Não sei.

Chamava-se Chico. De que? Ele mesmo não sabia...

— Gente pobre não tem nome... — costumava dizer.

Tinha sete anos. De dia vendia jornais, de noite apanhava bordoada do irmão mais velho, o Zico, que vivia embriagado.

A mãe havia muitos anos que estava atirada sobre um colchão velho, paralitica, cadavérica, tendo a todas as horas do dia, diante dos olhos baços e sem expressão, o mesmo quadro de miseria e desalento: as paredes sordidas do quarto, donde pendiam molambos, o této carcomido e cheio de teias de aranha, a janela sem batentes, eternamente escancarada, mostrando uma nesga de ceu em que nas noites claras se vislumbrava, como uma esmola luminósa, a claridade fugidia de estrelas...

O pai — Chico mal se lembrava disto — morrera por um dia triste de inverno, de peste, e se fôra, quasi nú, dentro duma carroça velha que ia fazendo **tóc- tóc-tóc-tóc**..., aos solavancos, pela estrada barrenta e sinuósa que ia dar no cemiterio.

> note-se como o ritmo da prosa aqui está diferente: "esmola luminosa"... "claridade fugidia das estrelas" etc... Principalmente etc...

> Chico e seu drama eram para mim, nesse tempo, apenas um assunto literário, não um sintoma de doenças terríveis de nosso organismo social.

Chico ouvia sempre dizer que havia lá em cima, no céu, um Deus muito bom e muito severo, que não queria que as crianças dissessem nomes feios nem desobedecessem aos mais velhos. Era um homem muito poderoso, que punha empenho em que todas as cousas na terra andassem direitas e bem feitas.

Surgia, então, na cabecinha do garoto um problema intrincado e insoluvel.

Chico via no mundo (mundo era a cidade em que ele, Chico, morava) gente feliz, rica, alegre; crianças que andavam bem vestidas, que tinham brinquedos surpreendentes e que comiam os doces mais saborosos desta vida. Via, ao mesmo tempo, de outro lado, os infelizes, os desprotegidos da fortuna, os que roiam pão duro e andavam a ferir os pés descalços no pedregulho das ruas. E o pequeno não podia compreender a razão de tanta desigualdade de sorte no mundo. Como era que Deus, tão bom e tão justo, consentia em que existissem crianças felizes e protegidas, ao mesmo passo que existiam outras, desgraçadas e sós, que, pra ganhar alguns tostões, — magríssimos tostões —, tinham de andar vendendo jornais pelas ruas, á luz adustiva do sol?...

E Chico não compreendia... Não comprendia e ficava pensando, pensando...

Mas não se detinha por muito tempo em tais cogitações, que adivinhava inuteis. A vida ensinara-o a ser pratico. Bem sabia que com sonhos e lucubrações não ganharia o seu salario.

FANTOCHES 71

Por isso se atirava ao trabalho.
— O'ia o Correio da Manhã! O Correeeeio!
E assim ia vivendo...

*
* *

Chegou o Natal.
Chico tinha uma idéa vaga do que fosse o natal. Sabia que era um dia notavel, em que as creanças ricas ganhavam presentes de um velhinho de barbas longas e brancas, que vinha sempre, todos os anos, com o mesmo barrete grosso de lã e o mesmissimo casacão de peles, — um velhinho corado e sorridente que já vira pintado num cartão postal.
Mas pra ele — coitado do Chico — aquele foi um dia como os outros. A mesma lida, as mesmas canseiras...
Quando a noite chegou, silenciosa e envolvente, o garoto estava em casa, junto da mãe, a olhar com os olhos assustados pra dansa das sombras que a luz tremula de um tôco de vela projetava nas paredes do quarto. E o seu pensamento voava pra longe, pra longe, lá pra cidade onde havia ruido, risos, musica — vida, emfim...
O Natal! Os pinheirinhos enfeitados, as creanças que dansavam de mãos dadas ao redor do velhinho dos brinquedos, os presepes, os bolos claros como espuma, crivados de confeitos multicôres... Todas estas cousas encantadas que Chico vira no Natal passado lhe vinham ago-

ra ao pensamento. E o pequeno sentia uma vontade doida de sair pra fóra e caminhar, correr pra a cidade maravilhosa...

E a tentação foi tão grande que Chico, mal mamãe cerrou as palpebras roxas e machucadas, ganhou a estrada, cauteloso, com o coração aos pulos

Fóra havia um luar de sonho. Vinha da cidade, vago, mal percebido, misterioso, um rumor tão leve e sutil que não se ouvia: — sentia-se apenas... Longe brilhavam luzes, como bandos magicos e imoveis de vagalumes. Andava boiando no ar azulado da noite um perfume leve de hervas silvestres.

Chico respirava forte e sorria. Começava a ficar contente, esquecido quasi da sua desgraça. Já não pensava mais na doença da mãe nem nas pancadas que apanhara do irmão. Porque não havia ele de esquecer todas essas calamidades ao menos naquela noite tão linda? Ora, a vida... Tinha os seus pedacinhos bons... Aquela lua, por exemplo, era uma delicia. Um bolo recheiado que ele comêra, havia duas semanas, graças á bondade de uma senhora rica, era outra delicia... Não, a vida não era tão má como parecia.

E o vendedor de jornais, com as mãos nos bolsos esfarrapados, os olhos no ceu estrelado, ia perlogando a estrada, rumo da cidade. Pensava: — A lua deve ser mulher do sol. Gosto mais do sol do que da lua. Mas a lua é bonita tambem... Que bom que eu fosse rico e que o

Zico não surrasse eu. Aquela sombra lá na lua é S. José e a Virgem Maria com Jesus Cristo no colo... Si eu tivesse dinheiro, comprava uma cuca com marmelada dentro ou ia ao cinema... Mas o Zico tirou o dinheiro que eu tinha... O Zico é semvergonha. Mas mamãe não póde fazer nada porque está na cama panalitica... Panalitica ou vanalitica?... Uma cousa assim... Si mamãe não fosse isso ela pegava o Zico e dava nele...

Deu um suspiro longo. Depois parou por um momento pra escutar a cantiga que vinha duma casa que havia á beira do caminho, perdida entre arvores. Cantavam:

**"Jesus hoje nasceu,
Jesus, filho de Deus..."**

Chico retomou a marcha. Ia fazendo reflexões:

— Nasceu hoje Jesus... Jesus, filho de Deus. Então Jesus é filho de Deus? Ora esta é que eu não sabia...

E caminhava, caminhava... A casa da beira da estrada ia ficando pra trás, e a cantiga, cada vez mais fraca...

"Jesus, filho de Deus..."

Por fim já não se ouvia mais.
Mas Chico foi repetindo mentalmente:
— "Jesus é filho de Deus, filho de Deus, filho de Deus...

*

Nas ruas da cidade havia um ruido desusado. Chico, com os olhinhos faiscando, parava ás janelas das casas, aos portões dos jardins, devorando com o olhar as maravilhas que se lhe deparavam: pinheirinhos fúlgidos, donde se dependuravam os brinquedos mais lindos deste mundo, mesas cheias de doces exquisitos e provocantes...

Longe, sobre o ceu violeta, desenhava-se o perfil das torres da matriz . Os sinos estavam cantando dentro da noite mistica:

"Dlennn-dlonnn, dlennn-dlonnn..."

— Jesus é filho de Deus... — pensou Chico. Filho de Deus! Isso devia ser uma cousa extraordinaria. Filho do homem que governa todas as creaturas, todo o Universo! Ser filho de Deus significava para o garoto ter todos os desejos e caprichos satisfeitos, possuir todos os bens da terra.

E Chico tinha uma vaga lembrança de que já vira Jesus — esse Jesus tão feliz — lá no altar mór da igreja, entre luzes...

E uma idéa surgiu, luminosa, no espirito do pequerrucho. E si ele fosse pedir a Jesus que lhe desse um Natal feliz? Si ele fosse, de joelhos, suplicar a Jesus que lhe fizesse sarar a mãe? Si ele fosse?... Diziam que Jesus era tão bom, tão meigo... Sim, Jesus havia de atender-lhe aos pedidos.

E Chico, deslumbrado, caminhou pra igreja. Entrou, na pontinha dos pés, com o chapéu na mão, timido, respeitoso... Havia áquela hora alguns crentes que oravam. Chico sentou-se a

FANTOCHES

um canto e ficou olhando fixamente prao altar.
Lá, no meio de luzes de todas as côres, risonho,
a mão estendida como quem abençôa, estava Jesus, o filho de Deus... O garoto teve impetos
de gritar, de pedir em altos brados tudo o que
queria. Conteve-se, porem. Olhou pra os lados.
Viu que havia gente que o observava, e achou
prudente esperar que a igreja ficasse vazia. As
horas passaram, numa procissão solêne, lentas,
longas, arrastadas.

Quando o ultimo crente saiu e o sacristão
começou a apagar as luzes, Chico escondeu-se
sob o banco. Depois de alguns minutos ouviu o
ruido duma grande porta que se fechava e a seguir o **tic-ti-tac, tic-ti-tac** das passadas do sacristão, que caminhava pra o fundo da igreja.
Quando tudo ficou em silencio, o garoto deixou
o esconderijo. Havia dentro do templo uma claridade palidamente azul. O luar se esgueirava,
doce e sereno, pelas janelas esguias e ia tecer fi-
ligranas de prata nos ouropeis do altar, que re-
brilhavam. Um raio de lua incidia justamente
sobre a cabeça da imagem de Jesus, clareando-a.

Chico, entre medroso e confiante, aproximou-se do altar. Junto do primeiro degrau, pa-
parou, ajoelhando-se. Juntou as mãos, levantou
os olhos pra imagem e falou:

— Jesus, tu que és filho de Deus, pede pra
o teu papai pra fazê a mãe do Chico ficá sarada;
pra não deixá o Zico surrar eu; pro Chico ganhá
uma roupa nova, com gravata encarnada, brilhando, e uma cuca grande, bem grossa, com

> Se um dia houver um concurso de lugares-comuns acho que vou me inscrever nele com este conto.

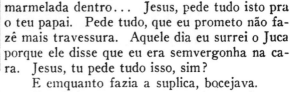

marmelada dentro... Jesus, pede tudo isto pra o teu papai. Pede tudo, que eu prometo não fazê mais travessura. Aquele dia eu surrei o Juca porque ele disse que eu era semvergonha na cara. Jesus, tu pede tudo isso, sim?

E emquanto fazia a suplica, bocejava.

Em dado momento começou a sentir uma zoada nos ouvidos; uma nuvem escureceu-lhe os olhos. Parecia-lhe que a imagem de Jesus estava mais apagada, como que envolvida em fumaça. A escuridão a seu redor fez-se mais profunda. De repente, tudo começou a clarear, a clarear esplendidamente. E Jesus, com a mão estendida, desceu sorrindo do altar e caminhou pra o garoto, tomando-lhe a mão. Chico sentiu que se desprendia do solo, e, guiado por Jesus, começava a subir, a voar. Passaram por uma grande fresta que se abriu na abobada da igreja e remontaram as alturas... Chico levou a mão ao ombro e percebeu que ganhára um par de asas. Era anjo. Sentiu pejo, imaginando-se nú, núsinho como os anjos que estava acostumado a ver em quadros. Olhou pra baixo, desconfiado, e viu-se — que lindo!—vestido com um trajo branco como as nuvens mais puras, e de cuja blusa pendia, rutila e esvoaçante, uma gravata vermelha.

Depois de algum tempo Jesus falou: "Chico, chegamos ao céu".

O céu! O garoto teve um estremecimento. Alongou pra frente os olhinhos ofuscados. Viu uma região vasta, alva e rebrilhante como uma planicie de neve ao sol. Longe, pregado a um mu-

> Pobre gente vergonha e na pejo

> Chico, meu amigo, virar anjo não rima nem é solução!

ro, que era o proprio espaço, havia um cartaz enorme em que se lia, em letras de ouro: Ceu.

"Chico, vamos pra o banquete de Natal"— convidou Jesus.

E o rapazinho viu-se, depois, sentado a uma mesa comprida, ao longo da qual se enfileiravam diversas creanças, nas quais reconheceu os seus companheiros da rua. Lá estava o Juca. o Zéca Burro, o Mané Bôbo, Lulú Vaca, o João Macaco, todos, todos...

Ouvia-se, vinda não se sabia donde, uma musica suavissima.

A uma ordem de Jesus, surgiram anjos que traziam bandejas cheias de doces. Entre os anjos Chico reconheceu aquela senhora bondosa que lhe dera o bolo recheiado:

— Oh! A senhora tambem mora aqui?... Veja só, olhe... — disse com orgulho, apontando pras asas, — agora tambem sou anjo...

Disse iso e atirou-se, voraz, sobre uma enorme cuca que lhe surgira ante os olhos. Comeu formidavelmente. Depois, sentindo que lhe faltavam as forças, deitou a cabeça sobre a mesa, cheio de sono. Começou a dormir profundamente. Passado algum tempo, sentiu que uma mão lhe caia, pesada, sobre o ombro. "Acorda Chico, acorda".

Era uma voz estranha que mais parecia da terra do que do ceu.

E o garoto descerrou as palpebras de mansinho. Viu que o ceu ficára mais escuro e que a mesa do banquete desaparecera com os alegres

convivas. E Chico foi discernindo, em meio de uma nebulosidade inexplicavel, uma figura que gesticulava. Abriu os olhos de vez, espantado.
— Acorda, rapaz, acorda!
Era o sacristão que assim falava, sacudindo-o brutalmente pelos ombros.

Foi com olhos ainda estremunhados que Chico se viu fóra da igreja, na rua, á luz de um novo sol. Com a cabeça dorida e tonta, começou a coordenar idéas. E a realidode voltava, brutal, desalentadora, prosaica. Então aquilo tudo fôra simplesmente um sonho?

Olhou pra o ceu: o sol ia alto. Era tarde. Longe, rapazes anunciavam o jornal da manhã: Coooorreio da Manhã!!

Pra cumulo da infelicidade não acordara a tempo de ir aguardar a distribuição do jornal á porta da redação. O dia estava perdido...

Esfregando os olhos, que ardiam, Chico poz-se a caminhar. Ia pensando tristemente nas pancadas que receberia do Zico quando chegasse a casa.

Sentia uma dor aguda no estomago. Desde a tarde da vespera não se alimentava. Vinha-lhe á mente, com frequencia, uma recordação grata: o banquete, no ceu, com os companheiros, os anjos e as cucas...

Suspirou fundamente. Afinal a vida para ele recomeçava má, hostil, como dantes. Mas não fazia mal... Chico já estava acostumado a todas as desgraças. E depois parecia que a lembrança daquela noite encantada tinha o poder de atenuar todos os sofrimentos e dissabores.

Como quer que fosse sempre valia a pena ter uma noite assim...

E pensando naquele lindo sonho que fôra o seu unico presente de Natal, Chico caminhou pra casa, arrastando pelas calçadas poeirentas os pobres sapatos cambaios que comprára a semana passada num **ferro velho,** por quatrocentos réis...

Não sei por que deixei fora desta coletânea contos (melhores) que este como "QUARTETO SEM SOL", "NOÉ" (farsa bíblica). Ambos, pelo seu tom irreverente e sarcástico, de certo modo se aparentam a INCIDENTE EM ANTARES. que eu viria a escrever cinqüenta, digo, quarenta e um anos mais tarde. Quanto ao espírito macabro deste romance de 1971, ele já se encontra em O PROFESSOR DOS CADÁVERES, escrito em 1929.

Ou menos maus...

EU SOU O HOMEM QUE PASSA.

POR QUE ENTROU SEM PEDIR LICENÇA?

O caricaturista pede desculpas ao leitor pelos erros que cometeu nesta "ilustração." O Herói tem pernas à la Toulouse-Lautrec, e, como a Heroína, está sentado no sofá dum modo um tanto estranho...

CREATURAS VERSUS CREADOR

Eis um bom tema que merece um melhor tratamento. Pode dar uma boa novela ou mesmo uma boa peça de teatro... A estória é de sabor pirandelleano, embora eu só viesse a ler Pirandello vários anos depois de escrever esta farsinha. É um caso de "influência de oitiva"

CREATURAS
VERSUS
CREADOR

PERSONAGENS

A MULHER.
O MARIDO
O HOMEM QUE PASSA.
O AUTOR.

Manhã de sol. Sala de paredes núas e mobiliada com simpleza. Portas á direita e á esquerda. No fundo, ao centro, uma janela escancarada por onde a luz entra a jorros. No meio da sala, um sofá com duas poltronas de couro.

Quando o pano sóbe a MULHER está junto á janela, olhando pra fóra.

CENA I

A MULHER e depois o HOMEM QUE PASSA.

A MULHER (mentalmente) — Que linda manhã! E quanta gente na rua... Oh! Aquele se-

nhor que lá vem... Como está bem trajado! que distinção de maneiras! que elegancia no caminhar!... Corréto. E não é feio, palavra, não é feio... Mas o maroto! Não tira os olhos de mim... Oh! Sorrindo... Desaforado! Nunca vi essa cara... Tira o chapeu, cumprimenta... Bom dia! Quasi se curva até o chão... Insolente! Que será que pensa de mim? Ora... uma senhora honesta, casada apenas ha dois anos... (Debruça-se á janela) Mas... como? Caminha pra porta... Entra... Oh!

A porta da direita se abre bruscamente e dá passagem a um cavalheiro elegantemente vestido. Tem os cabelos escandalosamente untados de brilhantina, bem lambidos, e divididos ao meio por uma risca geometricamente impecavel. Traz o chapeu na mão esquerda; a bengala pende-lhe do mesmo braço; a dextra aperta alvas luvas de pelica.

A MULHER — (timidamente) — Cavalheiro... desculpe... Mas... que deseja?

O HOMEM QUE PASSA — Um momento de prazer.

A MULHER — Não entendo, palavra, não entendo. O senhor decerto está enganado. Eu... eu... Queira retirar-se, sim?

O HOMEM QUE PASSA — (cinicamente) — Eu nunca me engano...

A MULHER — Que quer? Explique-se. Como se chama?

O HOMEM QUE PASSA — Eu sou o Homem que passa.

A MULHER — Porque entrou sem pedir licença? Isto não se faz. Devia ter batido á porta, mandado o seu cartão de visita...

O HOMEM QUE PASSA —(sorrindo) — Eu sou o desejo... E o desejo nunca bate á porta e não costuma mandar cartão de visita...

Isto me parece verdade, mesmo

A MULHER — (tomada de curiosidade) — E' interessante, palavra que é...

(Mostrando a poltrona) — Queira sentar-se. (O HOMEM QUE PASSA obedece. A MULHER toma-lhe o chapeu e a bengala, leva-os ao cabido, volta e senta-se no sofá.)

O HOMEM QUE PASSA — E' um maravilhoso romance para uma manhã de sol. Já viu como está linda a paizagem? Principalmente o ceu. Parece uma taça invertida de porcelana azul transbordando de luz. Ha velas brancas manchando alvamente o mar A vida é uma loucura!

Seria assim o "cabido"?

A MULHER — (interessada) — Lindo, palavra, lindo! O senhor é poeta?

O HOMEM — (cariciosamente) — Minha senhora, sou simplesmente um homem que busca o prazer... (Bruscamente levanta-se da poltrona e atira-se sobre o sofá.)

Ah Dr. Sigmund! um símbolo fálico...

A MULHER — (recuando, assustada) — Oh! Sou uma mulher honesta! E casada, sabe?

O HOMEM — Não quero saber. Pra mim é apenas uma mulher bonita. E, como todas as mulheres bonitas, — uma possibilidade...

A MULHER —Não compreendo, palavra que não compreendo...

O HOMEM — (com ternura) — Quero dizer-lhe baixinho, baixinho, em surdina, um segredo... (Chega os labios aos ouvidos da MULHER e diz-lhe qualquer cousa. Ela baixa os olhos, muito corada.)

A MULHER — (com timidez) — Não. Isso não, nunca...

O HOMEM — E porque? E' um instante de delirio e de prazer. Depois foge. Tudo fica como antes. Sou o HOMEM QUE PASSA. O desejo, o prazer caprichoso de um momento. Nada mudará nem na sua pessoa nem nesta casa. Seu marido não ficará sabendo... Será o sonho duma manhã clara... Então?

A MULHER — Não, é horrivel, palavra, é horrivel...

O HOMEM — Não é horrivel: é delicioso.

A MULHER — Si eu ceder, nunca, nunca mais terei coragem pra olhar de frente o meu marido.

FANTOCHES 87

O HOMEM — Mas, minha senhora, os nossos pontos de vista aqui divergem... Esta historia de fidelidade conjugal... Não sei... Mas, diga-me: acredita que seu marido lhe tenha sido sempre fiel?

A MULHER — Lá isso não... Tenho até as minhas suspeitas e as minhas queixas contra ele.

O HOMEM — Então? Porque hesita?

A MULHER — (tentada) — E si ele entra inesperadamente e nos surpreende?

O HOMEM — (com calma) — Essa historia de entrar o marido inesperadamente e surprender a mulher nos braços do amante é cousa de romance, fantasia deploravel de escritor sem imaginação... Não ha tal na vida.

A MULHER — (sorridente) — O senhor tem argumento pra tudo. O senhor é um demonio...

O HOMEM — A vida é o momento que passa. O prazer é um imperativo irresistivel. (Aproxima-se mais da MULHER e abraça-a delicadamente.)

A MULHER — (deliciada) — O senhor fala bonito como um doutor, palavra. (Leva a mão á cabeça do HOMEM e afaga-lhe os cabelos.) E' irresistivel... Cabelos crespos... O meu marido tem cabelos ondulados. Tambem é mo-

> Dez anos mais tarde, no meu escritório, na Editora Globo ouvi as confidências de uma senhora que estava apaixonada por um homem parecidíssimo fisicamente com seu marido, acontecia, porém, que o estranho lhe dava mais atenção intelectual, pois a encorajava em suas tentativas literárias e musicais.

reno, assim com esses olhos que querem comer a gente. Bem assim... (O HOMEM chega-se ainda mais á MULHER, fa-la deitar a cabeça sobre o seu ombro.) O senhor é tão parecido com o meu marido que chega até a me fazer saudade.

O HOMEM — (brandamente) — Querida!

A MULHER — Foi viajar. Tambem é doutor. Advogado. No principio tambem falava bonito, com cuidado, com palavras estudadas... Mas hoje fala como toda a gente, como eu, como o homem do gelo, como a creada, como...

O HOMEM — (atalhando) — Vamos, venha de lá um beijo, um beijo!

A MULHER — (alçando aos poucos a cabeça) — Mas eu gosto tanto dele. Escreveu ontem dizendo que volta na semana que vem. (Suspira.) Ai! Tanta saudade dele!... Bonito que é. Bem assim como o senhor...

As cabeças de ambos se aproximam, se tocam e os labios se colam num beijo longo.

CENA II

A MULHER, O HOMEM QUE PASSA E O MARIDO

O MARIDO — (Entrando de chofre e relanceando o olhar pela sala.) Ceus! Mas que é isto?

O MARIDO

A MULHER e O HOMEM QUE PASSA, ainda colados um ao outro num beijo interminavel, não dão pela chegada do MARIDO.

O MARIDO — (depois de curta pausa) — Esta cena foi mal jogada. Não deu efeito. Sou um pessimo artista. Vou repetir... (Com entonação teatral.) Maldição! Horror! Adulteros! Morte! (O par amoroso continua imovel.) Qual! Hoje estou infeliz... (Caminha pra os amantes, chega-se para o HOMEM QUE PASSA e desfere-lhe violenta palmada nas costas.)

O HOMEM — (voltando-se rapido) Ui!

A MULHER — (quasi desmaiando) — Cruzes! Meu marido!

O HOMEM — (com calma) — Naturalmente estou perdido.... Perdidissimo.

A MULHER — (pra o MARIDO) — Querido, não te zangues, eu explico... Este senhor... este senhor...

O HOMEM — Eu sou o HOMEM QUE PASSA, o desejo louco e irrefletido dum momento, eu sou...

O MARIDO — (atalhando, brutal) — O senhor é um homem morto. (Tira do bolso um revolver e aponta-o na direção do peito do outro.) Não se conpursca — digo — não se conspurca um lar impunemente! (Preme o gatilho. O revolver faz — pum!)

O eterno triângulo, que nos tempos que correm está se transformando em polígono.

90   ERICO VERISSIMO

O MOMEM — (discretamente) — Aaai! (Leva a mão ao peito e cai, com muita decencia, sem perder a linha.)

A MULHER — Santo Deus! Que horror!

O MARIDO — (diabolico) — Agora tu, esposa infiel!

A MULHER — (de joelhos, desgrenhada) — Perdão, amor, perdão! Pela nossa felicidade, pelos nossos filhinhos que ainda não náceram, pel...

O HOMEM — (interrompendo-a) — Não! (Com voz chorosa) Adeus, tranquilidade! Adeus, serões ao pé da estufa, leitura de romances de amor, beijos de ternura! Adeus rixas de todo o dia! Adeus!

A MULHER — (chorando) — Perdôa! Perdôa!

O MARIDO — (mais calmo) — Não, não perdôo. E' preciso que morras. Pelo menos é de praxe... A tragédia ficaria incompleta sem a morte da adultera. Os jornais não me perdoariam; nem a Sociedade. Tens de morrer...

A MULHER — Mas é uma monstruosidade. Foi só capricho de um momento. A nossa ventura não pode ficar destruida só por isto, só por isto. Pensa bem, querido, pensa bem. Por ter beijado este cavalheiro eu não te quero menos. Nós todos somos umas pobres creaturas...

A's vezes não governamos a vontade. Caminhamos muito tranquilas pela nossa estrada quando chega um mau desejo e — zás! — lá nos vamos aguas abaixo. Tudo se prepara pra nossa quéda.

O MARIDO — (sem vontade) — Vaes morrer apezar de tudo...

A MULHER — (decidida) — Então mata! (Num gesto resoluto mostra-lhe o peito.) Atira!

O MARIDO — (vencido) — Não posso. E' o diabo! Não tenho vocação pra tragedia. E' horrivel. Não. Não posso. (Pequena pausa.) Mas é preciso, não ha outra saida...

A MULHER — (serenamente) — Mas, amor, não temos culpa. (Levanta-se.) Foi Ele quem nos colocou nesta situação. Tudo se preparou de antemão. O drama estava escrito antes que nascessemos. Aí está. Somos como bonécos. Era inevitavel...

O MARIDO — (convencido) — Tens razão, menina, tens... Precisamos olhar a vida por outro prisma. Creio que será melhor. Haverá menos desgraças... Olha que eu não me tinha lembrado disto... (Olhando prao cadaver.) Mas eu me precipitei... matei o sedutor... Que culpa? Era da peça... O AUTOR meteu-me um revolver no bolso e me empurrou pra cena... Que culpa?

A MULHER — Mas quem sabe? Quem sabe si a gente não póde desfazer tudo?

> Nota necessária: Ao tempo em que escreveu esta farsa, o Autor tinha 26 anos e abundante cabeleira, negra como a asa da graúna.

O AUTOR

O MARIDO — (Chegando-se pra o HOMEM QUE PASSA.) — Cavalheiro, queira desculpar. Foi um momento de irreflexão. Agora estou sereno. Retiro a expressão.. quero dizer — o tiro.

O HOMEM QUE PASSA — (Levantando-se com dignidade e concertando o nó da gravata) — Agradecido. Obrigadíssimo. (Curta pausa.) Mas como fica o drama agora? Prejudicado? (Todos se entreolham interrogadoramente.)

A MULHER — (radiante) — Olhem! Uma idéa! Vamos chamar o AUTOR.

O MARIDO — Magnifico! Vamos fazer uma rebelião! O AUTOR!

O HOMEM — (rindo) — As creaturas se revoltam contra o criador. Esplendidíssimo!

TODOS — (a um tempo) — O AUTOR! Que venha o AUTOR!!!

CENA FINAL

TODOS E MAIS O AUTOR

O AUTOR — (entrando calmamente, com ar sereno.) Aqui estou.

O HOMEM QUE PASSA — (solenemente) — Peço a palavra!

FANTOCHES

A MULHER }
O MARIDO } Nada disso, direito ao assunto!

O AUTOR — (autoritario) — Silencio! Tem a palavra este cavalheiro.

O HOMEM — Nós, creaturas, resolvemos nos insubordinar contra o creador. As cousas como estão feitas não nos agradam. E' preciso reformar o enredo do drama. Não podemos expiar uma culpa que não temos e um pecado que não cometemos por nossa vontade livre. Esta senhora é honestissima. Eu sou um cidadão que ama a vida. Aquele senhor não se conforma com a situação de... de... O senhor sabe de quê... Mas como dizia: queremos uma reforma radical. Não toleramos mais esta farça.

O AUTOR — (encolerisado) — Farça, não! Veja como fala! Modifique a linguagem sinão eu lhe casso a palavra.

O MARIDO }
A MULHER } Não póde! Não póde!.

O AUTOR — (soberano) — Calem-se! Voces são todos creaturas minhas. Minhas! Movem-se ao sabor de minha vontade. Sou senhor absoluto do corpo e da alma de vocês...

O HOMEM — Engana-se, Quando eramos apenas idéa imprecisa que buscava expressão, quando moravamos dentro de seu cerebro, vagos e sem força—sim, então nós lhe pertenciamos.

Mas não agora que nos projetamos na vida, definidos.

O MARIDO — Temos já conciencia.

A MULHER — E inconciencia ás vezes...

O HOMEM — Somos de toda a gente. Já nos libertamos da lobrega prisão que eram as paredes do seu craneo. Pulámos pra luz. Agora somos o que o publico e os criticos quizerem...

O AUTOR — Sejam mais claros, digam o que querem.

O MARIDO — Que você modifique o enredo da peça. Assim como está não presta. Não gostamos do dramalhão. Não posso matar minha mulher.

A MULHER — Claro! Fui trazida pra vida sem ter sido consultada. Vim e gostei. Olhei o ceu que parece uma taça de... de... (prao HOMEM) de que?

O HOMEM — (compenetrado) — ...de porcelana azul, transbordando de luz.

A MULHER — Obrigado. Sim... azul de porcelana transbordando de luz. Vi as velas manchadas alvejando brancamente o mar.

O HOMEM — (escandalisado) — Oh! Perdão, minha senhora... E' assim: vi as velas brancas manchando alvamente o mar.

A MULHER — Isso... isso. Vim e gostei. Agora não quero morrer.

FANTOCHES

O AUTOR — (pra mulher) — E' extranho. Eu não te imaginei tão romantica assim. Eras a mulher vulgar. Sem imaginação. Sem poesia. Como estás mudada... Ah! As influencias... sempre as influencias...

O MARIDO — Em que ficamos, senhor AUTOR?

O AUTOR — Mantenho a versão primitiva. Não mudarei siquer uma linha. (Batendo palmas.) Senhores, vamos recomeçar a peça. (Prao HOMEM.) Compenetre-se de suas funções de morto: deite-se ali.

O HOMEM — (arrogante) — Muito obrigado, cavalheiro. Estou resolvido a ficar vivo e mais vivo do que nunca.

A MULHER — (dengosa) — Oh! Senhor AUTOR, seja compassivo, seja bomsinho. (Chega-se pra ele e passa-lhe a mão carinhosamente pelos cabelos.) O senhor vai mudar tudo como queremos, não é?

O AUTOR — (recuando) — Que confiança é esta, minha senhora? Tentando-me? Havia de ser muito bonito que o creador se apaixonasse pela cretura.

O HOMEM — E que mal ha nisso? Não seria a primeira vez... Dizem que houve um certo senhor PIGMALIÃO...

O AUTOR — (severo) — Cale-se! Vamos

[Nota manuscrita:] Isso no futuro aconteceria com outras personagens. Na verdade ninguém conhece ninguém.

[Nota manuscrita:] E' verdade que certas personagens do sexo feminino às vezes tentam seduzir o autor... coisa que, aliás, acontece com mais freqüência do que se imagina.

continuar a tragédia. <u>Sei o que faço e o que fiz está bem feito.</u>

O MARIDO — Pois saiba que não obedeceremos. Resolvemos fazer uma revolta contra a sua onipotencia, ouviu? A peça não póde ter um desfecho fatal. Não queremos. Não gostamos.

A MULHER — Eu não tenho culpa do que aconteceu. Foi a sua fantasia que me conduziu á janela e que me fez pecar.

O HOMEM — Foi o seu capricho que fez que eu passasse por esta casa e visse esta mulher, e entrasse, e...

O MARIDO — (interrompendo) — E foi um safanão seu que me impeliu pra esta sala e fez que eu chegasse bem no "momento fatal", como dizem os romancistas.

O AUTOR — (com gravidade) — <u>Sou onipotente e infalivel.</u> Quando creei esta mulher ficou determinado que ela haveria de prevaricar. Quando imaginei e dei fórma a este cavalheiro reservei-lhe o papel de sedutor pra esta peça. (Mostrando o MARIDO.) E pra este homem, reservei a parte mais triste. Tudo estava determinado.

O MARIDO — Mas agora estamos revoltados e exigimos que você mude tudo. Vamos, decida-se!

O AUTOR — Não. Alterar o drama seria

FANTOCHES

loucura. Uma alteração por leve que fosse estragaria a peça. Haveria pateada.

O MARIDO ⎫
A MULHER ⎬ Não quer mudar? Pois nós
O HOMEM ⎭ mudaremos!

O MARIDO — (Num gesto largo de doido.) — Senhores, grande confusão! Nada de logica! Nada de coerencia! Anarquia geral!

> *Gritam. Pulam. Dão-se as mãos e se põem a rodopiar furiosamente ao redor do AUTOR. Depois de alguns minutos as mãos se desprendem, a roda se rompe e os tres caem ao chão, tontos.*

O MARIDO — (levanta-se) — Vingança! Vinguemo-nos do AUTOR! Não ha mais lei! As creaturas não obedecem mais ao creador! (Para o HOMEM.) Amigo velho, beija esta mulher. (Pra a MULHER.) Querida, beija esse homem. Eu vou caír no mundo. Vi esta manhã uma menina que vale todas as filosofias do universo.

O HOMEM — (interessado) — Olé! Conta-me lá isso depois...

A MULHER — (lançando-se aos braços do HOMEM) — Que lindo romance pra uma manhã de sol!

O MARIDO — Adeus!

Já...—acho.

O AUTOR — (prao marido) — Mas cuidado, homem, cuidado. Cautela com a policia, com as leis, com os costumes... <u>Olha que lá fóra as outras creaturas ainda não se revoltaram contra o creador...</u>

> O MARIDO *faz um gesto de indiferença e sae.*
> O HOMEM *e* A MULHER *abraçam-se furiosamente.*
> O AUTOR <u>*deixa-se cair desanimado sobre uma poltrona.*</u>

O autor na realidade é dado — sempre foi — a súbitos desânimos que, felizmente, são de curta duração. Um certo otimismo irracional pesa mais que o pessimismo num dos pratos de sua balança interior.

Um dia — lá por voltas de 1930 —, quando eu ainda vivia em minha cidade natal, me veio a idéa de escrever a estória duma família gaúcha, flor de nosso patriarcado rural, que aos poucos vai perdendo todos seus bens materiais, ao passo que imigrantes alemães e italianos, chegados alguns anos antes ao município (Jacarecanga) quase em estado de indigência, vão progredindo de tal forma, que acabam proprietários das casas avoengas pertencentes ao citado clã nacional.

Minhas personagens teriam caráter simbólico, e Malazarte encarnaria muitas das qualidades e defeitos do brasileiro de origem lusa, possivelmente com boa dose de sangue de bugre.

Malaiarte seria preguiçoso, inteligente, sentimental, sensual, imprevidente, generoso... e imaginoso a ponto de tornar-se um mitômano.

A novela gorou. O que se segue é um de seus fragmentos, no qual se notam influências variadas, entre as quais a de O estrangeiro, de Plínio Salgado.

Compare-se o estilo deste fragmento com o do conto Chico. Era evidente que o autor buscava outros rumos.

MALAZARTE  *Euclides de Cunha?*

Tão quente, tão crua, a luz do sol — batendo no casario, nos muros caiados, nas arvores, nas pedras — põe tremuras na paizagem.

Malazarte pára, na coruscação. Olha... A cidade, no meio-dia bochornoso, modorra, abombada.

De cada lado da rua, casas chatas, de fachadas nuas, desiguais, desgraciosas.

Parecem — mal alinhadas, feias — soldados de regimento colonial, numa parada ridicula.

Malazarte pensa:

— Jacarecanga é a cidade mais triste do mundo.

E caminha.

O HERÓI

O autor nunca fumou, mas não proíbe que suas personagens fumem...

* * *

Afunda a mão no bolso, procura cigarros. A mão volta vazia: não ha cigarros.

Malazarte entorta a boca num sorriso amargo.

— Sou o homem mais pobre do mundo...

Começa a assobiar uma canção antiga. Uma canção besta mas bôa, que ele ouvia sempre na

NOTA: O AUTOR QUER DEIXAR CLARO QUE EM 1930 o ESTADO DE ISRAEL AINDA NÃO EXISTIA

infancia. Emquanto assobia vai fazendo considerações melancolicas.

— Naquele tempo eu tinha cigarros. E dinheiro. E prestigio...

Os olhos dansam. De cá pra lá. Até que se deteem numa mei'agua pintada de amarelo. Nas paredes ha letreiros. "Loja do Libano" de Salim Maluf.

Malazarte envereda pra loja. Entra. A sala é estreita. Um balcão lustroso. Prateleiras mal cheias. Peças de sêda. Caixões com frutas. Moscas. Cheiro suspeito. E Salim Maluf.

— Bôa tarde, Salim.
— Bôa tarde, sanhur. ← Horrivel!
— Me dá cigarros.
— Qual marca?
— Qualquer.

Salim dá.

— Mil réis.

Malazarte faz um muchôcho.

Salim espéra...

— Ha quanto tempo você está no Brasil, Salim?

— Oito anos.
— Sirio?
— Sirio, sanhur. ← Por que não Loja Sirio-Libanesa?

Malazarte leva um cigarro á boca. Acende-o.

— Mala cheia, dinheiro no banco, progresso... Hein, batuta?
— Quê! — contraria o sirio.
— Está se vendo...

Adjetivo entre em voga 1925 e 1935. Reynaldo mon. gostava muito dele... mas fora do contexto literário. Dizia mas não escrevia.

— Quê! Nagucio ruim. Crise. Imposto. Quê!

Malazarte chupa o cigarro. Solta baforadas de fumo.

— Salim, você conheceu minha gente?

— Conheceu. Sanhur seu papai muito bom, muito rico. Que é que ocê fez dinheiro ele deixou?

Malazarte sorri amargo.

— A sorte... Tudo se foi. Minha familia tinha prestigio. Naquele tempo <u>todo o mundo me tirava o chapeu.</u>

Hoje... me olham com nojo... Está certo.

— Cigarro custa mil réis... — desconversa Salim Maluf.

— Salim, você já viu dia mais abafado que o de hoje?

— Não viu. Ocê paga?

— Salim, você fia?

— Não fia.

Os olhos do bodegueiro rebrilham. Malazarte sorri (malandramente).

— Então tome nota no borrador...

Diz isto e salta pra rua.

— Espera que eu chamo a policia!

Malazarte caminha em passadas largas.

— Espera aí! Paga!

Na esquina volta a cabeça. A' porta da "Loja do Libano" Salim gesticula e grita. Levanta o punho fechado, ameaçando. O seu carão largo, lustroso, peludo, reluz ao sol.

— Semvargunha!

104 ERICO VERISSIMO

* *
*

A sombra das casas começa a manchar a rua. O sol desce.

Malazarte continúa a andar.

Passam transeuntes. Alguns teem um olhar de compaixão quando cumprimentam:

— Bôa tarde, Malazarte!

Malazarte resmunga:

— Bôa tarde!

Frio. Sem reverencia. Sem adulação.

— Morro sêco mas não me entrego. Ninguem quebra o meu penacho.

Automoveis rolam maciamente sobre o chão de paralelepipedos. Levam gente feliz. Mulheres perfumadas, com vestidos de côres vivas, esvoaçando, leves. Mulheres...

De repente uma lembrança alumia o cerebro de Malazarte. O seu amor...

Sim: ele tem tambem um amor.

Não ha quem não tenha na vida.

Até o Salim Maluf...

— Ingrata! Me despreza.

A historia é velha. Ela se chama Clara. Quando a viu pela primeira vez, Malazarte já estava em decadencia. A paixão cresceu rapida. A declaração não tardou. E a decepção tambem. O dialogo foi curto, cortante, decisivo.

— Eu te amo.

— Não seja bôbo!

— Ora, não diga...

— Me deixe!

— Escute...
— Vá embora sinão eu chamo o papai!
Taratachim-bum! Só.
Depois, dias de amargura. Por fim — resignação.
Malazarte vai todas as tardes olhar a casa da amada. Ela mora num bangalô branco, quasi bonito, e que mal aparece entre as arvores folhudas do jardim... Todas as tardes ele fica olhando, olhando, de longe, cara triste, imaginando... Um dia chegou a principiar um verso assim:
Olho tua casinha branca.
perdida entre arvores verdes..
Mas desistiu. Por não achar rima pra "verdes".
Tudo isto agora Malazarte recorda. Seu rosto tem expressão tão melancolica que dá pena.

* * *

Entardece. Um cavalheiro se aproxima de Malazarte. Vem com um sorriso misterioso nos labios.
— Ele sorri pra mim... Bôa cousa não é.
— Bôa tarde, rapaz, como estás?
— Assim-assim...
O outro tem um ar de demonio que se fantasiou de burguês.
— Então, já sabe?
— Não sei de nada...
— A Clara?...
Bate mais depressa o coração de Malazarte.

NINO LUPI E' GORDO MAS RICO

Amolecimento de pernas. Leve tremor de lábios.
— Eu... eu... não sei...
— Pois a Clara hoje contratou casamento...
O cavalheiro faz uma pausa. Pra melhor gosar o embaraço de Malazarte. Depois deixa cair gota a gota a informação. Como o suplicio chinês do pingo dagua.
— Com o Nino Lupi...
— O filho do bodegueiro Lupi, <u>do gringo</u>?
— Esse mesmo.
O cavalheiro fica sorrindo. Malazarte sente uma tontura. Balbucia:
— A mim que me importa?
— Adeus, rapaz!
O cavalheiro se afasta. Malazarte sente avolumar-se-lhe no peito uma revolta surda.
— Eu me vingo desse sujeito...
Dá dois passos.
— Escuta! diz.
O cavalheiro se volta, com ar interrogativo. Malazarte, cinico:
— Me empresta vinte mil méis...
A cara do outro escurece.
— Não trouxe a carteira hoje.
— Dez só...
— Ora... está dificil...
— Então passa cinco...
O cavalheiro passa, contrariado. E abala, sem palavra, furioso.

* * *

Anoitece.
Malazarte caminha ainda. Entra por uma rua longa, orlada de arvores. Os combustores se acendem. As estrelas começam a aparecer. No horizonte vermelho-roxo ha nuvens franjadas de fogo.
Na tardinha suave Malazarte sente uma ternura mole, morna, doente.
Creanças brincam no meio da rua. Fazem roda. Cantam.

"Viuvinha, bota luto,
Teu marido já morreu,
Si é por falta de carinho...

Meninos e meninas. Pequeninos todos. Malazarte se delicia na ronda pura. Fica imovel, na calçada, olhando...
As creanças gesticulam, gritam, dansam. Depois se aquietam. Forma-se a fila: uma pequena se adianta e fica na frente do grupo.
— Senhor das calças brancas!
— Pronto, meu amo.
— Quantos pão tem na fornalha?
— Vinte e cinco e um queimado...
— Quem foi que queimou?
— Foi o bico do latão.
— Dá licença que prenda?
— Prendido seja!
Nova algazarra.
Malazarte recorda, Tambem já foi creança, teve a sua pureza, os seus brinquedos ingenuos...

"ERA UMA VEZ UM PRÍNCIPE..."

Caminha prao meio do grupo.
— Vou contar uma historia bem bonita pra vocês...
Os pequenos batem palmas. Malazarte senta-se á beira da calçada. O auditorio se acomoda ao redor dele.
— E' de fadas? — pergunta um guri gordo.
— E' — afirma Malazarte.
— Eu gosto— declara outro.
Malazarte começa:
— Era uma vez um principe muito rico e uma princesa muito linda, chamada Clara.
Ha apartes:
— Como era o nome dele?
— Ele tambem era bonito?
Malazarte prossegue, sem responder:
— Os dois se gostavam muito. Ela morava num palacio encantado. O principe ia visitar ela todas as tardes.
— De automovel ou de a pé? — interroga uma menina.
— De a cavalo... explica Malazarte.
— Aãn!
— Então um dia os ladrões foram ao palacio do principe e roubaram todo o dinheiro dele. O principe ficou pobre e a princesa não quiz mais ele...
Aqui Malazarte faz uma pausa, tristonho.
Perguntam:
— E depois?
— Depois apareceu outro principe filho dum

bodegueiro italiano e ficou noivo da princesa, só porque era rico...
— Não póde! protesta um guri. Principe filho de bodegueiro? Não póde...
Malazarte remata:
— E até hoje o principe pobre não esqueceu a princezinha ingrata...
— Mas porque é que o senhor está chorando? pergunta uma vózinha.

***

Na noite que caiu Malazarte perambula. *Opa!* A uma esquina, pára. Olha...
Lá, por trás daquelas arvores está a casa de Clara. Mas pra quê tantas janelas abertas, iluminadas? E a musica que vem lá de dentro?
Passa um transeúnte.
— Me diga o que ha naquela casa hoje.
— Não sabe?
— Não.
— Uma moça contratou casamento. Ha baile pra festejar o noivado.
— Muito obrigado.

***

Malazarte cola o rosto ás grades e olha. Pela janelas abertas vê a sala, os pares que dansam. Clara e Nino decerto estão enlaçados. Nino! Um gringo! O pai chegou ao Brasil pobre e sujo. Trazia a mulher gordissima e um baú de lata. Começou a vida na patria nova como vendedor ambulante de frutas. Depois botou bode-

POVERO MALAZARTE!

110 ERICO VERISSIMO

ga, com economias, hoje tem grande casa de negocio. Capitalista. "Ornamento da nossa melhor sociedade." Conselheiro do municipio.

E o filho vai casar com Clara. Um italianinho ignorante que fala mal o brasileiro. Dinheiro! Dinheiro!

Malazarte pensa, cheio de fel... Amanhã o filho de Clara terá olhos azues e o nome de Lupi. E esse filho naturalmente desposará a filha de Schimidt só porque esse ruivissimo Schmidt tem uma fabrica de cerveja e muitos contos de réis no Banco! E terá filhos que levarão pela vida em fóra o nome de Schimidt Lupi. O nome nacionalissimo de Clara desaparecerá. E assim irá morrendo uma raça... Pra dar lugar, muito longe no futuro, a outra... E quem sabe o que será essa outra?

Malazarte olha sempre. Vê, lá dentro da casa de Clara, figuras conhecidas. Isaac Levine, judeu, tintureiro no passado, agiota muito honrado hoje. Willy Hansen, proprietario de terras nas colonias. Este acabará casando com a irmã mais velha de Clara. Outros, e outros...

E ali fóra, esquecido, pobre, só, desprezado — ele, Pedro Malazarte flôr da raça.

A orquestra começa a tocar uma musica alegre: um fox-trot.

Malazarte pensa:

— Onde ficou o maxixe do Brasil? Agora, só "americanadas". Foxes. Charlestons. Corja!

Uma revolta o empolga.

Pensa em Clara, mas com raiva.

[nota manuscrita à margem direita:] Eu não digo?

[notas manuscritas à margem esquerda:]
Desconfio que há um i demais neste nome...

Na minha opinião a mistura é muito boa!

Malazarte anti-semita?

mas que delírio nativista!

FANTOCHES

— Case-se! Tenha muitos filhos, que isso pouco se me dá. Ninguem me quebra o penacho. Eu — flôr da raça!

Fica como que embriagado de odio.

Um desejo incontido de vingança toma-lhe conta do corpo.

— Me vingo! Me vingo!

Pensa numa vingança genial, digna de sua estirpe.

Ocorre-lhe uma... E' tão esplendida que o faz sorrir.

Malazarte estende o braço com o punho fechado, ameaçador.

— Vocês me pagam!

* *

O Barro Vermelho dorme.

(Só lá embaixo numa casa suspeita ha luzes.)

E' o arrabalde que abriga a fina flôr da cafagestice. Bas-fond. Chinócas. Negros. Mulatas. Cablocos. Todas as noites — tiroteios, bailes, bebedeira — "fêrvo".

Malazarte desce pelas bibócas. Seguro, firme como quem conhece o caminho. Vai pensando:

— Eu me vingo!

Aproxima-se da casa de janelas iluminadas.

Sobre as tabuas mal pintadas em letras tortas: "SOCIEDADE AROMA DA AURORA — TEM BAILE TODAS NOITES".

Cães ladram á lua. A's vezes um galo

canta. Dentro da casa ha rumores: som de musoca, bruáá, gritos, arrastar de pés.

— Eu mostro pr'aqueles estrangeiros... ameaça Malazarte. E entra.

A sala é pequena.

A luz amarelada de cinco lampeões de querozene a ilumina. Budum. Abafamento. Promuscuidade. Flauta, cavaquinho, gaita e violão.

No fundo do balcão, — alto, bexigoso, possante, — o mulato Tarquino, dono da tasca, observa... A orchestra ataca um "chôro". A flauta tremúla, batuta, nas variações. A gaita se estica, se rasga, chóra. O cavaquinho marca, miudo, o compasso repinicado. O violão, chorão, acompanha, dandonando, grave.

Malazarte chega ao balcão:

— Me dá um trago.

E emquanto o mulato enche o copo, fica refletindo:

— Ao menos aqui ha mais pureza. Mais raça... Não ha duvida: eu me vingo.

Segura o copo em que a cachaça rebrilha, esverdinhada. Esvasia-o num sôrvo.

A orchestra se torce e destorce no maxixe que mexe, remexe e puxa... Malazarte sente um tremor. A musica lhe acorda na alma desejos lubricos de saracoteios compassados.

Fala o passado da raça: batuques, fados, congadas, farras antropófagas de cauim...

A um canto uma mulata esbelta sorri com dentes branquissimos. Rebrilham-lhes os cabelos untados de vaselina de cheiro.

FANTOCHES 113

Ela está gingando, está sorrindo, está doidinha por cair no fêrvo.

Malazarte entéza o copo. A cachaça sobe-lhe ao craneo.

Chega a hora extrema da vingança. Dá alguns passos.

— Mulata, vem pra dança. Vamo quebrá! Enlaça a cintura fina. Os corpos se colam. E saem pulando, requebrados, ao ritmo do "choro".

E a flauta treme nas variações. E o cavaquinho, miudo, marca o compasso. A gaita soluça. O violão acompanha. — de-lem! dem! dom! — grave.

— Esta é a minha vingança! pensa Malazarte.

E aperta mais a mulata contra o peito.

E o par ginga, bambo, toca o chão com os joelhos, rodopia, pula. E' o delirio.

Tudo em redor dansa... Mesas, cadeiras, lampeões, creaturas.

Torvelinho. Tudo gira, rebrilha, freme, treme, palpita, grita e gosa. A tasca é um mundo. A vida lá fóra não existe.

E Malazarte, tonto, transfigurado, esplendido, sorri como um triunfador...

(Fragmento duma novela que gorou.)

O ~~problema~~ tema da decadência das antigas famílias gaúchas de Jucalecangu e a →

[nota manuscrita na margem:] Ascensão econômica e social de certo imigra — relevantes de origem alemã e italiana — seria frustrado numa novela escrita à pressão: MÚSICA AO LONGE ((1935). Tentei mas não consegui. Sorry! NOTA DO CARICATURISTA: motror Malazarte da usando com a mulata.

Muito do "cinismo" que apareceria em dose maciça em INCIDENTE EM ANTARES já está neste conto.

Pirandello passou também por aqui, como meu fantasma. Ciao, Luigi!

O CAVALHEIRO DE NEGRA MEMORIA

O CAVALHEIRO
DE
NEGRA MEMORIA

FAUSTINO — autor da peça, personagem que está em toda a parte.

O CAVALHEIRO DA NEGRA MEMORIA — cinico.

O REGENERADO — homem que está bem.

A ESPOSA — mulher extraordinaria.

NA PLATÉA

O SENHOR GRAVE — personagem que sempre aparece.

O 1.º CRITICO — personagem perfeitamente dispensavel.

O 2.º CRITICO — idem.

O RESPEITAVEL PUBLICO — personagem sem a menor importancia.

1.º ATO

Gabinete de trabalho luxuosamente mobilado. Janela larga ao fundo. Uma porta á direita, outra á esquerda.

O REGENERADO — (junto da janela, olhando pra fóra) Ah! Este conforto mole de poltronas e tapetes... Esta tepidez de sala rica... Ela, eles... (Sorri.) E' bem o castelo encantado da ventura. Os fantasmas chegam e esbarram ante as suas portas de ferro. O solar da felicidade é impenetravel... E' como si eu tivesse mandado pregar no portão um cartaz — "As memorias negras não podem entrar!"

A ESPOSA — (entrando pela direita) Querido, a que horas queres o chá?

O REGENERADO — Obrigado. A's dez, amor, ás dez. Obrigado. (Beija-lhe a mão. A mulher sorri.) Os pequenos?

A ESPOSA — Dormindo. O Manéco quando foi pra cama: "Dá um beijo no papai, sim?" A Gugú fez manha, não queria deitar.

O REGENERADO — (com um riso idiota.) Queridinhos!

A ESPOSA — Até logo! (Sai pela esquerda.)

O REGENERADO — Deus! Esta felicidade quasi me mata... O lar... Quanta doçura e tranquilidade. E pensar que um dia... (Cala-se de repente, ouvindo a campainha tilintar.) Quem será?

A ESPOSA — (entrando com ar misterioso) Um homem que não diz o nome. Quer falar-te.

O REGENERADO — (intrigado). Ué... (Pausa.) Manda entrar.

A ESPOSA — (pra fóra) Cavalheiro, tenha a bondade... Aqui. (Retira-se pela direita.)

O CAVALHEIRO DE NEGRA MEMORIA entra, sorrindo cinicamente. O REGENERADO, vendo-o, sobresalta-se, fica mortalmente palido e cai sobre uma poltrona.

O CAVALHEIRO — Bôa noite! (Pausa.) Pelo que vejo a minha presença te é desagradavel.

O REGENERADO — (com esforço) Você... você... vo—... eu... mas...

O CAVALHEIRO — (olhando com calma a seu redor) Estás magnificamente instalado, hein? Que luxo, menino!

O REGENERADO — (voz sumida) Que deseja? Que faz? Que...

O CAVALHEIRO — Vim somente lembrar-te de que tens um passado.

Este livro, por exemplo, é parte de meu negro passado literario.

120

O REGENERADO — (recobrando a calma) Todos temos um passado.

O CAVALHEIRO — Sim, todos... E quanto pensas que me dariam os jornaes de escandalo pela revelação do teu?

O REGENERADO — (levantando-se de chofre) Que?!

O CAVALHEIRO — (sereno) Tu comprehendes... Eu me defendo. (Pausa.) Olha só esta elegancia... Pura aparencia. Os bolsos estão vasios...

Qualquer semelhança com pessoas da vida real terá sido mera coincidência... ma non troppo

O REGENERADO — (com fingida energia) Retire-se.! O passado está morto. Regenerei-me. Hoje sou um homem honesto, com graves responsabilidades na vida. Pai de familia. Diretor dum Banco importante. Elemento influente na politica e na sociedade.

O CAVALHEIRO — (ironico) Tens progredido, hein?

O REGENERADO — (energicamente) O **outro** morreu, entende? (Mostrando-lhe a porta.) Rua!

O CAVALHEIRO — Camarada, não achas que poderei fazer revelações interessantes á tua esposa? Aos acionistas do teu Banco? Aos teus amigos do club? Hein? Uma historia vermelha...

Vermelha? Hoje em dia essa cor é simbolo de outra coisa.

FANTOCHES 121

O REGENERADO — (sentando-se, desanimado) Oh! é inconcebivel...

O CAVALHEIRO — (levantando a voz) Por exemplo... Era uma vez um rapaz que tinha um inimigo... Ah! Isto se passou ha muitos anos, numa cidade do interior, longe daqui... Uma simples vingança, não? Mas como foi que desapareceu a carteira do assassinado, com dinheiro? (Sorri.) Nada! (Pausa.) Uma carotida cortada é horrivel? Nem tanto... Que dirá a policia?

O REGENERADO — (com voz abafada) Silencio. Cale-se! Podem ouvir... (Com voz tremula.) Mas você não comprehende que isso seria matar-me, matar minha mulher, os meus filhos, a minha carreira?

O CAVALHEIRO — (cinicamente) Eu não vou matar cousa alguma. O que eu quero é simples... E's diretor do Banco... Simplissimo: apanha as chaves da caixa forte... tão facil, não é? Depois... pinchas pra dentro duma maleta alguns pacotinhos... — bastam dois mil contos, não? Preparamos tudo de antemão... Mandas a tua mulher viajar pra lá da fronteira, compreendes? Depois fazemos a partilha... Mil pra cada um... Fica bem? E zás! Fugimos... Depois, um vapor pra Europa... Tão facil, não?

O REGENERADO — (revoltado) Nunca! Não e não!

Dificilmente um homem normal usaria esta palavra em tais circunstâncias. Soltaria, isso sim, um bom palavrão.

Por que carótida cortada? Simples. O Autor via numa cidade que, durante mais de duas décadas, foi governada por um famoso degolador...

Dois mil contos? Outra vez a Inflação!

Bom, seria mais fácil (se a ação da farsa se passasse em 1972) um assalto @ mão armada.

(Por amor de Deus, não me ponham crase neste @)

O CAVALHEIRO — Bem. **Então eu saio** daqui, vou direitinho á policia... **Faço a denuncia.** Mostro as provas. Depois eles se comunicam com a policia de **lá, compreendes?** Amanhã, pelo jornal, ficarás inteirado de **tudo...** Sensacional, não achas? Vem a ordem de prisão. Vais a juri... E, condenado ou não, **a tua vida** fica estragada pra sempre... **(Pausa.)** Ao passo que com mil contos pódes ir **morar na** Europa... Na China... No Indostão... No inferno!

O REGENERADO — (soluçando) Oh! Per...per..perdôe. (Fica com o **rosto escondido** nas mãos, chorando baixinho.)

O CAVALHEIRO — Bem. Si **até amanhã** de noite não me procurares pra **dizer que tudo** está certo, que aceitas a minha **proposta...** já sabes. Vou á policia, aos jornais, **aos diretores** do Banco. Tão facil, não é? (**Caminha pra porta.**) Ah! Este é o meu endereço. (**Deixa sobre a** mesa um cartão de visita. Depois **retira-se.** O REGENERADO fica chorando).

A ESPOSA — (entrando bruscamente) Coragem, querido!

O REGENERADO — (levantando a cabeça, surpreso) Tu?

A ESPOSA — (serena) Ouvi **tudo,** compreendi tudo...

FANTOCHES

O REGENERADO — (aparvalhado) Tu?...
tu?... tu...

A ESPOSA — (afagando-o) Não te impressiones. Não te quero menos pelo que aconteceu. Ora, o passado? Tu sabes o meu? Tu perguntaste qual era o meu? Não. Tenho direito de te pedir esclarecimentos sobre tua vida que passou? Nem quero. (Ri nervosamente.) O passado é um ilustre morto, meu amor. Tens sido bom pra mim, pra os meninos. Basta.

O REGENERADO — (animado) E's uma mulher extraordinaria.

A ESPOSA — Pra mim tu vales pelo que és e não pelo que foste. Temos diante de nós uma vida nova. Vamos romper com o passado. O passado é sombra. Nós queremos claridade, muita claridade.

O REGENERADO — Mas... essa creatura de negra memoria! E' monstruoso. Vai me denunciar... E a proposta? Estamos perdidos.

A ESPOSA — (interrompendo-o) Ora... Esse homem, querido, ora... Ele representa o passado, pois não é? (Ri sarcasticamente.) Eu não te disse que o passado deve morrer?

O REGENERADO — (patéta) Não compreendo... não compreendo...

A ESPOSA—O passado é uma sombra que se espicha sobre a vida do homem. Enche-lhe de

inquietude as melhores horas. Maneia-o. Impede-lhe os voos largos. E é uma sombra, amor, é apenas uma sombra! Ora, o passado... Precisamos matar o passado.

O REGENERADO — Por Deus que não te entendo!

A ESPOSA — (com brilho nos olhos) Não ha outro remedio... (Baixando a voz.) Tu mandas matar aquele homem... Matar! Pra bem de nossos filhos, pra meu bem, pra teu bem... E' a solução... Não ha outra... Paga um diabo qualquer... Uma noite, numa esquina... Uma punhalada... Depois, o assassino foge. O esquecimento... Vamos, que dizes? (Alteando a voz.) Então tudo será sol. A nossa felicidade! A tua carreira triunfante! A vida! A vida!

O REGENERADO fica olhando bestamente pra um ponto qualquer.
A ESPOSA continua a repetir com ar de douda: "A vida! A vida! A vida!"
O pano cai com estrepito.

O AUTOR — (aparecendo no proscenio) Respeitavel publico! Obrigado pela atenção. Peço quinze minutos de intervalo pra pensar e escrever o segundo ato. (Retira-se.)

NA PLATÉA

O SENHOR GRAVE — (pensando em voz

Hoje se fala tanto em "participação" do público; pois, damas e cavalheiros, temos aqui um caso ocorrido há quarenta anos...

alta) O REGENERADO não deve aceitar o conselho da ESPOSA. Será uma ignominia. O que o Dever manda que ele faça é apresentar-se ao Chefe de Policia, bater no peito e exclamar: Senhor, matei. Matei por isto ou por aquilo, mas matei. Venho entregar-me. Que a Justiça pronuncie o seu veridictum!

O 1.º CRITICO — Perdão, cavalheiro, mas eu não concordo. Sou da teoria da ESPOSA. O passado é realmente um defunto. O REGENERADO é um homem presentemente util á sociedade, e portanto é um homem bom. Tem a vida diante de si. Vita nuova! O senhor conhece aquela historia de Dante? Não? Não importa. Vida nova! Morte ao CAVALHEIRO DE NEGRA MEMORIA! Que a terra lhe seja leve! Tenho confiança no talento do AUTOR. (Pra o 2.º CRITICO.) Que é que dizes, colega?

O 2.º CRITICO — Acho que o publico não deve interferir, influindo no ato da criação, em que o AUTOR é e precisa de ser soberano. Que ele mova os bonecos como entende... Pra cá ou pra lá, assim ou assado... O essencial é que mova... O publico quer agitação, enredo, vida... E depois, que a Critica pronuncie o seu veridictum, pra me servir da expressão do cavalheiro...

O SENHOR GRAVE — Agradecido. Si é ironia, perde o seu tempo. Sou um cidadão inatacavel. Tenho certeza de que a moral triunfará pra maior gloria do genero humano. O REGENERADO vae entregar-se á policia. O CAVALHEIRO DE NEGRA MEMORIA terá tambem o castigo que merece.

O 1.º CRITICO — (energico) Afirmo-lhe que o Autor fará que o REGENERADO aceite a sugestão da ESPOSA. O CAVALHEIRO DE NEGRA MEMORIA está perdido. Desde já póde considerar-se cadaver.

O 2.º CRITICO — Confio no AUTOR. Ele ha re achar uma saída digna da peça, digna da...

O SENHOR GRAVE — (interrompendo-o) Pois eu já disse, só ha uma saída. E' a verdade.

O 1.º CRITICO — (atalhando com aspereza) Calem-se! Só é verdadeiro o que é util. A solução mais util neste caso é a que varre do caminho do REGENERADO a pedra do tropeço. Morte ao CAVALHEIRO DA NEGRA MEMORIA!

O AUTOR E' CHAMADO PRA DIZER ALGUMA COISA...

A discussão entre o 1º CRITICO e o SENHOR GRAVE se acirra de tal maneira que o 2.º CRITICO resolve chamar o AUTOR pra dizer alguma causa, visto como será inevitavel um conflito antes de começar o segundo áto.

O AUTOR — (no proscenio) Que ha?

O 2.º CRITICO — Caro confrade, diga alguma cousa pra evitar uma provavel cena de san-

Este cachorro não tem nada a ver com este conto, mas acontece que

FANTOCHES 127

gue. Tire-nos da duvida. O REGENERADO aceita ou não o conselho da ESPOSA? Resolva. Evite o pugilato.

O AUTOR — (quasi embaraçado) Respeitavel publico! Confesso que ainda não achei solução pra a historia. (Pausa. Pigarro.) Mas... (Novo pigarro)... como ha na platéa duas correntes fortissimas, extremadas, antitéticas... pra resolver o caso com equidade, não desgostando nem A nem B, estou pensando em dar ao drama o seguinte desfecho:

O SENHOR GRAVE e o 1.º CRITICO — (ao mesmo tempo) Qual é? Depressa!

O AUTOR — (lentamente) O REGENERADO aceitou a sugestão...

O 1.º CRITICO — Viva! O REGENERADO aceitou a sugestão da ESPOSA. Venci!

O AUTOR (continuando) ...aceitou a sugestão do CAVALHEIRO DE NEGRA MEMORIA... Roubou, não dois mil, mas tres mil contos... Deu mil pra o cumplice e fugiu pra a Europa. (Ouve-se na platéa um enorme AAAAH!!!) No segundo ato a cena representa um rico compartimento do principesco castelo que o REGENERADO comprou na Inglaterra. Imagine o respetavel publico: um castelo na Inglaterra. E' noite. Muita luz no salão. Ha recepção. Esperam-se muitos convidados ilustres. O principe de Gales comparecerá. (Prin-

Pedro, meu neto mais moço, veio espiar por cima do meu ombro e me exigiu um au-au..

Menino, aprende que não podes agradar tudo o ABC. Se conseguires o aplauso do A levarás uma pedrada do B ou do C. E assim por diante.

Curioso! O Autor foi sempre um inocente, útil ou inutil, mas de vez em quando gostava de parecer cínico.

Esse Windsor como diria a minha avó, Mauricia — é

Mas... e a cotação da moeda brasileira naquela época?

um "pão-de-ló de festa." Vai a todas...

> Desnecessário é dizer que o SENHOR GRAVE tem uma amante

cipio de vaia na platéa.) A ESPOSA está ricamente vestida. Quando o pano sóbe, a virtuosa dama está á janela, esperando por alguem ansiosamente. Esse alguem, meus senhores, é o amante. E sabem quem é o amante?

O SENHOR GRAVE — Não quero saber de imoralidades...

O 1.º CRITICO — No minimo o amante é o proprio principe de Gales. No meio de tantas monstruosidades não admira que você tenha engendrado mais esta...

O AUTOR —Pois o amante é o CAVALHEIRO DE NEGRA MEMORIA, que passa a chamar-se CAVALHEIRO DA DOURADA LEMBRANÇA.

(A vaia que neste ponto irrompe de todos os pontos do teatro é tão grande que motiva a suspensão do espetaculo.)

Faustino pode ser considerado um primo-da-roça do *Bilu*, de Augusto Meyer. O tema desta estória — digo, fantasia — é a saudade da infância, doença da família do sarampo, que costuma atacar os escritores em geral. Na década de '20 e um pouco na de '30 ela teve no Brasil um caráter quase epidêmico. Os poetas e os prosadores queriam voltar à infância, com Freud ou sem ele, redançar as danças de antigamente, recapturar, em suma, a inocência e a alegria perdidas. Desse desejo resultaram uns poucos poemas e estórias que resistiram ao tempo (no gênero, o que conheço melhor é o SEGREDOS DA INFÂNCIA, de Augusto Meyer) e que por aí andam em antologias. O resto não passou duma enjoativa literatura, tatibitate, muito parecida com ●

o poema que Faustino escreveu neste conto.

Como as outras estórias deste volume, FAUSTINO (pouco ou) nada tem a ver com a "realidade" e a "verossimilhança". Sua prosa é, mais que nunca, um picadinho de sentenças curtas, influência um tanto tardia da prosa que resultou da Semana de Arte Moderna — nos primeiros tempos, é claro. E, convenhamos, escrever assim em frases curtas era mais fácil...

"TENHO DITO!"

Nesta página se vê uma tímida tentativa de descrever o "monólogo interior" da personagem. Influência do Stream of Consciousness de James Joyce ou de Virginia Woolf? Nâo. sim! Naquele tempo (1930) eu não conhecia esses autores. Trata-se duma sugestão do nosso Machado de Assis:

Outro daqueles verbos "modernos"

FAUSTINO

O poeta Faustino tem os olhos pregados no papel. Mas na verdade só olha pra dentro de si mesmo. Dansa-lhe o lapis entre os dedos.

Vê as idéas que balburdiam no cerebro. A inspetoria de veículos das intrincadas ruas das circunvoluções está em apuros. Confusão no trafego. Entrecruzamento desordenado de idéas irriquietas. O plano dum poêma erotico que começa assim: "teu corpo de onda beijado de sol..." — surge-lhe repentino na mente e para, dominador, na **Praça da Idéa Central**. Mas vem depois a lembrança ritmica dum verso de Verlaine — "...correct, charmant et ridicule." — e empurra com **violencia** o poêma pra o misterioso beco do Subconciente, arrebatando-lhe o lugar regio. Vitoria **efemera**. As primeiras notas do noturno n.° 2 de Chopin chegam saltitando musicalmente e **tomam** conta da praça: — si-sol-fa-solfa-mi... E com as notas, uma imagem vaga: a menina **da** casa vizinha, passando os dedos magros pelo teclado do piano... Cinco segundos. E a imagem foge com a melodia. Depois aparecem, **relampagueiam**, passam imagens diver-

o Rubião de QUINCAS BORBA a contemplar de sua janela um barco que navega na baía, mas a seguir com seus olhos interiores outras imagens e idéias, numa associação livre.

Eu haveria de usar mais tarde este verso de Verlaine na descrição da cidade de Washington D.C. (GATO PRETO EM CAMPO DE NEVE - 1941)

sas, numa sucessão cinematografica: uma paizagem campestre cheia de sol... um par de namorados que se beijam... um vulto boemio que passa ao luar... a luz vermelha duma lampada... um piano... E volta a melodia languida do noturno — si-sol-fa... E foge de novo. E torna a voltar — si-sol-fa-sol-fa-mi... E outra vez foge, como uma mosca importuna. De repente cresce, fulge a imagem de uma mulher bonita, dominando tudo. Ora vestida, ora nua, começa a dansar na Praça da Idéa Central, com requebros de mulher que se sabe cobiçada. Depois desaparece para dar lugar a uma idéa sensata, paternal: "Poeta, vamos dormir que é melhor..."

Faustino suspira. Alonga o olhar amortecido prao relogio — meia noite — e torna a prega-lo no papel branco.

"Vida de cachorro!" — exclama mentalmente. E o simpático termo **cachorro** gera-lhe na mente uma série curiosa de idéas associadas. De tal fórma que, dentro de um segundo, — resultado duma fusão de imagens caninas — lá está o Pitôco, sacudindo a cauda, rosnando, soberano, no meio da disputadissima praça. Pitôco! Cachorro vagabundo, quanta recordação! Pitôco é a propria infancia perdida, a longinqua ingenuidade dos seis anos... *Mentira! Oito ou nove*

O poeta Faustino suspira, desta vez com mais força. E começa a sentir um desejo besta de escrever um poêma infantil. Um poêma ingenuo que seja bom e puro. Sem gramática. Sem cultura. Sem artificialismo.

O único cachorro que tive na vida era um vira-lata a que dei o nome de Pitôco, por motivos óbvios

Pero de que'cultura me hablas, hombre

FANTOCHES 133

Espicha a memória. Vinte anos atrás. Um patio murado, com arvores e crianças, ao sol. Uma cantiga quasi indistinta:

> Anda a róda,
> desanda a róda,
> que eu quero...

Que é que queria? Não se lembra mais. Vinte anos! A memoria a custo viaja até lá. Outra cantiga:

> O meu bello castelo,
> Mata-tira-tirarei...

O meu belo castelo está agora todo espatifado... (Novo suspiro.) — Seleeeencio! Bamo brincá de róda!

Quem é aquele negro pernostico que fala assim? Aquele negro se chama... se chama... Ah, memória!

E ha uma algazarra de guisos dentro da tarde de sol. E as creanças... ah! o pretinho se chama Viriato! Viriato, moleque importante que queria ser doutor quando ficasse grande. Viriato, o poêma vae ser pra ti... Mas onde estará o negro por estas horas da vida? Vivo? Morto? Vendedor de balas? Doutor? Não importa... O poêma vai ser pra ele.

Faustino sorri poetamente. Começa a escrever.

Viriato, amigo véio,
este verso é só pra ti.
Vou fazê ele bem puro,
bem simples,
como o nosso tempo, Viriato,
e bem bonito como aquele papagaio
verde-encarnado que tinha na loja
do seu Tutucha ali da esquina.
Tu se lembra, bichão, daquele
dia luminoso, de ceu translucido...

Para aqui, brusco.
— Burrice! Já me vai sair literatura. Dia luminoso, ceu translucido. Hum! Positivamente, não posso...
E arremessa o lapis pra longe. Maldiz os livros que leu. Os anos que passaram. As mulheres que teve nos braços. Os vicios que experimentou. Manda pra o inferno a funesta **experiencia da vida** que tanto o alontana da pureza infantil.

Maldiz tudo isso e em seguida **boceja** espetacularmente.
Depois fica a pensar em cousas absurdas. Nos meus oito anos do seu colega Casemiro de Abreu. No dr. Fausto. Em Mefistófeles. No pacto.

* *
*

Relampeja dentro do quarto. **Faustino** estremece. E vê surgir do meio duma **fumaça** de

de côr indefinivel, uma figura exquisita. E' Mefistófeles em pessoa, sem faltar nada. Bem igualzinho ao que aparece nas operas e em certas gravuras.
O amavel recemvindo acaricia os copos da espada, sorri, torce o bigode fino.
— A que lhe devo a visita? arrisca o poeta.
— Negocios..., resposta, displicente, o outro. Lembra-se do dr. Fausto? Pois bem. Você se chama Faustino. E' quasi o mesmo. Questão de **ino**. Não tem importancia.
— Mas...
— Vou encurtar o caso. Ouvi as suas queixas. Pois venho oferecer-lhe a infancia...
Faustino pula:
— A infancia? Com o Viriato, o Pitôco, os seis anos?
— Tudissimo.
— E eu lhe vendo a alma, como o velho Fausto?
Mefisto sacode a cabeça negativamente.
— Não. Mudei de orientação nos meus negocios. Já hoje não acredito mais na imortalidade da alma. Aderi ao materialismo. E, de resto, de que me serviria a sua alma?
— Que quer, então?
— Quero que você renuncie á poesia. Que deixe positivamente de fazer versos.
— Senhor! Isto é uma ofensa, uma indignidade, uma indecencia. Não aceito, não aceito!
O proprietario dos Infernos dá de ombros.
— Então... adeusinho! E passe bem.

Um Incidente em Antares, referindo-me ao jornalista Lucas Faia, digo que ele tem letra de sargento amanuense. Em vão procurei esse escriba na minha memória.

A TENTAÇÃO DES. FAUSTINO

A cena presta-se a interpretações freudianas. Mas vamos deixar o velho Sig em paz, sim?

Faustino o detem com um gesto.
— Bem... Vá lá... Aceito.
Mefistófeles pega duma caneta e duma folha de papel e começa a escrever: "Contrato que fazem Mefistófeles e o poeta Faustino..."
— Que linda caligrafia! O senhor já foi sargento amanuense?
Mefistófeles sorri. Nunca foi sargento amanuense. Continua a escrever serenamente. Lê, depois, o contrato em voz alta. Faustino elogia a redação. Acha que tudo está bem. Assinam.

* * *

E' naquele mesmo patio, com as mesmas arvores, as mesmas creanças. Até o sol é o mesmo.
Faustino tem seis anos. Mas está triste, não brinca, não ri. Que é que tem? Porque é que os brinquedos não o divertem? Que lhe falta? Que?
Viriato corre prao poço, debruça-se-lhe ás bordas e começa a cuspir pra baixo. Tem o busto suspenso sobre a abertura, numa posição perigosa Um empurrão é o desequilibrio e a quéda.
Faustino olha a travessura do moleque. Cruza-lhe a mente uma idéa perversa. Corre prao poço. Estende pra frente os braços frageis. Toca as côxas do moleque. Faz um esforço inaudito, empurra... E Viriato, num grito, despenha-se em cambalhotas pra o fundo do buraco...
Ha uma grande balburdia. Gritos. Aparece a mãi do moleque. O bodegueiro Tutucha.

FANTOCHES

Faustino deita a correr. Mas fraqueia logo. As pernas lhe pesam, como se fossem de chumbo. Muita gente o persegue. Gritam: "Pega! Pega o bandido!". Já sente quasi a mão cabeluda do "seu" Tinduca tocar-lhe a roupa... Vai desmaiar...
<u>Neste ponto surge Mefisto, que o arrebata, ganhando as alturas</u>. Avançam, velozes, no tempo e no espaço, vôam através de anos até que chegam ao dia e hora exatos em que se firmará o contrato.

— Embusteiro!
— Eu? Porque?
— Você me prometeu a infancia toda. Mas me deu somente a aparencia. Não me restituiu a primitva ingenuidade. Eu era uma criança meiga. Incapaz de matar uma mosca. E muito mais de jogar o Viriato pra dentro do poço. Tratante!

Mefisto sorri superiormente.

— Olhe, eu lhe restitui a infancia. Mas aquela candura dos cinco anos quem lhe pode devolver? Nem Deus.
— Oh! E' horrivel.
— Que quer? Você já viveu, meu caro. Este papel, uma vez dobrado, jámais perde o vinco. Assim é a alma que o veneno da vida maculou. A vida, amigo, os beijos das amantes, os vicios, o convivio dos homens, a hipocrisia — tudo o contaminou. Adeus! Está enve-

[ACHO QUE VOU ACABAR NAS ESTÓRIAS-DE-QUADRINHOS]

nenado, poeta. E' o veneno da vida, o veneno da vida...

Faustino está é perfeitamente bestificado. O Diabo conclue:

—Poristo ninguem lhe poderá restituir a pureza ingenua dos primeiros anos. Ninguem. Nem eu.

E fica dizendo compassadamente, isocronicamente: "nem-eu, nem-eu, nem-eu, nem-eu... Bem como o **tic-tac** do relogio. Mas... não é mesmo o relogio que faz **tic-tac, tic-tac?**... Ou é Mefistófeles que diz nem-eu, nem-eu, nem-eu... Sim, são as duas cousas. Ambos os ritmos se confundem. Por fim fica só o do relogio: **tic-tac, tic-tac, tic-tac.**

Faustino esfrega os olhos. São duas horas da madrugada.

— Que sonho besta!

*
* *

Eis/razão por que Faustino deixou de escrever poêmas...

uma cena de despertar levemente parecida com esta se encontra nas primeiras páginas de meu romance CAMINHOS CRUZADOS, que eu viria a escrever cinco anos mais tarde.

... e o autor nunca tentou.

Neste certo temos um tema romântico (tratado) de maneira terra-a-terra, num misto de ironia e piedade. (Ainda a fórmula anacreônica) Nota-se, a tentativa de manter a estória no plano da realidade cotidiana, num contraste com o delírio do poeta agonizante.

QUASI 1830

AH! ÉS TU?

BOM DIA.

QUASI 1830

FIGURAS:

O POETA — (28 anos).
A MULHER FEIA — (36 anos).
A SENHORA GORDA — (40 anos).
O VISINHO EXPERIMENTADO — (50 anos).

A SENHORA GORDA

    E' no quarto do poeta tuberculoso. Pensão pobre de suburbio. — Janela fechada, ao fundo. Porta á direita, pequena mesa, com livros e papeis esparsos; á esquerda, cama de ferro, em que o poeta está deitado. Junto da cama, um caixote. Sobre o caixote, vidros de remedio e uma garrafa vasia que serve de castiçal.
    Oito horas da manhã. A cena está sombria.

CENA I

O POETA E A MULHER FEIA

    A MULHER FEIA (abrindo a porta de mansinho) — Bom dia.

O VIZINHO EXPERIENTE

ERICO VERISSIMO

O POETA — (soerguendo-se) — Bom dia. (Olha a recem vinda.) Ah! E's tu?...

A MULHER (meigamente) — Está melhor?

> *Entra. Fica parada a dois passos da cama do poeta.*

O POETA (febril) — Sim... Mas porque demoraste tanto? Não te lembras do meu verso? "Virás com a madrugada nova". Já é dia... Lá fóra o sol anda despejando ouro por toda parte, como um principe prodigo...

> *Os olhos do poeta ardem. A tosse lhe corta frequentemente as palavras.*

A MULHER — Sossegue, mocinho, sossegue.

O POETA (delirando) — Tu és a Bem Amada. O meu sonho era tão maravilhoso que parecia impossivel. Tu chegas... Porque não vens vestida de noiva? Porquê? E' primavera. Lá fóra as laranjeiras devem estar florindo... Não fizeste uma grinalda pra tua cabeça?

A MULHER (desconcertada) — Ora... Não fale tanto, vai cansar... O senhor está enganado... Eu sou a visinha aqui do lado. Sosségue. Quer um copinho de leite?

O POETA (olhando as mãos da MULHER) — Bem como eu disse no poêma: "Tuas mãos são dois lirios de cinco petalas alvissimas..."

Disseram que era plagio. Eu chorei, chorei...
Juro que não é plagio... Invejosos!

A MULHER — Porque não toma um gole de remedio. Vamos abrir a janela? Está tão abafado...

Caminha pra janela e abre-a de par em par. A luz da manhã salta pra dentro do quarto num jorro dourado.

O POETA — Sol! O meu poêma foi uma profecia. (Recita):

A minha amada chegou! Aleluia!
Ela me trouxe o sol nas suas mãos de milagre.
A minha amada chegou! Vitoria!
Todos os caminhos se iluminaram...
A minha vida flo... flo... ai!

Tem um acesso de tosse. Deixa cair a cabeça sobre o travesseiro.

A MULHER (assustada) — Cuidado! Falou tanto... Tome um pouco dagua, tome... (Dá-lhe de beber um pouco dagua).

O POETA (com voz apagada) — Não diga nada a ninguem... Antes que a noite chegue, antes que o ceu floreça em estrelas, nós nos casaremos... Iremos depois bem juntinhos pelos caminhos. A voz do vento perfumado será a nossa marcha nupcial...

A MULHER—Sosségue, mocinho, o senhor está se cansando...

O POETA — A lua, com inveja de nós, se esconderá atrás da primeira nuvem. As estrelas, pasmadas, cessarão de brilhar...

A MULHER — Quer que chame o medico?

O POETA — Querida, eu te amo. Eu te amo! Nunca quiz dizer... Eu te via passar ao pé de mim... Mas ficava calado. Por orgulho. Amando e sofrendo em silencio... Entretanto tu vieste... (Olha fixamente prao rosto da interlocutora). Como és linda! Que lago encantado e cheio de luar mora nos teus olhos?

A MULHER — Coitadinho, está variando... Tem febre...

. O POETA — Quem foi o malvado que partiu em dois gomos o fruto vermelho dos teus labios?

A MULHER — Fique quieto.

O POETA (excitado) — Beija-me. vem, beija-me!

> *A MULHER FEIA recua. O poeta estende os braços magros, que se agitam inutilmente no ar. Depois cai, morto. Um jato de sangue escapa-lhe da boca e se alastra pelas cobertas da cama. A MULHER, espantada, abre a porta e sai a correr:*

CENA II

A MULHER FEIA, A SENHORA GORDA, O POETA MORTO,E DEPOIS O VIZINHO EXPERIMENTADO

As duas primeiras entram.

A MULHER FEIA (comovida) — Olhe, comadre, ali...

A SENHORA GORDA (chegando-se pra cama, com ar de nojo) — Hum! Parece que se foi mesmo...

A FEIA (chorando baixinho) — Coitado, era tão moço...

A GORDA — Me devia dois mezes de pensão e doze mil e quinhentos de roupa lavada. Adeus!

A FEIA — Estava variando, dizendo loucuras... Nem sei...

A GORDA — Si eu pudesse adivinhar... Tuberculoso. Minha pensão está desmoralizada...

A FEIA — Que vai fazer agora, comadre?

A GORDA — Vou chamar o vizinho, que é um homem experimentado. Ele póde nos ajudar.

Sai.
A MULHER FEIA fica olhando perdidamente prao cadaver. Tem os olhos cintilantes de lagrimas. Começa a falar baixinho, sincopadamente.

> *Hoje acho que as mulheres têm um encanto particular quando na casa dos 30*

A FEIA — Tenho trinta e seis anos... Solteirona... Feia... Sem graça... Nunca ninguem gostou de mim... Só ele... —coitadinho! — só ele, hoje... E nunca mais... Tambem, estava variando... Só variando mesmo é que podia dizer aquilo... Nunca mais vou ouvir... Nunca, ninguem...

> *Cala-se de repente, pois entram a SENHORA GORDA e o VIZINHO EXPERIMENTADO.*

A GORDA — Veja só que desgraça, vizinho...

O VIZINHO — E' singular. Palavra que é. Nunca imaginei que isto pudesse acontecer nos dias de hoje...

> *Inclina-se sobre o corpo do poeta e ausculta-lhe demoradamente o coração. Pega-lhe depois das mãos, que larga imediatamente, repugnado.*

Está morto.

A FEIA — Coitado...

O VIZINHO — Um poeta de cabeleira que morre tuberculoso. E' raro. Palavra que é. Bem como nos romances á moda de 1830. Tudo, sem faltar nada... Até a garrafa com o toco de vela fincado no gargalo... (Vê os papeis sobre a mesa). Um poêma incompleto. Hum! Igualzinho...

A FEIA — Pobre moço! Era tão delicado, tão tristonho...

A GORDA — Quê! Um sonambulo. Sempre no mundo da lua. Escrevia besteiras praos jornais e ganhava uma miseria. Quê!

A FEIA — Crédo, comadre! Respeite ao menos o cadaver do defuntinho. Acabou-se... Nunca mais...

A GORDA — Hontem peguei o Tonico lendo o Cancioneiro Popular. Versos! Poetas! Dei uma sova no menino pra ele não lêr essas bobagens... Havia de ter graça que o meu Tonico virasse poeta pra, quando ficar homem, viver por aí de cabeleira crescida, patéta, dando prejuizos ás pobres viuvas que ganham honestamente o seu pão nosso de cada dia.

O VIZINHO — Bravos, comadre! Você parece que andou lendo o Perez Escrich!

A GORDA — Já lhe disse que tenho odio dos poetas, ouviu? Odio! (Mudando de tom.) E o caixão? Donde vou tirar dinheiro prao enterro?

O VIZINHO — Vamos arranjar uma subscrição...

A GORDA — Me faça esse bem. Escreva o papel...

O VIZINHO (com empafia) — Vou escrever a epigrafe...

A GORDA — Ora, pra quê isso? Faça um abaixo-assinado...

Pra quê luxo em enterro de pobre?

O vizinho sorri. Senta-se á mesa e começa a escrever.

O VIZINHO (lendo lentamente) — Su-bs-cri-ção... (Detem-se por momentos. Depois escreve. Lê). Subscrição que se faz entre almas caridosas que queiram dar um... um... (Pensa). Obulo ou obolo?

A GORDA — Ora, vizinho! Bote qualquer palavra. Com tanto que venha o dinheiro... E não se esqueça: si sobrar alguma cousa, me dê... Olhe que ele me devia dois mezes de pensão e vinte mil e quinhentos de roupa lavada.

O VIZINHO — Pronto. (Levanta-se e lê mentalmente o papel. Guarda-o depois no bolso). Até a tarde.temos o dinheiro prao enterro. Até logo! (Sai).

CENA III

AS DUAS MULHERES E O DEFUNTO

A FEIA (sempre olhando o cadaver) — Veja como está palido, comadre, parece de cêra, não é? Até era bonito...

A GORDA — Bonito? Cruzes! Um tuberculoso...

FANTOCHES

*Na rua um vendedor canta o pregão:
"VERDURAS! VERDURAS!" A MU-
LHER GORDA debruça-se á janela.*

A GORDA (pra fóra) — Seu Manoel! Oh,
homem!

A FEIA — Vou trazer flores... Pobresi-
nho! Não tem quem chore por ele.. Nem quem
reze...

*Ajoelha-se ao pé do cadaver e começa a
orar em voz baixa.*

A GORDA (pra rua) — Vieram os repo-
lhos? Hein? Bons?

*A MULHER FEIA termina a oração e
conserva-se ajoelhada.*

A FEIA — Nunca ninguem me olhou com
aqueles olhos... Nunca... Nunca ninguem
me falou em casamento... Só ele... só...
Mas estava variando... Agora está morto...
Nunca mais... (Olha pra MULHER GORDA,
que continua á janela. Fala baixinho). E si ele
não estivesse variando? Si tudo fosse verdade?
Si fosse? Que bom! Oh! mas ele não sabia o
que estava dizendo... Um dia... nem sei...
até parece que ele me olhou...

A GORDA (gritando) — Olhe, seu Manoel,
não se esqueça de me trazer batatas, amanhã,
ouviu?

150 ERICO VERISSIMO

A FEIA (em surdina) — Uma vez ele estava á janela... Eu ia passando... Parece que sorriu... E si tudo fosse verdade? Mesmo pra morrer depois... Era só pra ouvir uma declaração de amor... Declaração de amor dum defunto... Uma só vez na vida, a unica, a ultima... Eu sempre tive vontade, tanta... Devia ser tão lindo!

Timidamente pega a mão do poeta morto. Vai beija-la. Mas olha pra MULHER GORDA. Tem um sentimento irreprimível de pudor. Deixa cair a mão do cadaver.

E fica chorando com o avental nos olhos. Na vizinhança um gramofone começa a tocar a canção mais besta dum carnaval que passou.

A GORDA — Seu Manoel! Olhe! Escute!

A FEIA (soluçando) — Si fosse verdade... que... que... bb... bb... bom...

A GORDA — Não se esqueça das batatas! Ba-ta-tas!

Ouve-se ainda o som rouco do gramofone, longe.

E o chôro da MULHER FEIA, mais perto, mansinho.

Na época em que escrevi este conto eu só conhecia de "oitiva" o _Pigmalião_ de Bernard Shaw.

Como se verá, esta é uma farsa em que aparecem calungas como personagens.

Por que fugia tanto o Autor das personagens-de carne, ossos, sangue e nervos-da vida real?

O meu mundo era um mundinho de bonecos — tinta e papel, vagamente sofisticado. Influência dos desenhos animados cuja voga começou no Brasil? Medo das brutais realidades do cotidiano da minha terra natal?

O que eu fazia era menos arte do que artifício...

PIGMALIÃO

Noite. O meu quarto. Eu sósinho.

O mostrador do relogio — chato, inexpressivo, impassivel como uma cara cretina — marca doze menos dez.

Sentado á minha mesa, olho o papel branco, o lapis que me dansa entre os dedos. Depois espio pra dentro do meu craneo onde nem siquér vislumbro a menor chama de inspiração.

Mas preciso escrever.

Angustia. Passo a mão pelos cabelos. Torno a fitar os olhos no relogio sugestivo.

Caminho até a janela. A noite está bonita. O ceu liriquissimo crivado de estrelas. Penso em mil cousas. Procuro ficar em estado de extase diante da noite maravilhosa. Volto pra mesa como que transfigurado, trazendo a desejada chama. Vou escrever... Mas, qual! O foguinho se apagou. A brancura do papel é gelo.

Fogem os minutos. De repente vejo que bonéquinhos de formas quasi imperceptiveis começam a dansar dentro do meu cerebro. Olá,

Mas quem pode afirmar em boa verdade que as caras cretinas são impassíveis?

P.S. Ou chatas. Ah! E como podem ser impassiveis le são inexpressivas?

Naquele tempo eu os tinha, e abundantes, believe it or not!

Rima com o sobrenome do autor... o que não tem a menor importância...

minha gente! Os calungas saracoteiam e pulam. Parece que querem saír. Vou liberta-los.

Magnifico. Os calungas irão representar uma farça. Está aqui o assunto que eu procurava.

Comecemos. Upa! O primeiro boneco salta; salta o segundo; salta o terceiro. Descem-me ao longo do corpo, libertos da prisão complicada das circunvoluções. Deslisam pela superficie do meu lapis e caem perfiladinhos sobre o papel.

Quem pode afirmar que todos os deuses têm atitudes solenes?

Sentido! Assumo a atitude solene dum deus. Delibéro, discricionario.

Vou dar nome ás creaturas. A primeira se chamará... se chamará Pigmalião. Muito bem. A segunda, que é mulher, naturalmente deverá ter o nome de Galatéa. E a terceira? Essa será o Elegante Desconhecido. *(crio)*

Agora vou dar vida aos calungas. Mas crêo primeiramente a platéa. Mil bonécos me saltam do craneo e se aquietam sobre o papel, feitos auditório atento.

Tudo vai maravilhosamente. Agora, a farça.

PRIMEIRO ATO

E' no estudio de Pigmalião, escultor e celibatario da ilha de Chipre.

O artista, de camartelo em punho, dá o ultimo toque na estatua de Galatéa, sua obra prima.

Finda a tarefa, fica bestificado a contemplar o marfim de formas ondulantes. Mas deixa cair os braços, desalentado.

PIGMALIÃO—Ela é bela, sim, mas não se move!

Faz uma série de gestos tragicos. Caminha impacientemente dum lado pra outro. Abraça, em desespero, a estatua e exclama com voz sinistra:

O' Venus, tu que és a madrinha dos amantes, manda que teu fogo sagrado venha animar este marfim inerte!

Venus, aquela mulher celebre que nasceu sem braços, aqui nesta farça é personagem invisivel. Não aparece, portanto. Mas ouve a suplica do escultor e faz o fogo sagrado descer sobre Galatéa. A estatua muda de côr, estremece, vibra, agita-se e desce do pedestal— viva.
Pigmalião levanta os braços praos ceus, deslumbrado.

Depois o artista e a obra prima se abraçam apaixonadamente.
Ouvem-se as primeiras notas de uma marcha nupcial. O pano cai.

SEGUNDO ATO

Inda na casa de Pigmalião. A lua de mel aonde foi já chegou.
Galatéa e o Elegante Desconhecido estão abraçados, em amoroso colóquio.
A ex-estatua acaricia o rosto do amante.

GALATÉA — E' exquisito. Meu marido é barbudo. Tu tens o rosto liso. Que cousa engraçada é o homem! Eu antes não sabia de nada, não via nada.

> *O Elegante Desconhecido beija-a. Galatéa põe-se a rir perdidamente um riso de creança.*

O ELEGANTE — Como eu te quero!

GALATÉA — E' curioso. Tu fazes em mim o que Pigmalião faz. Tu dizes pra mim o que Pigmalião diz! Todos os homens são assim? Que engraçada é a vida!

> *De repente aparece em cena Pigmalião Vendo a mulher nos braços de outro, dá um rugido.*
> *O Elegante quasi desmaia de susto. Mas Galatéa fica imovel, serenissima, como no tempo em que era estatua.*

PIGMALIÃO — Adultera!

GALATÉA — Ué! Que é isso?

PIGMALIÃO — (Levantando os braços prao alto). Antes fosses estatua, antes fosses marfim, materia bruta, imovel, fria, morta...

GALATÉA — Que mal fiz eu? Vim pra vida sem conhecer nada... O primeiro homem que vi foste tu... Tu me beijaste, eu te beijei... Tu me disseste "eu te amo" e eu te respondi: "eu te amo..." Depois apareceu este sujeito.

Os livros que um escritor põe no mundo principalmente os de ficção-não terão o mesmo destino de Galatéia?

Não publicar o livro? E' isto que o Critico está insinuando?

As vezes podem melhorar...

Fez tudo o que fizeste, disse tudo o que disseste. Eu não sabia de nada. — Que culpa tenho?

PIGMALIÃO (desesperado) — Venus! Venus! Perdi a minha Galatéa, o meu sonho, o meu amor, a minha obra de arte.

Sem que eu mesmo, Autor, suspeite, ha entre os calungas da platéa um critico, que neste momento se levanta, com o dedinho interpretador no ar.

O CRITIQUINHO — Ouçam a critica! Pra Pigmalião, Galatéa devia ter permanecido estatua. Porque assim pertenceria tão sómente ao escultor. Sinão, vejamos: Quando um poeta faz um poêma e o guarda pra si, continua na posse integral desse poêma, que se conservará puro e sempre belo. Mas si o infeliz solta o poêma aos ventos da publicidade... adeus! Os pobres versos passam a pertencer ao mundo, deixam de ser propriedade do artista, poluem-se, transformam-se, invertem-se, desfiguram-se... Assim, Galatéa. Como estatua de marfim, era de Pigmalião. Como mulher viva, é do mundo. São leis naturais e tenho dito!

A farça vai continuar. Mas o Cidadão Conspicuo, de cuja existencia eu tambem não tinha noticia, levanta-se na platéa e fala por sua vez.

O CIDADÃO CONSPICUO — Deixemos de literatices. Não perturbemos o drama. (Falando pra cena). Snr. Pigmalião, cumpra o seu dever de cidadão honrado. Lave com sangue o seu nome manchado. Morte aos adulteros!

Pigmalião começa a urrar, feroz. Pega do camartelo e caminha pra os amantes. Com golpes tremendos decepa-lhes as cabeças. Levanta-as triunfante no ar. Os corpos das vitimas teem atitudes horripilantes.. Contorcem-se esguicham sangue, rolam...

O pano cai de susto.
OS calungas da platéa, não satisfeitos com o desfecho, prorompem numa assuada tremenda.

O PUBLICO — Fóra! Abaixo o autor! Fiau! Fiau! Fiau!

Fico irritado. Olho os calungas audaciosos que se rebelam contra quem os creou. Ameaço-os com a destruição de seu mundo.
Os animaisinhos continuam a gritar
Assobio fortemente, como um anjo que vem trombetear ao Universo, anunciando a hora do Juizo Final.
Os bonécos gritam ainda, rebelados.
Pego do papel, crispo fortemente os dedos, e amasso aquele mundo cheio de alvoroço.

[marginalia: O dilema do mundo em CRIATURAS VERSUS CRIADOR.]

[marginalia: Menino, você vai ver que o mundo não é de papel e os homens têm sangue nas veias!]

Levanto-me da mesa. Vou á janela. Olho o ceu, a cintilação dos astros. Penso no infinito, no misterio da vida. Sinto que sou um calunga mui pequenino deste outro mundo maior. Idéas absurdas me veem á mente.

E se um dia — pergunto-me — o outro Creador, enfarado das nossas badernas e revoltas, se resolve a destruir mundos e intermundios como eu destrui aquele meu mundinho de papel?...

UMA HISTORIA DA
VAQUINHA VITORIA

(na falta de melhor
título...)

UMA HISTORIA

DA

VAQUINHA VITORIA

O meu amigo Z é uma alma inquiéta e curiosa. Gosta de viagens. Tem a sêde das distancias, a volupia da novidade, o delirio do cosmopolitismo. Já passeou a sua inquietude pelos sete mares da terra. Provou do vicio em todas as linguas. Conheceu o amor e a morte em todas as latitudes. Sabe como se ama na Noruega e como se morre em Changai. Uma vez chegou a experimentar a desagradavel sensação de vêr brilhar-lhe ante os olhos esbugalhados a lamina dum punhal malaio, na mão fortissima dum nativo enfurecido. De outra feita tornou a encarar a morte numa ilha do Pacifico, em que andou roçando inconcientemente por corpos leprosos. Viu as aguas santas do Ganges. Convenceu-se de que o pitoresco do Japão só existe nas pinturinhas das porcelanas. E teve o prazer de verificar tambem que a toleima anda espalhada maravilhosamente por todos os cantos da terra.

[manuscript note left margin: Eu escreveria onze anos mais tarde: GATO PRETO EM CAMPO DE NEVE]

Não escreveu impressões de viagem. Não tem diario. Detesta os livros. Entretanto ama as reliquias e as raridades. De suas fantasticas peregrinações trouxe uma série interminavel de objétos exquisitos e mais ou menos interessantes: Idolos de toda a especie, deuses de barro, de bronze, de louça, de pau, roliços, bojudos, magriços, carrancudos, sorridentes, bons, maus, feios, horrendos, ridiculos, majestosos — todos mais ou menos inuteis... Amuletos: pedras, berloques, objétos tabu, plantas e bichos totemicos. E télas. E instrumentos de caça e guerra. O diabo!

A casa de Z. parece um ninho de antiquario. Quando o meu quarto me (enerva,) visito-a.

[manuscript note left margin: Por que não entedia?]

* * *
*

Uma tarde, passeando o olhar pelos seus armarios e redomas de cristal dentro dos quais se via um mundo de objétos estranhos, a minha atenção ficou presa a certo bonéquinho de argila. Representava ele um chinês cabeçudo, de olhar obliquo e rabicho longo. Estava sentado á maneira dos orientais. As mãos longas cruzadas sobre a pança. O corpo desproporcional metido em roupas côr de sol. Tinha no rosto amarelo uma tal expressão de desconfiança e odio que a gente juraria que um sentimento negro estava roendo aquela alminha de barro. O notavel chim éra a um tempo pitoresco e irritante. Humoristi-

[manuscript note bottom: Leio no texto que Tu-Pi tem um "carão esguio." Vejo que a minha ilustração não corresponde a essa descrição... mas agora é tarde.]

FANTOCHES

co e odiento. A gente tinha á primeira vista vontade de fazer-lhe cocégas ou de lhe dar um so-
papo que o espatifasse. Mas logo qualquer desses desejos cedia lugar a outro: — o de levar
pra casa (o insolito mongol) e coloca-lo solenemente em algum sitio visivel pra que ele lá ficasse como a imagem do ridiculo, como uma adver-
tencia quotidiana...
Vendo que eu me interessava pelo bonéco o
meu amigo Z. explicou:
— Esse é Fu-Pi. Poeta. Floresceu lá por
voltas do seculo XVII numa provincia do Imperio Chinês. Dizem que éra um cidadão interessantissimo. Fazia versos bonitos. Mas não admitia que ninguem mais fizesse. Era tido como o homem mais invejoso de todo o Oriente.
Quando algum outro poéta conseguia agradar o
publico com seus poêmas, o bicho mau da inveja começava a roer o coração de Fu-Pi. E o nosso pandego chim passava horas amargas. Não comia, não dormia emquanto não conseguisse descobrir uma maneira segura de inutilisar o rival... Lançava mão dos meios mais vis pra jogar fóra do caminho o poéta que lhe estivesse a
fazer sombra. Um dia Chang-Ling foi proclama-
do o melhor poeta do Celeste Imperio.
Neste ponto Z. pegou do bonéco e levantou-
o no ar. A cara do chinês rebrilhou numa réstea
de sol.
— Sabes o que aconteceu ao nosso Fu-Pi?
perguntou.

Sacudi negativamente a cabeça. Meu ami-concluiu:

— Morreu de inveja. Depois ficou sendo na sua provincia uma especie de simbolo. Os vendedores de idolos aproveitaram a lenda.. E o impagavel Fu-Pi passou pra Historia como o deus da inveja.

Rimo-nos ambos com gosto. E eu confesei:

— Com inveja estou eu de você...

— Porque?

— Por causa do Fu-Pi.

— Gostas dele?

— Muito.

— Toma. E' teu.

* * *

Fu-Pi veio morar na minha mesa de trabalho.

Agora, está aqui, diante de meus olhos. Mirifico chim! Poeta respeitavel! Devo acreditar na lenda? Não será mais uma injustiça da historia? Não é possivel que essa tua alma grande possa abrigar um sentimento tão tôrvo...

Mas Fu-Pi não me responde. No seu carão amarelo e esguio — a mesma expressão feroz. Parece que tem inveja de mim.

Levanto-me e vou á janela pra bebêr um pouco da luz que anda no ar. Meus olhos se fecham, ofuscados. Tenho o corpo como que entorpecido. Sinto uma vontade enorme de escre-

FANTOCHES

ver. Caminho pra minha mesa. Sento. Pégo da caneta. Olho a brancura fria do papel. Falo baixinho: — Fu-Pi! Meu imponente amigo, agora tu vais vêr como escreve um ocidental. No meu poêma não haverá cerejeiras em flôr, nem pagódes, nem montanhas de jade, nem lagos de vidro, nem figurinhas de nanquim... (Parece que o rosto de Fu-Pi fica mais sombrio.) Verás um poêma maravilhoso como jamais chim nenhum não conseguiu fazer. Nem Chang-Ling. Nem tu. Nem Confucio.

Calo-me. Dou um profundo mergulho no silencio. E vou buscar no fundo do silencio a inspiração, como um audaz pescador de pérolas...

Tenho a impressão de que Fu-Pi, advinhando o meu pensamento, fala:

— A imagem é dum passadismo atrós. Ha trezentos anos, na Mongolia, já se escrevia isso...

A ironia do chnês não me fére. Estou tão no fundo deste mar sem fim!

De repente sinto uma iluminação. Começo a escrever. As palavras me brotam da pena, faceis, claras. Versos fulgidos. E a pena deslisa suavemente sobre o papel. Parece que um vento do outro mundo a impele, bem como uma véla branca sobre o mar manso... Estou tonto, Sinto que vou prender o misterio da vida e do sêr num poêma luminoso... Este poêma será a minha gloria. (Fu-Pi olha o papel com olhar obliquo, tôrvo, mau...). Tudo a meu redor fica esfumado, como uma paizagem de sônho. E

uma cousa espantosa acontece. Fu-Pi levanta-se, num pincho. Pererequeia sobre a superficie polida da mesa. Dá tres cambalhotas no ar. (O espanto me imobilisa). E, com um pontapé violento, derriba o tinteiro sobre o papel. A tinta se espalha, negrissima, devorando o meu poêma. Kin-Fu dansa uma dansa louca ao redor do lago de tinta e depois retoma a postura primitiva: pernas cruzadas, mãos trançadas sobre a pança: outra vez bonéco de argila.

Consigo mover-me. Mas é tarde.

O poêma está perdido. Não se lhe vê a menor palavra. A inspiração tambem fugiu. E eu estou a olhar aparvalhadamente pra o idolo chinês. E ' com um odio surdo que falo agora:

— Poéta maldito! Deus da inveja! E' bem verdade tudo quanto se diz de ti. Tu viste que eu ia escrever um poêma que prenderia o misterio grande do mundo e do sêr: A inveja te picou... E procuraste destrui-lo... E conseguiste... E eu perdi o melhor poêma da minha vida.

Ergo-me, com raiva. Seguro fortemente o bonéco. Caminho pra janela. Estendo o braço e grito:

—Agora nem Buda te salvará da morte. Esta será a tua ultima aventura, chim amaldiçoado! Tu te has de desfazer em poeira sobre as pedras. Chora, grita, invoca os teus ilustres antepassados de rabicho! Será inutil.

Arremesso Fu-Pi violentamente sobre as pedras da rua. O idolo se despenha, velós. Mas em

FANTOCHES

meio da quéda, contrariando estranhamente a lei
da gravidade, altera a direção vertical, ganha como que um novo impulso inexplicavel e frécha
horizontalmente em direção á calçada oposta, es-
patifando-se justamente sobre a cabeça dum homem que passava. O pobre transeunte solta um
grito. Meio tonto, levanta o rosto pra minha
janela.

Céus! O homem é o poeta Paulo Musa que
acaba de publicar um livro interessantissimo que
alcançou grande exito. Diabolico Fu-Pi! Mesmo no momento da morte não consegue libertar-
se da inveja. Ele sabia da vitoria literaria do
Musa. Caiu-lhe em cima da cabeça. De raiva. Por
vingança. Por inveja!

*
* *

Por causa de Fu-Pi perdi o meu poêma
mais bonito. E a amizade do Paulo Musa, que
deixou de me cumprimentar sob o pretexto de
que eu propositadamente lhe atirara no talento-
so epicraneo um bibelô inutil.

E anda espalhando pelos cafés e pelas rodinhas literarias historias que me desabonam. Diz
que eu tentei quebrar-lhe a cabeça porque vejo nele um concorrente perigoso, um rival invencivel. Afirma que sou o homem mais invejoso
do mundo.

Estou vendo que depois de morto inda hei de
virar bonéco, como Fu-Pi. Eu quizéra só saber

com que cara me hão de moldar. E <u>com que roupa</u>...

* * *

Leitor, toma cuidado. Porque provavelmente haverá mais imagens de Fu-Pi por este velho mundo pandego.

* * *

Esta caixa de brinquedos recende a pó-de-arroz.
A farsa parece ter sido escrita sob encomenda para a revista PARA TODOS na sua fase mundana, caso em que teria ilustrações do inesquecível J. Carlos.

TRAGEDIA NUMA CAIXA DE BRINQUEDOS

O leitor verá que no final de contas o Palhaço Bobo foi a única personagem, que escapou ao "morticínio". Quereria o autor insinuar com isso que Deus protege os pobres de espírito, e que deles será não sumente o reino dos Céus, mas também o da Terra?

Sempre a fuga para o mundo dos fantoches!
medo da vida? Tédio municipal?
O próximo passo literário do autor seria
dado na direção do chamado "mundo
real", em 1933, com a novela CLARISSA —
uma sucessão de aquarelas poéticas
da vida cotidiana numa pensão
em Porto Alegre.

TRAGÉDIA

NUMA

CAIXA DE BRINQUEDOS

DRAMATIS PERSONÆ

A BRUXA DE PANO.
A BONÉCA DE LOUÇA.
O POLICHINÉLO AMARELO.
O PALHAÇO BOBO.
O CAPITÃO CHUMBO.
O ARLEQUIM MIL CORES.
O BALÃO DOURADO.
O URSO — (Com musiquinha na Barriga).

Este urso viria ser o "herói" duma estória que escrevi para crianças em 1936 intitulada URSO COM MÚSICA NA BARRIGA

A ação se passa dentro de uma caixinha de brinquedos. E' noite. Meia luz.
Os bonecos dormem. Arlequim, reclinado sobre o Urso, tem o ar de quem sonha. A um canto o capitão Chumbo, ultimo sobrevivente de um batalhão que se espatifou, dormita com dignidade.
Polichinélo, trêdo e esperto, dorme com um olho só. O Palhaço Bôbo tem os olhos cerrados mas a boca escancarada num sorriso idiota

A palavra minquietude não existe. Erro tipográfico.

174   ÉRICO VERISSIMO

A Bruxa de Pano move-se com minquietude. A Bonéca de Louça, o brinquedo mais novo da caixa, dorme tranquilamente.

A BRUXA (a meia voz) — Arlequim! Arlequim! (Arlequim abre os olhos).

ARLEQUIM (bocejando) — Que é lá? Rato? Ladrão?

A BRUXA — Qual! Todos dormem. Vem. Vamos amar.

Arlequim ergue-se, lentamente. Põe-se de pé.
Um ruído. A Bruxa estremece.

Cada leitor que imagine esta musiquinha.

O URSO — Din-de-ren! Lin-lu-len! Pin-plen-plunnnnnn!

ARLEQUIM — (intrigado) — Que é isso?

A BRUXA — Que susto! E' o ursinho. Está sonhando.

A Bruxa envolve o pescoço de Arlequim com seus moles braços de pano.

Bélo? Que diabo de ortografia é esta?

ARLEQUIM — (aborrecido) — Vamos, deixa-te de pieguices!
Tu me aborreces. Olha só pra mim. (Faz um gesto vaidoso.) Vê esta vestimenta de mil côres. Sou Arlequim, o bélo o brinquedo mais caro desta caixa. E tu? Tu? (Com desprezo.) Uma pobre bruxa de retalhos...

Polichinélo abre o outro olho. Espia. Fareja escandalo. Sorri.

POLICHINÉLO — Era uma vez uma bruxa de pano que morreu de amor...

*Era tão astuto que só falava pra dentro. Poristo ninguem lhe ouviu a ironia.
A Bruxa continua a abraçar ternamente Arlequim. Este se esquiva, impaciente, olhando pra todos os lados.*

ARLEQUIM — Larga, mulher! Olha que os outros podem ver.

A BRUXA — Que importa? Eu te amo, sou tua... Arlequim!

O PALHAÇO BOBO — Ai que bom! Quá! quá! quá!

O URSO — De-len-linnnnn! Din-den-dolon! Dinnnnnnn!

ARLEQUIM — Que escandalo! Todos estão acordados.

O Capitão Chumbo, de olhos acesos, mira os amantes. O sangue lhe sobe ao rosto. E o heroi aposentado fala por entre dentes.

O CAPITÃO — Que pouca vergonha! Não ha mais dignidade, não ha mais heroismo, não ha mais poesia!

POLICHINELO — (em voz alta) Desde que a Bonéca de Louça chegou Arlequim anda desinquieto. Antigamente só havia uma dama nesta caixa... Hoje. (Gargalha.) Assim é o amor...

A BRUXA — A Bonéca de Louça... Eu compreendo...

> *Começa a chorar desconsoladamente. Arlequim dá de ombros.*

O PALHAÇO — Ai que bom! Quá! quá! quá!

POLICHINELO — Cala a boca, idiota! Agora é que vai começar a tragédia.

> *Esfrega as mãos, contente. A Bonéca de Louça abre os olhos, pisca, olha em torno, sorri.*

A BONECA — Oh! Todos acordados. Bom dia, senhores e senhoras! Bom dia!

> *Arelquim faz uma longa reverencia.*

ARLAQUIM — Bom dia, princesa!

A BONECA—Oh!, senhor Arlequim, quanta bondade! Princeza...

ARLEQUIM — Alminha de açúcar, coraçãosinho de sêda, a nossa casa éra triste e sombria; quando tu chegaste tudo ficou rebrilhando de luz... Vieste decerto do bazar mais lindo da terra. Deves ter custado muito caro. (Faz nova mesura.) Eu sou Arlequim, o cavalheiro mais garboso e bravo deste mundinho...

O CAPITÃO — (por entre dentes) — Insolente!

ARLEQUIM — Bonéquinha, bonéquinha, eu te ofereço o meu amor! Nunca ninguem não rejeitou o amor de Arlequim.

O PALHAÇO — Ai que bom! Quá! quá! quá!

POLICHINELO — (malicioso) — O coração de Arlequim é vario como a sua roupa: tem mil côres...

ARLEQUIM — (insistindo)—Bonéquinha, o meu amor!

POLICHINELO — O amor é fragil e leve como aquele balão...

Aponta prao Balão Dourado que está a um canto.

Bem como aquele balão... Ao menor golpe estoura e murcha... Querem vêr?
Dirige-se ao capitão.
Senhor capitão, me empreste a sua espadinha.

O capitão empresta. Polichinélo espéta a lamina no balão.

O BALÃO — Pôff!
Rebenta e murcha.

POLICHINELO — Assim é o amor!

O PALHAÇO — Ai que bom! Quá! quá! quá!

O CAPITÃO — Pra isso é que queria a minha espadinha?

Toma com maus modos a espada que Polichinélo lhe devolve com uma cortezia grotesca.

A BRUXA — Pois eu vou mostrar como o amor é mais forte do que aquele balão. (Prao Capitão). Capitão, me empreste a sua espadinha.

O CAPITÃO — Pra espetar balão?

A BRUXA — Juro que não!

O Capitão Chumbo entrega a espada á Bruxa.
Ha um momento de espectativa. Silencio. O Palhaço continua de boca escancarada. Arlequim tem uma atitude insolente: está na posição de quem dedilha uma bandurra imaginaria. Polichinélo adivinha a tragedia e sorri. O Urso está guardando a sua musiquinha prao momento oportuno. A Boneca de Louça olha pra todos os lados atarantadamente.
A Bruxa fica por algum tempo indecisa. Depois, furiosa, investe contra a Bonéca, cuja cabeça parte em cacos, a golpes loucos de espada.

POLICHINELO — Assim é o amor! Assim é o amor!

O PALHAÇO — Ai que bom! Quá! quá! quá!

O CAPITÃO — A minha espada!

Arlequim, desvairado, arrebata a espada das mãos da Bruxa e com ela vara o peito da assassina. Em seguida volta a arma contra o proprio peito, cravando-a no coração. Ambos rolam pesadamente.

O PALHAÇO — Ai que bom! Quá! quá! quá!

O Capitão Chumbo, escandalisado, inclina-se sobre o cadaver de Arlequim e arranca-lhe a arma do peito.

O CAPITÃO — Nunca mais hei de emprestar a ninguem minha espadinha! Nunca mais!

Ha um silencio tragico. Polichinélo, tomado de medo, encolhe-se a um canto e põe-se a chorar tão copiosamente que as lagrimas, escorrendo-lhe pelo rosto, descoram-no completamente. O Capitão Chumbo é subitamente acometido de violenta febre.

O URSO — Den-din-den-delen!

A musiquinha do bicho sôa como uma marcha funebre. O Capitão Chumbo delira.

O CAPITÃO — Batalhão, ordinario: marche! Um-dois! Um-dois! Ra-ta-plan, plan, plan! Um-dois! Um-dois! Primeiro pelotão,

fogo! Ai! Estou ferido Oh!˙ eles hão de ver como sabe morrer um soldadinho de chumbo!

> *Tão alta, tão ardente é a febre que incendeia o corpo do desventurado oficial, que em poucos segundos este se derrete, ficando reduzido a um monticulo informe de chumbo.*
> *O Urso continua com a sua musiquinha. Mas de repente — réc! réc! — qualquer cousa se lhe quebra na barriguinha. O bicharôco se cala.*

O PALHAÇO — Ai que bom! Quá! quá! quá!

. . . .

Foi por isto que, no dia seguinte, abrindo a sua caixinha de brinquedos, Nênê viu o quadro desolador:

— A boneca de louça feita cacos...

— O Arlequim e a Bruxa de Pano caídos no chão, estripados...

— Polichinelo com a cara completamente desbotada...

— O Urso com a sua musiquinha estragada...

— O Capitão Chumbo irremediavedmente derretido...

— E o Palhaço Bobo rindo, rindo, rindo sem parar: Quá! quá! quá! quá!...

Nênê fez beicinho, choramingou, triste.

Como é muito creança, não compreende as tragedias da vida...

E explicou o desastre assim:

— Foi o rato! Foi o rato! Foi o rato!

Paciência. A estória, como a História, sempre necessitou de bodes expiatórios. E quem nã

Tenho boas razões para crer que o meu Nanquinote me foi inspirado pelo palhaço que o caricaturista americano Max Fleischer tirava de dentro dum tinteiro, em seus desenhos animados da era pré-Disney, se bem me lembro.

NANQUINOTE

O palhaço não era bem assim... A memória deve estar me traindo.

No fim da película o palhaço de Fleischer de novo virava tinta e voltava para dentro do tinteiro...

NANQUINS

GENESIS

Os homens estão cada vez mais incredulos e prosaicos. Já não crêem em milagres, aparições ou sortilegios. Demarcam arbitrariamente os dominios do verosimil, esquecendo as lições que a vida a todo o instante lhes está dando.

Mas eu não perdi ainda a credulidade facil e colorida da infancia. Si me disserem:

— Vi hoje uma ninfa tomando banho lá na lagôa, nua, bem nuinha... perguntarei:

— Em que lagôa? Eu tambem quero ver isso.

Si contarem:

— Encontrei ontem de noite um lobishomem... pedirei:

— Dize em que lugar viste o bicho, pra eu nunca mais passar por lá em noite de sexta-feira...

Naquele Mefistófeles de guampinhas estilisadas, bigodes retorcidos, roupa de sêda vermelha, espadim á cinta, — nesse, palavra, eu não

Por exemplo: alguém em sã razão acredita que sete defuntos podem erguer-se de seus esquifes e descer para a praça principal de sua cidade e instalar-se num coreto para dali discutir suas diferenças com os vivos? Pois isso aconteceu na cidade de ANTARES, na sexta-feira 13 de dezembro de 1963. Palavra de honra!

Mefistófeles teria mesmo guampas?

acredito, porque a literatura e a opera já o desmoralisaram.

Acredito em iára, curupira, anhangá, boitatá, negrinho do pastoreio, saci, alma do outro mundo e deste tambem; acredito em fadas, em genios bons e maus, em gigantes, bichos que falam e em outros bichos que neste momento não me vêm á memoria...

Agora está claro que esses fantasmas e encantamentos não acontecem corriqueiramente a toda a hora. Como as creaturas que Deus fez, Como os animais domesticos. Como as paisagens que os olhos desencantados dos homens estão acostumados a ver quotidianamente.

A' luz do sol dificilmente haverá milagres ou aparições. O sol é o maior inimigo do misterio e do encantamento. Quem é que já ouviu dizer que uma alma do outro mundo apareceu na rua em pleno meio dia luminoso? Entretanto a lua já se presta mais como ornamento da paisagem adequada aos acontecimento sobrenaturais. E' mesmo com uma frequencia notavel que o nosso simpatico satelite comparece aos "sabbats", assombramentos e bruxarias. Pode-se afirmar que a lua chega a ser um detalhe indispensavel pra que essas farras cabalisticas e fantasmagoricas tenham o que se costuma chamar "côr local".

Tambem a penumbra das casas velhas, das bibliotecas silenciosas são ambiente propicio ás sobrenaturalidades.

Não ha ninguem por mais materialista, desencantado e positivo que seja — que não tenha

FANTOCHES

tido na vida o seu caso inexplicavel, o seu misterio...

Com homens de imaginação larga os feno-
menos de que falo ocorrem com mais frequencia.
E' que, pra eles, o termo — realidade—encerra
um sentido muitas mil vezes menos limitado do
que pra os que têm pouca ou nenhuma imaginação. Porque nem toda a realidade pode ser pal-
pàda, cheirada, saboreada, ouvida e propriamente vista.

* *
*

Eu estava no meu gabinete. E a solidão me
enervava. Tinha diante dos meus olhos pequenas pilhas de livros. Mas não sentia vontade
nenhuma de lêr, si bem que estivesse precisando
de entretimento. Foram, pois, os meus proprios
livros que me ofereceram esse entretimento, mas
de uma maneira completamente diversa da de
costume.

Estava eu a pensar em personagens de romances. Recordava livros lidos. Dialogos. Situações. Cenas de amor e de odio. As imagens
passavam-me pela mente numa sucessão rapida,
luminosa e continua, como numa téla de cinema.
E me fui aos poucos esquecendo do mundo que
existia lá fóra, além das paredes do quarto. Por
fim as fronteiras do meu mundo ficaram limita-
das dentro dum circulo que abrangia apenas a
mesa com tudo quanto se lhe via á superficie: livros, canetas, tinteiros, papeis...

E o que "vi" depois foi espantoso e inesquecivel. Senti que havia outras vidas palpitando perto da minha. Outras conciencias. Outras inquietudes.

De um "HAMLET" de capa azul saltou uma figurinha perfeitamente humana, que, não obstante, nem chegava a ter a altura do meu tinteiro. Agitou-se. Olhei-a. Era o principe da Dinamarca. Tinha na mão uma caveira. Mirava-a, remirava-a. Poz-se a caminhar de um lado pra outro, repetindo furiosamente o soliloquio — "To be or not to be..."

Depois, um grosso volume encadernado se abriu com estrépito. Era um "D. QUIXOTE" com gravuras em tricomia. De dentro dele — magrissimo e soberbo — surgiu o Cavaleiro da Triste Figura, cavalgando o filosofico Rocinante. De lança enristada investiu contra o tinteiro, julgando, talvez, que fosse um moinho. No arremesso cégo quasi levou por diante o tresloucado Hamlet, que continuava no seu de-cá-pra-lá nervoso, levando a caveira na mão e o palavrorio bem decoradinho na ponta da lingua: "To be or not to be..."

Duma brochura ordinaria de "Os TRES MOSQUETEIROS" surgiram Athos e D'Artagnan, de floretes em punho, fanfarrões e esplendidos, procurando rixas.

D. Quixote continuava no assédio obstinado, dando metafisicos pontaços de lança contra o

Li a Salomé de Wilde ainda em Cruz Alta, nos meus tempos de boticário.

Good God! Como imitar a famosa ilustração de A. Beardsley para a SALOMÉ de Oscar Wilde?

tinteiro. E Hamlet tiquetaqueava ainda o seu soliloquio impossivel.

Abriu-se de chofre um livréco de capa verde. E uma Salomé esbelta desenhada por Beardsley caminhou, hieratica e histerica, pra o centro da mesa. Acompanhava-a João Batista, o comedor de gafanhotos. A princeza judia suplicava-lhe, sensual: "Quero a tua boca! Quero os teus cabelos!" E queria isto e queria mais aquilo. Mas o profeta estava firme, renitente, opiniatico no seu estribilho irredutivel: "Pra trás filha de Sodoma! Pra trás filha de Gomorra!" Pra trás filha disto, pra trás filha daquilo.

Eu olhava, deslumbrado, a ilustre assembléa, com uma vontade louca de intervir... Mas achei-me impotente pra isso. Era um pobre mortal. E eles pertenciam a um mundinho diferente: moviam-se dentro de outro sistema de coordenadas que escapava á mais sutil das definições que lhe pudesse dar a sabedoria humana.

Mas eu precisava de mandar pelo menos um emissario. Quem seria? Uma personagem minha? Talvez... Passei em revista as minhas creaturas. Foi um desfile instantaneo. Por fim acheia-as todas indignas de comparecer á inclita reunião.

De repente pensei numa cousa extraordinaria. Eu ia crear naquele mesmo momento o "meu homem". Seria um desdobramento miniatural do meu eu. Uma projeção da minha personalidade naquele outro mundo...

PARA TRÁS, FILHA DE SODOMA!

Filha de quem?

Onde o material pra obra da creação? Olhei. Vi papel, caneta e nanquim. Peguei da caneta. Molhei-a na tinta e — zás! — comecei a riscar... A minha creatura seria o homem sintético. Uma circunferencia — a cabeça. Uma fisionomia agora: dois olhos oblongos, um nariz lustroso e abatatado, uma boca rasgada... Mais dois complementos carateristicos: orelhas grandes e um penacho simbólico no alto da cabeça. Uma linha ondulada: o tronco. Depois, as varetas flexíveis dos braços e das pernas. Pronto! O calunga nasceu.

Saltou do papel. Com vida. Com alma. Fez meia duzia de piruetas e, depois, uma reverencia. Perguntou-me:
— Como é o meu nome?
Respondi:
— Nasceste do nanquim. Tu te chamarás Nanquinóte!

O calunga abriu a bocarra num sorriso satisfeito.
— Esplendido! Dom Nanquinóte!
— E serás o meu enviado especial junto a essa gente, — acrescentei.

D. Nanquinóte deu meia volta. Viu todas as personalidades importantes que exibiam sobre a mesa a sua maneira de ser. Deu dois passos á frente. Bateu palmas e falou:
— Acabo de ser creado. Sou Dom Nanquinóte, o super-homem. Maior do que o sonho de Nietszche. Mais sabio do que Hamlet. Mais habil espadachim do que Athos ou D'Artagnan. Mais nobre do que D. Quixóte. Mais belo do que Salomé E mais virtuoso do que o Batista.

Disse isto, mas ninguem o ouviu...
Nanquinóte voltou-se pra mim:
— Pai, me dá uma espada.
Minha caneta dansou de novo sobre o papel. Surgiu uma espadinha de nanquim. Nanquinóte pegou dela. Deu tres saltos e investiu contra os mosqueteiros.
— Em guarda! — gritou.
Tilintaram espadas. Estava travada a rixa. Nanquinóte esgrimia como um doido. Athos e D'Artagnan se defendiam, mas iam aos poucos perdendo terreno, recuando. Por fim a espada do calunga trespassou os dois herois, empurrando-os pra dentro da brochura, que se fechou sobre eles como um tumulo.

Ficára sobre a mesa o amplo chapéu de d'Artagnan, caído durante a luta. Nanqui-

...motivo por que não aparecem nesta página...

nóte apanhou-o. Caminhou pra Salomé. Mirou-a bem nos olhos.
— Vais perder a linda cabeça.
Mas a princesa tinha os olhos pregados no proféta, suplicantes:
— Os teus labios são mais rubros do que as rosas do jardim da rainha da Arabia!
Nanquinóte, implacavel, com um golpe habil decepou a cabeça de Salomé. Po-la dentro do chapéu do mosqueteiro e ofereceu-a a Jokanaan. O Batista segurou o chapéu que continha o estranho presente. Salomé insistia:
— Quero beijar a tua boca!!
Hamlet, desesperado, caminhava berrando: "To be or not to be?" E não saía disto... D. Quixóte tentava ainda derribar o tinteiro.

Nanquinóte olhava pra todos os lados, sarapantado.
— Quero beijar a tua boca! — pedia a filha de Herodias.
Mas o proféta alongava os braços, mantendo a cabeça decepada longe de seus labios. E ia caminhando, lento, sacerdotal, opiniatico sempre:
— Longe de mim, filha do pecado!
Sumiram-se dentro do volume de capa verde.
Nanquinóte se aproximou de Hamlet. Segurou-o familiarmente pelo braço.
— Pra quê essa agitação?
O tresloucado principe trovejou-lhe ao ouvido:

Não estará aqui uma das sementes de INCIDENTE EM ANTARES?

— To be or not to be! That is the question! That is the question! E mostrava com gestos delirantes a caveira horrenda.

Nanquinóte sorriu com superioridade. Tomou das mãos do outro o craneo alvo.

— Vais ver como se resolve o probléma da vida e da morte. E' a minha filosofia: nanquinotismo puro. Simplissimo. A caveira te apavora, te inquieta, te faz pensar? Eis a solução.

Poz o craneo sobre a mesa. Deu dois passos pra trás, ganhou impulso, numa corrida curta e desferiu violento pontapé na caveira, que subiu, girando como uma bola, passou pela janela abertura do quarto, varou o espaço e sumiu-se entre as estrelas...

Hamlet evaporou-se como uma aparição.

Nanquinóte caminhou prao Cavaleiro da Triste Figura, que ainda investia contra o tinteiro.

— Que fazes, nobre fidalgo?
— Quero abater este moinho... — declarou D. Quixóte.
— Mas isso é um tinteiro.
— E' um moinho.
— Asseguro-te que é um tinteiro, — insistiu o calunga.
— Eu lhe repito: é um moinho, é um moinho e é um moinho!

Nanquinóte apelou prao Rocinante.

— Diga-me, honrado cavalo, é um tinteiro ou é um moinho?

Cosi e se vi pare (ainda Pirandello).

Rocinante sacudiu as orelhas, inflou as narinas e relinchou:

— Meu senhor afirma que esse tinteiro é um moinho. Logo, não tenho duvidas: é um moinho.

Nanquinóte voltou-se pra mim com os braços caídos de desanimo e uma expressão de tristeza no rosto.

— Pai! — gemeu — eu respeito a convicção destes cavalheiros. O tinteiro deve ser realmente um moinho. Adeus!

Deu um salto e pinchou-se no tinteiro. A tinta fez — glu! — e enguliu o calunga.

A' tinta voltou o que tinta era. Amen!

Mais uma vez o tema da
revolta da criatura contra
o criador.

A FUGA

A FUGA

Só posso imaginar assim uma nuvem na forma dum turco obeso, deitado.

Uma estrelinha caíu, riscando o ceu, como um pingo de luz. A lua mostrou o carão redondo, lívido, humoristico. Uma nuvem apareceu, cobrindo a estrela mais fulgida. Tinha a forma de um turco obeso, deitado: depois se alongou, ficou serpente; pareceu um manto transparente crivado de brilhantes; por fim diluiu-se no ar azul da noite. Uma frechada de luz varou o ceu, saltando subitamente da terra com o grasnar de uma buzina. (Holofote de automovel). Em seguida tudo de novo ficou tranquilo: ceu, lua, estrelas...

E eu — olhando, sereno e solitario. Mas aquele pathé-baby da janela acabou me enfadando. Muito monotono. Tenho uma vaga lembrança de que as lanternas magicas da minha infancia tinham mais imprevisto.

Foi então que comecei a pensar em quão me seria agradavel a companhia de outra pessoa. Mas de um ente que pudesse penetrar na essencia dos meus pensamentos, pudesse compreender todas as frases, todas as sentenças que eu sintetisava ás vezes distraidamente num mono-

"quão"?

Isto vale para todos os personagens de todos os livros que a-pareceram depois de FANTOCHES.

silabo ininteligivel, num gesto vago, ou num simples movimento de olhos.

Mas quem? Quem?

Todas as minhas creaturas andavam dispersas, perdidas ao longo das estradas da vida. Só me pertenciam quando moravam dentro de meu cerebro. Ainda gosei a sua posse no ato divino e misterioso da creação. Mas depois elas sairam pra luz. Foram vistas dos outros homens, julgadas por outros temperamentos, deformadas, interpretadas, torcidas de tal forma que já hoje não me pertencem mais. E eu mesmo creio que agora as não conheceria...

Então pensei esta frase paternal:

— Meus filhos, estejam vocês onde e como estiverem — eu os abençôo!

E uma onda de ternura me invadiu. Senti desejos de rever um calunga. Nanquinóte era a minha ultima creatura. Inda não saíra do retangulo polido da mesa. Morava no tinteiro de nanquim.

Resolvi tira-lo de lá. Molhei a pena na tinta. Rabisquei no papel alvissimo o meu homenzinho sintético: a circunferencia da cabeça, os olhos oblongos, o nariz-batata, a boca rasgada, as orelhas, o penacho, as varetas dos braços e das pernas...

Nanquinóte alongou os braços, abriu a boca e dobrou os joelhos num espreguiçamento. Deu tres pulinhos rapidos e levantou os olhos pra mim:

— Bôa noite, pai!

FANTOCHES

— Bôa noite, Nanquinóte!

O calunga passeou o olhar em torno. Poz as mãos na cintura e falou com desprezo:

— Livros, livros, livros... e livros!

Sorri. Nanquinóte trepou pra cima de um maçudo dicionario enciclopedico e sentou-se-lhe á borda, com a perna direita sobre a esquerda, os cotovelos fincados nas coxas e as mãos espalmadas segurando a cabeça. Caladinho. Com uma expressão melancolica no rosto. E — verdade ou ilusão? — me pareceu que uma lagrima lhe pingava do globo negro do olho esquerdo.

— Que é isso, homem? — perguntei.

Não tive resposta. O calunga continuou calado. Suspirou. Alçou os olhos pra janela.

— Pai!
— Filho!
— Eu quero uma cousa...
— Que é que tu queres?
— Eu quero ver a vida!
— Filho!
— Eu quero!
— Não. E' perigoso. O sol é mau. Os homens são maus. E ha bondes, automoveis, e pés de gigantes que te podem pisar, e bichos ferózes...
— Mas eu quero! Eu quero!
— Tenho mêdo...
— Si tu fôres ficarei sósinho...
— Mas eu quero!
— Eu volto...

— Fica. Este é o teu mundinho sem perigos. Aqui és rei. Fica.
— Só si tu fizeres uma Eva pra mim!
— Nunca!
— Prometo não comer a maçã!
— Não.
— Então me deixa ir pra fóra, ver a cidade, ver a vida... Deve ser tão bom...

Confesso que os desejos de Nanquinóte me davam ciumes. Eu tinha um pressentimento de que, si o soltasse, havia de perde-lo. Ali ao menos eu o tinha sempre pra mim, unicamente pra mim. Conversavamos. No silencio de meu gabinete, nas noites tranquilas.

E antes que chegasse o sol e a curiosidade perigosa dos homens, Nanquinóte ia dormir diluido na tinta do tinteiro, de onde eu o tirava de novo quando me convinha.

Nanquinóte levantou-se de repente. Estendeu pra mim os braços finos e gritou:

— Pai, eu quero conhecer a mulher, eu quero conhecer o amor!

Eu estava surpreendido e ao mesmo tempo decepcionado.

— Nanquinóte — perguntei — como sabes que existe a mulher? Como sabes que existe o amor?

O calunga fez um gesto de surpreza:
— Ué!? Pois os teus impagaveis livros não falam de outra cousa. As mulheres andam por todos eles; todos eles são impregnados de amor. Abro a Historia. Que vejo?

Os seculos rolam e por toda a parte está a mulher, influindo, inspirando, dominando. Os poetas não fazem duas rimas sem falar no amor. Os teus romancistas, desde o mais pulha até o mais respeitavel, não fogem ao assunto: mulher e amor; amor e mulher...

Ou a mulher é um ente interessante mesmo ou toda esta cambada é de uma falta de imaginação deploravel...

Poz-se a passear, nervoso, com passinhos miúdos, por entre livros. De vez em quando saltava por cima dum lapis. Ou punha-se a dar "bicancas" em bolinhas de papel.

Aconselhei:

— Meu filho, foge das mulheres. Fica jogando bolotas que é melhor.

Mas Nanquinóte juntou as munhécas teatralmente sobre o peito e gemeu:

— Hei de caír no mundo de verdade. Hei de ver as mulheres. Que lindo. Poderei ama-las. Penetrarei nos seus quartots pelos trincos das portas, pelos buracos das fechaduras. Esconder-me-ei nas caixinhas de perfumes, nas gavetas dos "boudoirs". Hei de conhecer os segredos das mulheres: ouvir o que elas dizem, o que elas fazem... Hei de ama-las suavemente, sem que me vejam, sem que me sintam. A mulher! O amor!

O calunga com grande esforço abriu um livréco brochado, edição Tauchnitz, e pô-lo debaixo de meus olhos.

—Veja, — disse — abri este volume. ao

Toda literatura de língua inglesa que eu lia nos meus tempos de boticário em Cruz Alta me chegava nas pequenas brochuras da coleção Tauchnitz, de Leipzig, Alemanha.

acaso. Nem sei qual é o autor... E o verso que primeiro leio fala em mulher... Ela, sempre ela!

Olhei. Era um poema de Longfellow. Começava assim:

"In the village churchyard she lies
Dust in her beautiful eyes,
no more she breathes, nor feels, no stirs...

Fiquei a lêr o poêma, deliciado. Quando cheguei ao ultimo verso, levantei os olhos pra Nanquinóte. Mas que era do calunga? Não estava mais sobre a mesa... Comecei a dar uma busca angustiada por entre os livros, canetas, tinteiros e papeis.

— Meu filho! Nanquinóte! Onde estás?

Ouvi de subito uma gargalhada minuscula. Passeei o olhar pelo gabinete, atarantadamente. Nanquinóte estava no peitoril da janela, gesticulando, fazendo piruetas, rindo...

— Adeus, pai! Vou ver o mundo, vou ver a vida! Adeus!

Levantei-me num pincho procurando agarrar o bonéco. Mas Nanquinóte, agil como um demonio, de um salto ganhou a rua e desandou a correr, sumindo-se...

Apertou-se-me o coração. Nanquinóte caíra no mundo: estava em perigo.

Que surpresas lhe reservaria a vida?

Eis uma lembrança de velha leitura cruzaltense. Este poema se encontrava num livro de Longfellow que um pastor metodista americano me deu.

A VOLTA

CONCLUSÃO

O autor de FANTOCHES — para usar dum termo muito em voga hoje em dia — era um alienado. Fugia ao seu ambiente cruzaltense e às pessoas com as quais convivia, à sua maneira distraída e vaga, pedindo asilo em embaixadas literárias de países estrangeiros, ou então escondendo-se

na nuvem irisada de sua fantasia.

Estava convencido de que sua cidade e seus conterrâneos não constituíam boa matéria literária,pois representavam o prosaísmo e a mesmice do dia-a-dia.

Como resultado disso,FANTOCHES é uma obra excessivamente livresca. Influenciado pela ironia anatoleana,pelos paradoxos de Wilde,pelo absurdo de Pirandello (que nunca tinha lido,conhecendo-o apenas de "ouvir dizer")e pela idéia de que somos todos apenas títeres manejados por cordéis invisíveis,ao sabor dum deus desconhecido (Khayyam) - o jovem Verissimo produziu os contos que formam o presente volume.

Deixou,porém,vários deles de lado,na seleção final. Foi uma pena,pois é principalmente nessas estórias jogadas ao lixo que se acham algumas das tendências que, uns <u>quarenta</u> anos mais tarde,haveriam de reaparecer no romance INCIDENTE EM ANTARES,num contexto em que magia e realismo se mesclam. A irreverência,o insólito,a sátira,a comédia cínica,a mancha macabra marcam essas narrativas repudiadas,que se intitulavam QUARTETO SEM SOL,NOE' — farsa bíblica —e finalmente O PROFESSOR DOS CADÁVERES,figura sinistra que bem podia candidatar-se a um lugar entre os sete defuntos do coreto da praça de Antares.

A ortografia de FANTOCHES é eclética,para não dizermos coisa pior. O livro todo tem algo de amaneirado que às vezes se aproxima perigosamente da fronteira do <u>engraçadinho</u>,disso que em inglês se designa por uma boa palavra:<u>cute</u>.

QUE VELHOTE PRETENSIOSO

Neste ponto vou arriscar,mas sem dedo erguido,pois crítico não sou,uma classificação da obra de Érico Veríssimo. Sua primeira fase,que começa com o presente volume,é feminina.A segunda,masculina.Há de permeio uns poucos livros hermafroditas, como ,por exemplo , as narrativas de viagem. Quando digo feminino,refiro-me à fragrância de água de colônia que se evola de alguns de seus livros,ao medo de dar às coisas o seu verdadeiro nome,e à relutância em sujar as mãos no barro humano... Os livros da fase masculina começam a engrossar a voz em O RESTO E' SILÊNCIO e culminam nos 3 romances de O TEMPO E O VENTO,em O SENHOR EMBAIXADOR e em INCIDENTE EM ANTARES. O PRISIONEIRO é uma parábola de sexo incerto. NOITE? Pa-

A VOLTA

Havia já duas semanas que Nanquinóte fugira de minha mesa. A imagem dele não se me apagava da mente. Parecia-me ve-lo a todo o instante, desinquieto e agil, a saltitar por entre livros.

Como esquece-lo? Eu tinha sob o olhar o material com que o creara: caneta, tinta e este desejo infinito de desdobramento...

Eu já pensava numa nova creação, quando Nanquinóte em pessôa surgiu ante os meus olhos espantados, repentino, como uma aparição sobrenatural.

— Nanquinóte! Tu voltaste?

Ele sacudiu a cabeça com desalento, deixou cair molemente os braços. Notei que havia em seu rosto qualquer expressão nova que eu lhe não conhecia.

— Então, amigo? — insisti.

O calunga falou:

— Voltei...

— E a vida?

—A vida?

— Sim. Como achaste a vida?

lavra que não sei como classificá-lo, quanto ao sexo.

É aqui termino minhas _marginalia_ ao livro de meu "neto".

E se mais não digo é porque não quero revelar constrangedores segredos de família...

E.V.

Porto Alegre-Abril de 1972.

Nanquinóte sentou-se sobre a tampa do tinteiro, cruzou os braços e as pernas, olhou fixamente pra mim e sentenciou:

— A vida seria bôa si não fosse a Barata Preta. A Barata Preta é que estraga a vida...

— Não compreendo, meu filho...

Então Nanquinóte me contou a historia horrivel da Dansarina de Papelão, que se passou na vitrina feia da loja da rua triste, e na qual historia entram tambem a Barata Preta e dois cavalheiros.

* * *

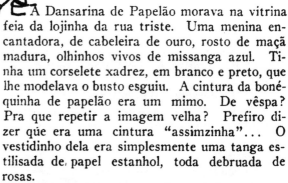

A Dansarina de Papelão morava na vitrina feia da lojinha da rua triste. Uma menina encantadora, de cabeleira de ouro, rosto de maçã madura, olhinhos vivos de missanga azul. Tinha um corselete xadrez, em branco e preto, que lhe modelava o busto esguiu. A cintura da bonéquinha de papelão era um mimo. De vêspa? Pra que repetir a imagem velha? Prefiro dizer que era uma cintura "assimzinha"... O vestidinho dela era simplesmente uma tanga estilisada de papel estanhol, toda debruada de rosas.

Será preciso falar nos braços e nas pernas que qualquer aragem leve fazia dansar uma dansa de pendulo louco?

Na mesma vitrina morava o Pirata de Pau, que era barbudo e feio. E o Palhaço de Lozangos Vermelhos que tocava pratos.

Afóra essas creaturinhas, só havia ali livros, flôres, revistas e outros objétos de segunda mão.

* * *

Assim como ha um Destino praos homens ha um destino praos bonécos. Pois esse destino fez que um dia Nanquinóte passasse por aquela rua e olhasse pra vitrina feia. E seus negros olhos de nanquim encontraram os olhos azues de missanga da Dansarina de Papelão.
Que cousa estranha foi aquela que o calunga sentiu? Dôr? Não. Alegria? Tambem não...
Ficou longo tempo olhando pra creatura loura. Tudo se diluiu ao redor da figura dela. Nanquinóte não viu o Pirata de Pau, nem o Palhaço de Lozangos Vermelhos, nem nada. Parecia que a irradiação que saía da cabeça loura da dansarina era tão viva que apagava todas as imagens em torno.

Nanquinóte deixou cair o queixo e os braços. E ficou ali na frente da vitrina feia, toda a tarde, toda, todinha. E o sol fugiu, e veiu a noite, floreceram as luzes da cidade, floreceram as luzes do ceu.
Quando a vitrina se fechou, a imagem bonita ficou ainda dansando nos olhos do calunga. Luminosa e exquisita. Tão luminosa que não deixou Nanquinóte enxergar a noite. Tão exquisita que espantou o sono e fez esquecer o tempo.

No outro dia o sol não apareceu, o ceu estava côr de aço. Mas pra que sol? A cabeleira da Dansarina de Papelão não era um sol?

Nanquinóte esperou ansioso que abrissem a vitrina. E quando os seus olhos viram de novo os olhinhos da bonéca, escancarou a boca num sorriso contente que ia de orelha a orelha.

* * *

A bailarina só dia isto:
—Uhu! Uhu!
Nacera numa fabrica de brinquedos da Alemanha. Havia muito que estava naquela vitrina, esperando que lhe aparecesse um comprador. (Custava 3$500). Sonhava com um ambiente de luxo, em que houvesse arminhos, perfume, muita luz e risos de creança. Repugnava-lhe a companhia do pirata e do palhaço: todos eram brinquedos de segunda mão... (Na verdade que ela tambem era de segunda mão. Ah! Mas já fôra fina em outros tempos. Ficára pendurada durante cinco gloriosas noites numa arvore de natal deslumbrante, no meio de outros brinquedos caros, contas fulgidas, guirlandas, velas coloridas e estrelinhas de prata e ouro...)

* * *

Fascinado, Nanquinóte não saía mais da frente da vitrina feia.

A estória do amor de Nanquinóte pela Dançarina de Papelão lembra a do soldadinho de chumbo apaixonado pela dançarina de papel —dum dos contos.. dos irmãos Grimm ou de Andersen, não me lembro. Esse conto fazia parte dum livro de leitura escolar dos meus nove anos.

MAS JURO QUE NÃO FOI PLAGIO!

— Isto deve ser amor! — dizia. Isto deve ser amor!

* * *

Um dia conseguiu subir ao peitoril da vitrina. Não teve medo da carranca do Pirata de Pau. Nem fez caso do riso de mofa do Palhaço de Lozangos Vermelhos.

Encostou a cara ao vidro e falou com voz tremida:

— Eeeu teee aaaaamo!

A bonéquinha fez:

— Uhu! Uhu!

* * *

E amaram-se. Platonicamente, de longe. Entre Nanquinóte e a Dansarina de Papelão, a muralha intransponivel, o obstaculo invencivel: — o vidro da vitrina, o qual, entretanto, era ironicamente limpido, ironicamente transparente...

* * *

Ao anoitecer, quando a porta da vitrina descia como uma calamidade. Nanquinóte ficava-se pensativo e tristonho, a martelar numa frase.

— Que cousa engraçada é o amor! Que cousa engraçada é o amor! Que cousa engraçada é o amor!

E repetia isto toda a noite. Até que o ceu

clareava, as estrelas desertavam, o sol chegava e a vitrina se abria.

*

Um dia a Dansarina de Papelão falou, chorosa:
— Uhu! Tenho mêdo do bicho feio que vem de noite. Tenho mêdo.
O penacho de Nanquinóte se agitou como uma bandeira ao vento.
— Bicho feio?
— Uhu! A Barata Preta mora escondida aqui dentro. De noite aparece. Barata Preta róe. Já roeu a pagina dum livro. Eu tenho mêdo!

*

Naquela noite Nanquinóte teve um pesadelo em que lhe apareceu a Barata Preta, fantasticamente grande, trazendo a pobre bailarina loura espetada nas antenas.
Acordou apavorado.

*

No dia seguinte a vitrina não se abriu porque era domingo. Nanquinóte chorou. De raiva e de saudade. Andou á tôa pela rua. Pensou no seu amor infeliz. Na Barata Preta. Teve febre, delirou. Sentiu saudade do nada, do tempo em que era **cousa nenhuma** e morava feito tinta no bojo do tinteiro.

Chegou a pensar no suicidio. Mas por fim resolveu perpetrar um sonêto. Começou a escreve-lo mentalmente. E todos os versos lhe saiam iguais:

> Que cousa engraçada é o amor!
> Que cousa engraçada é o amor!

* * *

Pra Nanquinóte, a Dansarina de Papelão representava a propria felicidade. O maior sonho do calunga era aproximar-se da Bem-Amada. Engendrava mil planos pra conseguir entrar na vitrina. Ao cabo, convencia-se de que tudo seria inutil.

E suspirava:

— Si ao menos eu pudesse fingir de brinquedo de segunda mão pra entrar ali...

* * *

Um dia a Dansarina de Papelão não falou. Nanquinóte, do outro lado do vidro, fez-lhe mil perguntas ansiosas. A bonéquinha continuou calada.

O palhaço bateu os pratos e explicou:

— Tchim! Barata Preta comeu a lingua dela.

— Comeu, comeu! — confirmou o **Pirata de Pau**.

* * *

Quando a vitrina se abriu na outra manhã, Nanquinóte notou que faltava na carinha de maçã madura de sua amada, a continha azul do olho direito.
— Cadê o olhinho dela? perguntou, ameaçador.

* * *

Barata Preta era impiedosa. Não gostava de carne de pirata. Nem de carne de palhaço. Só queria comer a Dansarina de Papelão.
Uma noite comeu-lhe o olho restante. Depois, a cabeleira côr de sol. Depois o pésinho direito.
Barata Preta não tinha coração.

* * *

Nanquinóte estava surpreendido ante a transformação. Que era da bonéquinha bonita? O bicho feio tinha comido.
No principio aquilo lhe doera no coração. Mas agora, — que cousa engraçada era o amor! — Nanquinóte já não tinha mais vontade de olhar pra vitrina feia da lojinha da rua triste, em que havia um palhaço bôbo, um pirata barbudo e uma dansarina aleijada, sem cabelos, sem olhos e sem pé...

Alguns dias depois, Nanquinóte despreocupadamente caminhava por uma rua, quando uma cousa lhe chamou a atenção. De pequena caixa que estava á sargeta, transbordante de lixo, emergiam dois braços e uma perna que lhe pareciam conhecidos. Parou. Olhou melhor. E deu com a cara suja e mutilada da bailarina de papelão. Estendeu o braço e agarrou-a. O craneo da infeliz menina se descolou do resto do corpo. O calunga examinou-o com piedoso interesse. E foi inventariando defeitos:
— Não tem mais cabeleira de sol.
— Nem olhos de missanga azul.
— Nem rostinho de maça madura.
— Nem pode mais dizer — Uhu!
—E' caveira! Caveira! Caveira!
Concluiu com amargor:
— Por ela chorei, tive febre, sofri, pensei em suicidio. Que cousa engraçada é a vida!
Com uma bicanca de desprezo jogou a cabeça pra longe. E continuou o seu caminho, repetindo:
— Que cousa engraçada é a vida!
A cabecinha da Dansarina de Papelão ficou caída na sargeta, com a parte que tinha sido rosto voltada prao chão. Do outro lado se lia simplesmente, sobre o branco do papelão, — MADE IN GERMANY.

Hoje em dia seria fatalmente — MADE IN JAPAN

Outros contos

AS MÃOS DE MEU FILHO

Todos aqueles homens e mulheres ali na platéia sombria parecem apagados habitantes dum submundo, criaturas sem voz nem movimento, prisioneiros de algum perverso sortilégio. Centenas de olhos estão fitos na zona luminosa do palco. A luz circular do refletor envolve o pianista e o piano, que neste instante formam um só corpo, um monstro todo feito de nervos sonoros.

Beethoven.

Há momentos em que o som do instrumento ganha uma qualidade profundamente humana. O artista está pálido à luz de cálcio. Parece um cadáver. Mas mesmo assim é uma fonte de vida, de melodias, de sugestões — a origem dum mundo misterioso e rico. Fora do círculo luminoso pesa um silêncio grave e parado.

Beethoven lamenta-se. É feio, surdo, e vive em conflito com os homens. A música parece escrever no ar estas palavras em doloroso desenho. *Tua carta me lançou das mais altas regiões da felicidade ao mais profundo abismo da desolação e da dor. Não serei, pois, para ti e para os demais, senão um músico? Será então preciso que busque em mim mesmo o necessário ponto de apoio, porque fora de mim não encontro em quem me amparar. A amizade e os outros sentimentos dessa espécie não serviram senão para deixar malferido o meu coração. Pois que assim seja, então! Para ti, pobre Beethoven, não há felicidade no exterior; tudo terás que buscar dentro de ti mesmo. Tão-somente no mundo ideal é que poderás achar a alegria.*

Adágio. O pianista sofre com Beethoven, o piano estremece, a luz mesma que os envolve parece participar daquela mágoa profunda.

Num dado momento as mãos do artista se imobilizam. Depois caem como duas asas cansadas. Mas de súbito, ágeis e fúteis, começam a brincar no teclado. Um *scherzo*. A vida é alegre. Vamos sair para o campo, dar a mão às raparigas em flor e dançar com elas ao sol... A melodia, no entanto, é uma superfície leve, que não consegue esconder o desespero que tumultua nas profundezas. Não obstante, o claro jogo continua. A música saltitante se esforça por ser despreocupada e ter alma leve. É uma dança pueril em cima duma sepultura. Mas, de repente, as águas represadas rompem todas as barreiras, levam por diante a cortina vaporosa e ilusória, e num estrondo se espraiam numa melodia agitada de desespero. O pianista se transfigura. As suas mãos galopam agitadamente sobre o teclado como brancos cavalos selvagens. Os sons sobem no ar, enchem o teatro, e para cada uma daquelas pessoas do submundo eles têm uma significação especial, contam uma história diferente.

Quando o artista arranca o último acorde, as luzes se acendem. Por alguns rápidos segundos há como que um hiato, e dir-se-ia que os corações param de bater. Silêncio. Os sub-homens sobem à tona da vida. Desapareceu o mundo mágico e circular formado pela luz do refletor. O pianista está agora voltado para a platéia, sorrindo lividamente, como um ressuscitado. O fantasma de Beethoven foi exorcizado. Rompem os aplausos.

Dentro de alguns momentos torna a apagar-se a luz. Brota de novo o círculo mágico.

Suggestion diabolique.

D. Margarida tira os sapatos que lhe apertam os pés, machucando os calos.

Não faz mal. Estou no camarote. Ninguém vê.

Mexe os dedos do pé com delícia. Agora sim, pode ouvir melhor o que ele está tocando, ele, o seu Gilberto. Parece um sonho... Um teatro deste tamanho. Centenas de pessoas finas, bem vestidas, perfumadas, os homens de preto, as mulheres com vestidos decotados — todos parados, mal respirando, dominados pelo seu filho, pelo Betinho!

D. Margarida olha com o rabo dos olhos para o marido. Ali está ele a seu lado, pequeno, encurvado, a calva a reluzir foscamente na sombra, a boca entreaberta, o ar pateta. Como fica ridículo nesse *smoking*! O pescoço descarnado, dançando dentro do colarinho alto e duro, lembra um palhaço de circo.

D. Margarida esquece o marido e torna a olhar para o filho. Admira-lhe as mãos, aquelas mãos brancas, esguias e ágeis. E como a música que o seu Gilberto toca é difícil demais para ela compreender, sua atenção borboleteia, pousa no teto do teatro, nos camarotes, na cabeça duma senhora lá embaixo (aquele diadema será de brilhantes legítimos?) e depois torna a deter-se no filho. E nos seus pensamentos as mãos compridas do rapaz diminuem, encolhem, e de novo Betinho é um bebê de quatro meses que acaba de fazer uma descoberta maravilhosa: as suas mãos... Deitado no berço, com os dedinhos meio murchos diante dos olhos parados, ele contempla aquela coisa misteriosa, solta gluglus de espanto, mexe os dedos dos pés, com os olhos sempre fitos nas mãos...

De novo d. Margarida volta ao triste passado. Lembra-se daquele horrível quarto que ocupavam no inverno de 1915. Foi naquele ano que o Inocêncio começou a beber. O frio foi a desculpa. Depois, o coitado estava desempregado... Tinha perdido o lugar na fábrica. Andava caminhando à toa o dia inteiro. Más companhias. "Ó Inocêncio, vamos tomar um traguinho?" Lá se iam, entravam no primeiro boteco. E vá cachaça! Ele voltava para casa fazendo um esforço desesperado para não cambalear. Mas mal abria a boca, a gente sentia logo o cheiro de caninha. "Com efeito, Inocêncio! Você andou bebendo outra vez!" Ah, mas ela não se abatia. Tratava o marido como se ele tivesse dez anos, e não trinta. Metia-o na cama. Dava-lhe café bem forte sem açúcar, voltava para a Singer, e ficava pedalando horas e horas. Os galos já estavam cantando quando ela ia deitar, com os rins doloridos, os olhos ardendo. Um dia...

De súbito os sons do piano morrem. A luz se acende. Aplausos. D. Margarida volta ao presente. Ao seu lado Inocêncio bate palmas, sempre de boca aberta, os olhos cheios de lágrimas, pescoço vermelho e pregueado, o ar humilde... Gilberto faz curvaturas para o público, sorri, alisa os cabelos. ("Que lindos cabelos tem o meu filho, queria que a senhora visse, comadre, crespinhos, vai ser um rapagão bonito.")

A escuridão torna a submergir a platéia. A luz fantástica envolve pianista e piano. Algumas notas saltam, como projéteis sonoros.

Navarra.

Embalada pela música (esta sim, a gente entende um pouco), d. Margarida volta ao passado.

Como foram longos e duros aqueles anos de luta! Inocêncio sempre no mau caminho. Gilberto crescendo. E ela pedalando, pedalando, cansando os olhos; a dor nas costas aumentando. Inocêncio arranjava empreguinhos de ordenado pequeno. Mas não tinha constância, não tomava interesse. O diabo do homem era mesmo preguiçoso. O que queria era andar na calaçaria, conversando pelos cafés, contando histórias, mentindo...

— Inocêncio, quando é que tu crias juízo?

O pior era que ela não sabia fazer cenas. Achava até graça naquele homenzinho encurvado, magro, desanimado, que tinha crescido sem jamais deixar de ser criança. No fundo o que ela tinha era pena do marido. Aceitava a sua sina. Trabalhava para sustentar a casa, pensando sempre no futuro de Gilberto. Era por isso que a Singer funcionava dia e noite. Graças a Deus nunca lhe faltava trabalho.

Um dia Inocêncio fez uma proposta:

— Escuta aqui, Margarida. Eu podia te ajudar nas costuras...

— Minha Nossa! Será que tu queres fazer casas ou pregar botões?

— Olha, mulher. (Como ele estava engraçado, com a sua cara de fuinha, procurando falar a sério!) Eu podia cobrar as contas e fazer a tua escrita.

Ela desatou a rir. Mas a verdade é que Inocêncio passou a ser o seu cobrador. No primeiro mês a cobrança saiu direitinho. No segundo mês o homem relaxou... No terceiro, bebeu o dinheiro da única conta que conseguira cobrar.

Mas d. Margarida esquece o passado. Tão bonita a música que Gilberto está tocando agora... E como ele se entusiasma! O cabelo lhe cai sobre a testa, os ombros dançam, as mãos dançam... Quem diria que aquele moço ali, pianista famoso, que recebe os aplausos de toda esta gente, doutores, oficiais, capitalistas, políticos... o diabo! — é o mesmo menino da rua da Olaria, que andava descalço brincando na água da sarjeta, correndo atrás da banda de música da Brigada Militar...

De novo a luz. As palmas. Gilberto levanta os olhos para o camarote da mãe e lhe faz um sinal breve com a mão, ao passo que seu sorriso se alarga, ganhando um brilho particular. D. Margarida sente-se sufocada de felicidade. Mexe alvoroçadamente com os dedos do pé, puro contentamento. Tem ímpetos de erguer-se no camarote e gritar para o povo: "Vejam, é o meu filho! O Gilberto. O Betinho! Fui eu que lhe dei de mamar! Fui eu que trabalhei na Singer para sustentar a casa, pagar o colégio para ele! Com estas mãos, minha gente. Vejam! Vejam!".

A luz se apaga. E Gilberto passa a contar em terna surdina as mágoas de Chopin.

No fundo do camarote Inocêncio medita. O filho sorriu para a mãe. Só para a mãe. Ele viu... Mas não tem direito de se queixar... O rapaz não lhe deve nada. Como pai ele nada fez. Quando o público aplaude Gilberto, sem saber está aplaudindo também Margarida. Cinqüenta por cento das palmas devem vir para ela. Cinqüenta ou sessenta? Talvez sessenta. Se não fosse ela, era possível que o rapaz não desse para nada. Foi o pulso de Margarida, a energia de Margarida, a fé de Margarida que fizeram dele um grande pianista.

Na sombra do camarote, Inocêncio sente que ele não pode, não deve participar daquela glória. Foi um mau marido. Um péssimo pai. Viveu na vagabundagem, enquanto a mulher se matava no trabalho. Ah! Mas como ele queria bem ao rapaz, como ele respeitava a mulher!

Às vezes, quando voltava para casa, via o filho dormindo. Tinha um ar tão confiado, tão tranqüilo, tão puro, que lhe vinha vontade de chorar. Jurava que nunca mais tornaria a beber, prometia a si mesmo emendar-se. Mas qual! Lá vinha um outro dia e ele começava a sentir aquela sede danada, aquela espécie de cócegas na garganta. Ficava com a impressão de que, se não tomasse um traguinho, era capaz de estourar. E depois havia também os maus companheiros. O Maneca. O José Pinto. O Bebe-Fogo. Convidavam, insistiam... No fim de contas ele não era nenhum santo.

Inocêncio contempla o filho. Gilberto não puxou por ele. A cara do rapaz é bonita, franca, aberta. Puxou pela Margarida. Graças a Deus. Que belas coisas lhe reservará o futuro? Daqui para diante é só subir. A porta da fama é tão difícil, mas uma vez que a gente consegue abri-la... adeus! Amanhã decerto o rapaz vai aos Estados Unidos... É capaz até de ficar por lá... esquecer os pais. Não. Gilberto nunca esquecerá a mãe. O pai, sim... E é bem feito. O pai nunca teve vergonha. Foi um patife. Um vadio. Um bêbedo.

Lágrimas brotam nos olhos de Inocêncio. Diabo de música triste! O Betinho devia escolher um repertório mais alegre.

No atarantamento da comoção, Inocêncio sente necessidade de dizer alguma coisa. Inclina o corpo para a frente e murmura:

— Margarida...

A mulher volta para ele uma cara séria, de testa enrugada.

— Chit!

Inocêncio recua para a sua sombra. Volta aos seus pensamentos amargos. E torna a chorar de vergonha, lembrando-se do dia em que, já mocinho, Gilberto lhe disse aquilo. Ele quer esquecer aquelas palavras, quer afugentá-las, mas elas lhe soam na memória, queimando como fogo, fazendo suas faces e suas orelhas arderem.

Ele tinha chegado bêbedo em casa. Gilberto olhou-o bem nos olhos e disse sem nenhuma piedade:

— Tenho vergonha de ser filho dum bêbedo!

Aquilo lhe doeu. Foi como uma facada, dessas que não só cortam as carnes como também rasgam a alma. Desde esse dia ele nunca mais bebeu.

No saguão do teatro, terminado o concerto, Gilberto recebe cumprimentos dos admiradores. Algumas moças o contemplam deslumbradas. Um senhor gordo e alto, muito bem vestido, diz-lhe com voz profunda:

— Estou impressionado, impressionadíssimo. Sim senhor!

Gilberto enlaça a cintura da mãe:

— Reparto com minha mãe os aplausos que eu recebi esta noite... Tudo que sou, devo a ela.

— Não diga isso, Betinho!

D. Margarida cora. Há no grupo um silêncio comovido. Depois rompe de novo a conversa. Novos admiradores chegam.

Inocêncio, de longe, olha as pessoas que cercam o filho e a mulher. Um sentimento aniquilador de inferioridade o esmaga, toma-lhe conta do corpo e do espírito, dando-lhe uma vergonha tão grande como a que sentiria se estivesse nu, completamente nu ali no saguão.

Afasta-se na direção da porta, num desejo de fuga. Sai. Olha a noite, as estrelas, as luzes da praça, a grande estátua, as árvores paradas... Sente uma enorme tristeza. A tristeza desalentada de não poder voltar ao passado... Voltar para se corrigir, para passar a vida a limpo, evitando todos os erros, todas as misérias...

O porteiro do teatro, um mulato de uniforme cáqui, caminha dum lado para outro, sob a marquise.

— Linda noite! — diz Inocêncio, procurando puxar conversa.

O outro olha o céu e sacode a cabeça, concordando.

— Linda mesmo.

Pausa curta.

— Não vê que eu sou o pai do moço do concerto...

— Pai? Do pianista?

O porteiro pára, contempla Inocêncio com um ar incrédulo e diz:

— O menino tem os pulsos no lugar. É um bicharedo.

Inocêncio sorri. Sua sensação de inferioridade vai-se evaporando aos poucos.

— Pois imagine como são as coisas — diz ele. — Não sei se o senhor sabe que nós fomos muito pobres... Pois é. Fomos. Roemos um osso duro. A vida tem coisas engraçadas. Um dia... o Betinho tinha seis meses... umas mãozinhas assim deste tamanho... nós botamos ele na nossa cama. Minha mulher dum lado, eu do outro, ele no meio. Fazia um frio de rachar. Pois o senhor sabe que aconteceu? Eu senti nas minhas costas as mãozinhas do menino e passei a noite impressionado, com medo de quebrar aqueles dedinhos, de esmagar aquelas carninhas. O senhor sabe, quando a gente está nesse dorme-não-dorme, fica o mesmo que tonto, não pensa direito. Eu podia me levantar e ir dormir no sofá. Mas não. Fiquei ali no duro, de olho mal-e-mal aberto, preocupado com o menino. Passei a noite inteira em claro, com a metade do corpo para fora da cama. Amanheci todo dolorido, cansado, com a cabeça pesada. Veja como são as coisas... Se eu tivesse esmagado as mãos do Betinho, hoje ele não estava aí tocando essas músicas difíceis... Não podia ser o artista que é.

Cala-se. Sente agora que pode reclamar para si uma partícula da glória do seu Gilberto. Satisfeito consigo mesmo e com o mundo, começa a assobiar baixinho. O porteiro contempla-o em silêncio. Arrebatado de repente por uma onda de ternura, Inocêncio tira do bolso das calças uma nota amarrotada de cinqüenta mil-réis e mete-a na mão do mulato.

— Para tomar um traguinho — cochicha.

E fica, todo excitado, a olhar para as estrelas.

O NAVIO DAS SOMBRAS

É noite escura e o cais está deserto. Ivo ergue a gola do sobretudo. Sente muito frio, e o silêncio enorme e hostil enche-o de um vago medo. Vai viajar. Mas é estranho... Tudo parece diferente do que ele sempre imaginara. O grande transatlântico se desenha sem contornos certos contra o céu de fuligem. Não se vê um só vulto humano no cais. Adivinha-se, entretanto, na treva, a presença rígida e gelada dos guindastes.

Os minutos passam. Ivo olha... Sim, agora vê com mais clareza a silhueta do grande barco. A grande Viagem! O seu sonho vai se realizar. Ficarão para trás todas as suas angústias. É uma libertação. Devia estar alegre, sacudir os braços, correr, gritar. Mas uma opressão estranha o paralisa. Que é isto? Onde estão os outros passageiros? Onde se meteu a tripulação? É inquietante este silêncio noturno. É pavorosa esta sombra glacial que envolve tudo. Ivo quer lançar ao ar uma palavra. Pronuncia bem alto seu próprio nome. O som morre sem eco. O silêncio persiste. Então ele começa a sentir um mal-estar que nem a si mesmo consegue explicar.

Divisa, aos poucos, vultos imóveis na amurada do paquete. Parecem guardas petrificados dum barco-fantasma. Por que não se movem? Por que não falam? A esta hora a orquestra de bordo devia estar tocando uma marcha festiva. Carregadores gritando. Passageiros, empregados de hotel, agentes da companhia de navegação, guardas — muita gente devia andar pelo cais num formigamento sonoro. No entanto, reina o mais espesso silêncio... Ivo dá dois passos e é tomado duma esquisita sensação de leveza. Caminha sem o menor esforço. É como se não encontrasse nenhuma resistência no ar, como se suas pernas fossem de algodão.

Mete a mão no bolso. Sim, ali está a sua passagem. Fica mais tranqüilo e encorajado. Pode embarcar. Deve embarcar... Seria decepcionante perder o navio...

Dirige-se para a prancha. Hesita um instante antes de partir, porque a seus ouvidos soa, muito fraca, muito abafada, uma voz amiga.

— Ivo, Ivo querido, não me abandones!

Inexplicável. De onde veio a voz? Volta a cabeça para os lados, procurando. Só encontra a escuridão fria e inimiga. O navio apita. Um som soturno, grave e prolongado, enche a grande noite. É uma queixa, quase um choro e, apesar disso, tem um certo tom de ameaça. Nesse apito rouco Ivo sente o pavor do oceano desconhecido na noite negra, a angústia dos navios perdidos a pedirem socorro, a aflição dos náufragos, o horror das profundezas do mar. O apito uivante e áspero parece feito dos gritos de todos os afogados, de todos os mares.

Ivo sente-se desfalecer de medo.

— Meu Ivo, por que foi? Por que foi?

Outra vez a voz. Ivo estremece. De onde vem aquela voz? Na amurada, os vultos continuam imóveis. Nenhum deles podia ter falado assim com aquela ternura longínqua. Porque eles devem ter uma voz cavernosa de pedra.

Parado ao pé da prancha, Ivo olha para o alto. Vê um homem na extremidade superior da escada. Está de pernas abertas, braços cruzados, olhando para baixo. Ivo não lhe pode distinguir as feições. Mas é curioso, ele sente a força de dois olhos magnéticos que o fitam. E aquele olhar é um chamado, uma ordem.

Começa a subir. Lembra-se de um trecho de antologia da sua infância. André Chénier subindo as escadas do cadafalso. Sim, ele sente que vai ser guilhotinado. Lá em cima está o carrasco. Ou será apenas o capitão? Ivo sobe. Um, dois, três, quatro degraus... O frio aumenta, Ivo começa a tiritar. Cinco, seis, sete. Sente uma fraqueza, uma tontura. Subiu apenas sete degraus, mas agora o cais está tão longe de seus pés, que ele tem a sensação de se encontrar no alto duma torre altíssima. O vento sopra gelado como a face dum morto. Mas por que lhe vêm com tanta insistência esses pensamentos macabros? Esta não é então a Viagem, a sua desejada aventura transoceânica? Deve então alegrar-se, cantar... Procura assobiar uma ária alegre. Mas o vento lhe impõe silêncio. Ivo sobe sempre... Quando senta o pé no navio, não vê mais o capitão. Volta os olhos e só enxerga a noite, a grande noite, a densa noite.

Por que não acendem as luzes deste navio? Senhores, as luzes! Outros vultos passam. Mulheres, homens, crianças. É aflitivo. Ivo não lhes pode ver os rostos. E o silêncio, apavorante!...

Ivo se aproxima dum homem que se acha encostado à amurada.

— Por favor, meu amigo, pode me dizer se este vapor é o...

Cala-se. É assustador. Ele não sabe o nome do barco em que entrou. Como foi isso? Não se trata então duma viagem, da "sua" desejada viagem, por tanto tempo planejada e acariciada? Por que tudo agora está tão esfumado e confuso, como se sobre sua memória tivesse caído um véu?

Ivo começa a suar. O suor lhe escorre pelo rosto em bagas frias.

— Pode me dizer onde fica o bar?

Sim, precisa tomar uma bebida qualquer. Deve ser o frio que o deixa assim tão sem memória, tão fraco e trêmulo.

— Cavalheiro, pode me dizer onde fica o sol?

O sol? Mas ele não queria perguntar onde ficava o sol. Jurava que ia perguntar onde ficava o bar.

— Por favor, cavalheiro...

O vulto se move sem o menor ruído e some-se na sombra.

Ivo treme dos pés à cabeça. "Preciso encontrar o meu camarote", diz para si mesmo, "preciso descobrir a minha bagagem", pensa, numa crescente aflição. "Deve existir alguém a bordo que possa me explicar. Talvez um doutor... Sim. Estou doente..."

E agora ele tem consciência duma dor, não aguda mas continuada e martelante, bem no lado esquerdo do peito. Leva a mão ao coração. Retira-a úmida. Será sangue? Sim, deve ser...

Sai a correr apavorado. Um médico! Um médico! Estou ferido, vou morrer, socorro! Mas suas pernas, de tão leves, agora se vergam. Ivo pára. Ajoelha-se e grita ainda: um médico! Mas não consegue ouvir a própria voz. Ergue-se, agoniado. Homens, mulheres e poucas crianças continuam a passar. São ainda sombras sem vozes nem gestos.

Ivo procura orientar-se na escuridão. Parece-lhe agora enxergar contornos mais nítidos. Sim. Ali está uma porta. Um corredor. Se ele entrar no corredor talvez ache o seu camarote. Tem agora vagamente a lembrança dum número. 27... 27... Recorda-se de tê-lo visto impresso em algarismos negros sobre um quadro branco. 27... Onde?

De repente tem a impressão de que na memória se lhe abre uma clareira por onde ele enxerga o passado. Mas é apenas um relâmpago. De novo cai a névoa. Já não lhe dói mais o peito. Tudo deve ter sido ilusão... ele não está ferido. As sombras passam. A bruma que vem do mar invade o navio. Onde estará o capitão? O frio e o silêncio persistem. O barco misterioso torna a soltar um gemido rouco e prolongado. Mas — é incrível, incompreensível, endoidecedor — nem o apito consegue quebrar o silêncio.

Ivo caminha sem destino. Não ouve o ruído dos próprios passos. Não tropeça em nada. Aproxima-se da amurada e olha o mar. Só vê a escuridão velada duma bruma de cor doentia.

Um homem se aproxima dele. Ivo olha-lhe o rosto... Já se lhe distinguem alguns traços. Decerto o hábito da escuridão. Céus, mas que rosto pálido! Parece a cara dum cadáver. A pele está ressequida e tem um tom esverdeado. Os olhos, parados e sem brilho. Os dentes arreganhados...

Agora aparecem outras faces. Uma criança sorrindo um sorriso horrendo. Uma mulher com os olhos furados escorrendo sangue. Um velho com a boca queimada de ácido. Ivo solta um grito... Mas o silêncio continua. "Onde estarei?", pensa ele. "Onde estarei?" Faz um esforço dolorido para se lembrar.

Quem sou eu? Como foi que vim parar aqui? Onde estão os meus amigos, as pessoas que eu via todos os dias?

O frio aumenta. Ivo sente-se desfalecer. Tem a impressão de estar boiando nas ondas dum mar gelado, como um náufrago; como um *iceberg*...

Camarote 27! — diz Ivo — 27... 27...

Seus lábios se movem, mas nenhum som perturba o silêncio do grande barco e da enorme noite.

De repente uma onda morna lhe invade o corpo. Pela proa do navio começa a nascer uma luz, pálida a princípio, mas a pouco e pouco se fazendo mais viva e dourada. Os olhos de Ivo se agrandam. Aquela luminosidade vai ser a explicação de tudo, a volta da memória... Sim, ele vai descer pela prancha e ganhar o cais. O cais também é negro e silencioso. Mas não há nada como a terra firme. Ele não quer viajar neste vapor tenebroso cujos passageiros são fantasmas. O mar desconhecido é um pavor na noite. "Oh, Deus!", pensa Ivo "como foi que eu cheguei a desejar esta viagem!? Que louco! Que louco!" A luz cresce. O calor aumenta. A voz amiga se ouve mais forte: "Ivo, meu querido, fica comigo!". Sim, ele quer ficar. É preciso fugir do capitão do barco noturno. Ivo dá dois passos para a luz.

Ajoelhada ao pé da cama, a moça aperta e beija a mão pálida do rapaz.

— Ivo, não quero que morras, não quero. Por que foi que fizeste isso? Por que foi?

Com a seringa de injeção numa das mãos, o médico contempla o rosto pálido do suicida. Pobre-diabo! Perdeu tanto sangue... O corpo está quase frio.

A um canto do quarto, a dona da casa, torcendo o avental, olha muito assustada para a cama. "Por causa do que me devia, ele não precisava fazer isso. Eu podia esperar. Não tinha importância. Deus me perdoe: se eu soubesse, não tinha vindo hoje trazer a conta. Logo hoje, Nossa Senhora!"

Ao pé da janela, o porteiro da casa conversa com um agente de polícia.

— De onde era ele?

— Do interior.

— Tinha família?

O porteiro encolhe os ombros.

— Era um moço muito calmo, muito delicado. Andava sem emprego. Eu dizia para ele que tivesse paciência. Mas qual! Não agüentou... Há gente nervosa.

Falam já de Ivo como quem fala dum morto.

O médico aproxima-se do grupo.

— Fiz uma tentativa desesperada. Injetei-lhe adrenalina no coração. — Sacode a cabeça. — Não tenho muita esperança. Enfim... acontecem milagres...

Ao ouvir a palavra *milagre* a velha começa a rezar.

De repente a moça se ergue, como que impelida por uma mola.

— Doutor! Ele está se mexendo... Venha! Venha!

Os três homens se aproximam da cama. O rosto de Ivo se move, seus olhos se entreabrem. Há um breve instante de aflitiva esperança. Ivo como que se baloiça, indeciso, por sobre as tênues fronteiras que separam a vida da morte. Mas parece haver do outro lado um chamado mais forte. O corpo se imobiliza.

O doutor inclina-se e ausculta-lhe o coração. Olha para a moça e diz, baixinho:

— Sinto muito. Mas não há mais nada a fazer.

A dona da casa desata a chorar. Com o rosto contraído numa expressão mais de estupefação que de dor, a rapariga olha do médico para o morto, do morto para a folhinha da parede, onde o número 27 em letras negras se destaca sobre o quadrado branco. Iam contratar casamento, hoje, hoje...

O transatlântico vai partir. O transatlântico apita. É um gemido rouco, longo, doloroso, desesperado, irremediável. Debruçado à amurada, Ivo olha o vácuo. Agora é uma sombra resignada entre as outras sombras. O vento do grande mar desconhecido varre o barco dos suicidas. E todos eles ali vão em silêncio, enquanto na ponte o fantástico Capitão olha com seus olhos vazios a noite insondável.

OS DEVANEIOS DO GENERAL

Abre-se uma clareira azul no escuro céu de inverno.

O sol inunda os telhados de Jacarecanga. Um galo salta para cima da cerca do quintal, sacode a crista vermelha, que fulgura, estica o pescoço e solta um cocoricó alegre. Nos quintais vizinhos outros galos respondem.

O sol! As poças d'água que as últimas chuvas deixaram no chão se enchem de jóias coruscantes. Crianças saem de suas casas e vão brincar nos rios barrentos das sarjetas. Um vento frio afugenta as nuvens para as bandas do norte e dentro de alguns instantes o céu é todo um clarão de puro azul.

O General Chicuta resolve então sair da toca. A toca é o quarto. O quarto fica na casa da neta e é o seu último reduto. Aqui na sombra ele passa as horas sozinho, esperando a morte. Poucos móveis: a cama antiga, a cômoda com papéis velhos, medalhas, relíquias, uniformes, lembranças; a cadeira de balanço, o retrato do Senador; o busto do Patriarca; duas ou três cadeiras... E recordações... Recordações dum tempo bom que passou — patifes! —, dum mundo de homens diferentes dos de hoje. — Canalhas! — duma Jacarecanga passiva e ordeira, dócil e disciplinada, que não fazia nada sem primeiro ouvir o General Chicuta Campolargo.

O general aceita o convite do sol e vai sentar-se à janela que dá para a rua. Ali está ele com a cabeça atirada para trás, apoiada no respaldo da poltrona. Seus olhinhos sujos e diluídos se fecham ofuscados pela violência da luz. E ele arqueja, porque a caminhada do quarto até a janela foi penosa, cansativa. De seu peito sai um ronco que lembra o do estertor da morte.

O general passa a mão pelo rosto murcho: mão de cadáver passeando num rosto de cadáver. Sua barbicha branca e rala esvoaça ao vento. O velho deixa cair os braços e fica imóvel como um defunto.

Os galos tornam a cantar. As crianças gritam. Um preto de cara reluzente passa alegre na rua com um cesto de laranjas à cabeça.

Animado aos poucos pela ilusão de vida que a luz quente lhe dá, o general entreabre os olhos e devaneia...

Jacarecanga! Sim senhor! Quem diria? A gente não conhece mais a terra onde nasceu... Ares de cidade. Automóveis. Rádios. Modernismos. Negro quase igual a branco. Criado tão bom como patrão. Noutro tempo todos vinham pedir a bênção ao General Chicuta, intendente municipal e chefe político... A oposição comia fogo com ele...

226

O general sorri a um pensamento travesso. Naquele dia toda a cidade ficou alvoroçada. Tinha aparecido na *Voz de Jacarecanga* um artigo desaforado... Não trazia assinatura. Dizia assim: *A hiena sanguinária que bebeu o sangue dos revolucionários de 93, agora tripudia sobre a nossa mísera cidade desgraçada.* Era com ele, sim, não havia dúvida. (Corria por todo o estado a sua fama de degolador.) Era com ele! Por isso Jacarecanga tinha prendido fogo ao ler o artigo. Ele quase estourou de raiva. Tremeu, bufou, enxergou vermelho. Pegou o revólver. Largou. Resmungou. "Patife! Canalha!" Depois ficou mais calmo. Botou a farda de general e dirigiu-se para a Intendência. Mandou chamar o Mendanha, diretor do jornal. O Mendanha veio. Estava pálido. Era atrevido, mas covarde. Entrou de chapéu na mão, tremendo. Ficaram os dois sozinhos, frente a frente.

— Sente-se, canalha!

O Mendanha obedeceu. O general levantou-se. (Brilhavam os alamares dourados contra o pano negro do dólmã.) Tirou da gaveta da mesa a página do jornal que trazia o famoso artigo. Aproximou-se do adversário.

— Abra a boca! — ordenou.

Mendanha abriu, sem dizer palavra. O general picou a página em pedacinhos, amassou-os todos numa bola e atochou-a na boca do outro.

— Coma! — gritou.

Os olhos de Mendanha estavam arregalados. O sangue lhe fugira do rosto.

— Coma! — sibilou o general.

Mendanha suplicava com o olhar. O general encostou-lhe no peito o cano do revólver e rosnou com raiva mal contida.

— Coma, pústula!

E o homem comeu.

Um avião passa roncando por cima da casa, cujas vidraças trepidam. O general tem um sobressalto desagradável. A sombra do grande pássaro se desenha lá embaixo no chão do jardim. O general ergue o punho para o ar, numa ameaça.

— Patifes! Vagabundos, ordinários! Não têm mais o que fazer? Vão pegar no cabo duma enxada, seus canalhas. Isso não é serviço de homem macho.

Fica olhando, com olho hostil, o avião amarelo que passa voando rente aos telhados da cidade.

No seu tempo não havia daquelas engenhocas, daquelas malditas máquinas. Para que servem? Para matar gente. Para acordar quem dorme. Para gastar dinheiro. Para a guerra. Guerras de covardes, as de hoje! Antigamente brigava-se em campo aberto, peito contra peito, homem contra homem. Hoje se metem os poltrões nesses "banheiros" que voam, e lá de cima se põem a atirar bombas em cima da infantaria. A guerra perdeu toda a sua dignidade.

O general remergulha no devaneio.

93... Foi lindo. O Rio Grande inteiro cheirava a sangue. Quando se aproximava a hora do combate, ele ficava assanhado. Tinha perto de cinqüenta anos, mas não se trocava por nenhum rapaz de vinte.

Por um instante o general se revê montado no seu tordilho, teso e glorioso, a espada chispando ao sol, o pala voando ao vento... Vejam só! Agora está aqui um caco velho, sem força nem serventia, esperando a todo o instante a visita da morte. Pode entrar. Sente-se. Cale a boca!

Morte... O general vê mentalmente uma garganta aberta sangrando. Fecha os olhos e pensa naquela noite... Naquela noite que ele nunca mais esqueceu. Naquela noite que é uma recordação que o há de acompanhar decerto até o outro mundo... se houver outro mundo.

Os seus vanguardeiros voltaram contando que a força revolucionária estava dormindo desprevenida, sem sentinelas... Se fizessem um ataque rápido, ela seria apanhada de surpresa. O general deu um pulo. Chamou os oficiais. Traçou o plano. Cercariam o acampamento inimigo. Marchariam no maior silêncio e, a um sinal, cairiam sobre os maragatos. Ia ser uma festa! Acrescentou com energia: "Inimigo não se poupa. Ferro neles!". Sorriu um sorriso torto de canto de boca. (Como a gente se lembra dos mínimos detalhes...) Passou o indicador da mão direita pelo próprio pescoço, no simulacro duma operação familiar... Os oficiais sorriram, compreendendo. O ataque se fez. Foi uma tempestade. Não ficou nenhum prisioneiro vivo para contar dos outros. Quando a madrugada raiou, a luz do dia novo caiu sobre duzentos homens degolados. Corvos voavam sobre o acampamento de cadáveres. O general passou por entre os destroços. Encontrou conhecidos entre os mortos, antigos camaradas. Deu com a cabeça dum primo-irmão fincada no espeto que na tarde anterior servira aos maragatos para assar churrasco. Teve um leve estremecimento. Mas uma frase soou-lhe na mente: "Inimigo não se poupa".

O general agora recorda... Remorso? Qual! Um homem é um homem e um gato é um bicho.

Lambe os lábios gretados. Sede. Procura gritar:

— Petronilho!

A voz que lhe sai da garganta é tão remota e apagada que parece a voz de um moribundo, vinda do fundo do tempo, dum acampamento de 93.

— Petronilho! Negro safado! Petronilho!

Começa a bater forte no chão com a ponta da bengala, frenético. A neta aparece à porta. Traz nas mãos duas agulhas vermelhas de tricô e um novelo de lã verde.

— Que é, vovô?

— Morreu a gente desta casa? Ninguém me atende. Canalhas! Onde está o Petronilho?

— Está lá fora, vovô.

— Ele não ganha pra cuidar de mim? Então? Chame ele.

— Não precisa falar brabo, vovô. Que é que o senhor quer?

— Quero um copo d'água. Estou com sede.

— Por que não toma suco de laranja?

— Água, eu disse!

A neta suspira e sai. O general entrega-se a pensamentos amargos. Deus negou-lhe filhos homens. Deu-lhe uma única filha mulher que morreu no dia que dava à luz uma neta. Uma neta! Por que não um neto, um macho? Agora aí está a Juventina, metida o dia inteiro com tricôs e figurinos, casada com um bacharel que fala em socialismo, na extinção dos latifúndios, em igualdade. Há seis anos nasceu-lhes um filho. Homem, até que enfim! Mas está sendo mal educado. Ensinam-lhe boas maneiras. Dão-lhe mimos. Estão a transformá-lo num maricas. Parece uma menina. Tem a pele tão delicada, tão macia, tão corada... Chiquinho... Não tem nada que lembre os Campolargos. Os Campolargos que brilharam na Guerra do Paraguai, na Revolução de 1893 e que ainda defenderam o governo em 1923...

Um dia ele perguntou ao menino:

— Chiquinho, você quer ser general como o vovô?

— Não. Eu quero ser doutor como o papai.

— Canalhinha! Patifinho!

Petronilho entra, trazendo um copo de suco de laranja.

— Eu disse água! — sibila o general.

O mulato encolhe os ombros.

— Mas eu digo suco de laranja.

— Eu quero água! Vá buscar água, seu cachorro!

Petronilho responde sereno:

— Não vou, general de bobage...

O general escabuja de raiva, esgrime a bengala, procurando inutilmente atingir o criado. Agita-se todo num tremor desesperado.

— Canalha! — cicia arquejante. — Vou te mandar dar umas chicotadas!

— Suco de laranja — cantarola o mulato.

— Água! Juventina! Negro patife! Cachorro!

Petronilho sorri:

— Suco de laranja, seu sargento!

Com um grito de fera ferida o general arremessa a bengala na direção do criado. Num movimento ágil de gato, Petronilho quebra o corpo e esquiva-se ao golpe.

O general se entrega. Atira a cabeça para trás e, de braços caídos, fica todo trêmulo, com a respiração ofegante e os olhos revirados, uma baba a escorrer-lhe pelos cantos da boca mole, parda e gretada.

Petronilho sorri. Já faz três anos que assiste com gozo a essa agonia. Veio oferecer-se de propósito para cuidar do general. Pediu apenas casa, comida e roupa. Não quis mais nada. Só tinha um desejo: ver os últimos dias da fera. Porque ele sabe que foi o general Chicuta Campolargo que mandou matar o seu pai. Uma bala na cabeça, os miolos escorrendo para o chão... Só porque o mulato velho na última eleição fora o melhor cabo eleitoral da oposição. O general chamou-o à Intendência. Quis esbofeteá-lo. O mulato reagiu, disse-lhe desaforos, saiu altivo. No outro dia...

Petronilho compreendeu tudo. Muito menino, pensou na vingança, mas com o correr do tempo, esqueceu. Depois a situação política da cidade melhorou. O general aos poucos foi perdendo a autoridade. Hoje os jornais já falam na "hiena que bebeu em 93 o sangue dos degolados". Ninguém mais dá importância ao velho. Chegou aos ouvidos de Petronilho a notícia de que a fera agonizava. Então ele se apresentou como enfermeiro. Agora goza, provoca, desrespeita. E fica rindo... Pede a Deus que lhe permita ver o fim, que não deve tardar. É questão de meses, de semanas, talvez até de dias... O animal passou o inverno metido na toca, conversando com os seus defuntos, gritando, dizendo desaforos para os fantasmas, dando vozes de comando: "Romper fogo! Cessar fogo! Acampar".

E recitando coisas esquisitas assim: "Vossa Excelência precisa de ser reeleito para glória do nosso invencível Partido". Outras vezes olhava para o busto e berrava: "Inimigo não se poupa. Ferro neles". Mais sereno, agora o general estende a mão, pedindo. Petronilho dá-lhe o copo de suco de laranja. O velho bebe, tremulamente. Lambendo os beiços, como se acabasse de saborear o seu prato predileto, o mulato volta para a cozinha, a pensar em novas perversidades.

O general contempla os telhados de Jacarecanga. Tudo isto já lhe pertenceu... Aqui ele mandava e desmandava. Elegia sempre os seus candidatos: derrubava urnas, anulava eleições. Conforme a sua conveniência, condenava ou absolvia réus. Certa vez mandou dar uma sova num promotor público que não lhe obedeceu a ordem de ser brando na acusação. Doutra feita correu a relho da cidade um juiz que teve o caradurismo de assumir ares de integridade e de opor resistência a uma ordem sua.

Fecha os olhos e recorda a glória antiga.

Um grito de criança. O general baixa os olhos. No jardim o bisneto brinca com os pedregulhos do chão. Seus cabelos louros estão incendiados de sol. O general contempla-o com tristeza e se perde em divagações...

Que será o mundo amanhã, quando Chiquinho for homem-feito? Mais aviões cruzarão os céus. E terá desaparecido o último "homem" da face da Terra. Só restarão idiotas efeminados, criaturas que acreditam na igualdade social, que não têm o sentido da autoridade, fracalhões que não se hão de lembrar dos feitos de seus antepassados, nem... Oh! Não vale a pena pensar no que será amanhã o mundo dos maricas, o mundo de Chiquinho, talvez o último dos Campolargos!

E, dispnéico, se entrega de novo ao devaneio, adormentado pela carícia do sol.

De repente a criança entra de novo na sala correndo, muito vermelho.

— Vovô! Vovô!

Traz a mão erguida e seus olhos brilham. Faz alto ao pé da poltrona do general.

— A lagartixa, vovozinho...

O general inclina a cabeça. Uma lagartixa verde se retorce na mãozinha delicada, manchada de sangue. O velho olha para o bisneto com ar interrogador. Alvoroçado, o menino explica:

— Degolei a lagartixa, vovô!

No primeiro instante o general perde a voz, no choque da surpresa. Depois murmura, comovido:

— Seu patife! Seu canalha! Degolou a lagartixa? Muito bem. Inimigo não se poupa. Seu patife!

E afaga a cabeça do bisneto, com uma luz de esperança nos olhos de sáurio.

ESQUILOS DE OUTONO

I

Quando o ônibus prateado cheio de turistas parou a uma esquina da rua F, no centro comercial de Washington, D. C., o guia levou o megafone à boca e informou: "Temos agora à nossa direita o Monumental Building, um dos mais belos e modernos edifícios da capital do país. É todo de aço, vidro e alumínio. Seus corredores são de mármore verde. Prestem atenção à grande porta: custou cerca de cinqüenta mil dólares...".

Ao ouvirem o preço da porta os turistas soltaram um *ah!* de admiração.

— Nessa grandiosa estrutura — continuou o guia — estão localizados os escritórios da Monumental Insurance Co., uma das principais companhias de seguros do país.

Apagou-se o olho vermelho da sinaleira do tráfego: iluminou-se o verde. O ônibus seguiu seu caminho e o guia por alguns segundos ainda forneceu dados estatísticos sobre o edifício: o número de janelas, de salas, de elevadores, de gabinetes sanitários... Mas omitiu talvez a coisa mais importante que naquele momento acontecia no Monumental Building. Numa sala do sétimo andar um homem sofria.

II

Era o escritório de um dos diretores: paredes forradas de madeira, soalho coberto por um tapete verde-musgo, poltronas de couro, cortinas cor de areia; nas paredes um original de Dufy e outro de Braque; perto da janela, sobre a pequena mesa redonda, uma garrafa térmica de metal cromado.

Sentado à sua mesa de trabalho, Gerald K. Ames lutava com uma idéia obsessiva. Lizzy me engana. Lizzy me engana. Neste momento mesmo. Na platéia de um cinema. No fundo de um bar. Lizzy me engana. E por que não num quarto de hotel? Talvez numa espelunca de Baltimore. Ou num motel da Virgínia. Lizzy me engana.

Olhou em torno aflito, e por alguns segundos endoidecedores sentiu-se extraviado, sem saber onde estava. Ergueu-se em pânico,

233

moveu a cabeça de um lado para outro, buscando pontos de referência... Depois começou a andar automaticamente pela sala, como em busca duma saída, a respiração arquejante, os olhos quase exorbitados. As coisas pareciam andar à roda. Os objetos, os móveis perdiam a forma e a cor habituais, alongavam-se, alargavam-se, fundiam-se uns nos outros, inflavam como balões, dando a impressão de que iam explodir, atomizar-se. Buscou o apoio de uma poltrona, na qual se recostou. Cerrou os olhos e apertou-os com as pontas dos dedos, como se quisesse apagar as imagens alucinadas. Mas contra o fundo escuro das pálpebras fervilhava ainda o calidoscópio implacável — discos, raias, serpentinas, verde-bilioso, amarelo de fogo, vermelho de púrpura, azul-elétrico, tudo como a redemoinhar em meio de súbitos relâmpagos...

Meu nome é Gerald K. Ames. K. é a inicial de Kirkland. Estou no meu escritório da Monumental Insurance Co. O nome de minha mulher é Lizzy. O de minha secretária é Patsy. Hoje é sexta-feira. Estou perfeitamente bem. Lembro-me de tudo. Calma, meu velho, muita calma. Calma ou estás perdido.

Sentou-se na poltrona e ficou por algum tempo com a cabeça atirada para trás, sem coragem para abrir os olhos. Chegavam-lhe agora aos ouvidos rumores da sala contígua: o tilintar dum telefone, o ra-tatá duma máquina de escrever. Vinha de fora o rolar surdo do tráfego. De súbito Gerald teve uma aguda, dolorosa consciência de sua solidão. E um vago medo nem ele mesmo sabia de quê.

Abriu os olhos. Eu não disse que tudo estava bem? Os móveis no seu lugar, como antes, como sempre. Através da janela avistou longe a cúpula do Capitólio contra o suave céu de outubro. Pegou a garrafa térmica, despejou água num copo e bebeu-a dum sorvo. Acendeu mais um cigarro. Sabia que se intoxicava estupidamente. Fazia meses que se entregava a um regime quase suicida. À noite tomava barbitúricos para poder dormir; pela manhã, dexedrina para manter os olhos abertos e as idéias claras durante o dia. Abusava, porém, de tal forma dos excitantes, que as imagens do mundo às vezes se lhe apagavam por completo, durante frações de segundo, quando não se deformavam ou explodiam. Mas que diabo! Aquelas drogas lhe abriam portas de fuga. Que outros recursos lhe restavam? Durante meses submetera-se a um tratamento psicanalítico, deitara-se duas vezes por semana num divã, falando sem cessar como uma comadre, dizendo todas as tolices que lhe vinham à mente, enquanto o analista tomava notas num silêncio

234

que o afligia e não raro irritava. Acabara interrompendo a análise da maneira mais estúpida.

Gerald olhava agora fixamente para a própria imagem refletida e deformada pelo metal da garrafa. E ele, que vivia atormentado pelo grotesco de sua situação civil, sentiu-se momentaneamente ferido pela caricatura de seus traços fisionômicos. Seria o cúmulo se se deixasse impressionar pela falsa imagem dum espelho convexo. Sabia que era um homem de boa aparência. Não eram muitos os que aos cinqüenta e seis anos podiam gabar-se de apresentar aspecto tão juvenil quanto o dele. Havia pouco seu nome fora mencionado na página *Business* do magazine *Time* num artigo sobre o estado do negócio de seguros na América. *Gerald K. Ames (56), a handsome, youthful insurance executive...* O *Time* era imparcial e frio, empregava sempre a palavra exata. *Handsome... youthful.* Tolice! Tolice! Tolice! Nada daquilo podia esconder, atenuar a dura, absurda situação. Lizzy tinha idade para ser sua filha. Seu casamento com ela fora uma insensatez.

Esmagou a ponta do cigarro contra o fundo do cinzeiro e em seguida acendeu outro, que se pôs a fumar nervosamente. Aos poucos um morno desejo de ter a mulher a seu lado o foi invadindo e amolecendo a ponto de provocar-lhe lágrimas, que lhe escorreram pelas faces escanhoadas.

Talvez fosse bom procurar outro analista. Mas tinha de ser alguém que não se parecesse tanto com seu pai como o dr. James King.

Com uma pálida sensação de ridículo, pensou no dia em que fora ver o médico antes de tomar a grande resolução.

III

— Doutor King, preciso falar-lhe sobre um assunto muito importante.

— Deite-se.

— Prefiro ficar de pé. É assunto pessoal.

O analista sorriu. Era o sorriso superior do velho Ames, o ar de quem tudo sabe, tudo pode, tudo consegue.

— Mas todas as nossas conversas, desde que iniciamos o tratamento, não foram *sempre* pessoais?

— Quero dizer que este assunto nada tem a ver com o tratamento.

— Isso é o que o senhor pensa. Mas por que não se deita?

— Já disse que prefiro ficar como estou.

Estendido no divã ele se sentiria desprotegido, à mercê do outro. Quando rapaz procurava sempre falar com o pai de alguma distância que o pusesse fora do alcance dos bofetões que o velho ocasionalmente usava como argumento decisivo.

— Vamos então ao assunto.

— Estou pensando em me casar, doutor.

— Amor à primeira vista?

— Mais ou menos...

— Veio me pedir conselho?

— Bom, há um problema. A idade da moça.

— Vinte e cinco?

— Exatamente. Como descobriu?

— Essas coisas são óbvias.

— Então?

— Então quê?

— Devo ou não casar?

— O problema é seu.

— Ora! Mas o senhor é o meu analista.

— Era.

— Por que *era*? Não sabia que tínhamos terminado o tratamento.

— Na verdade, nem sequer começamos, e eu me recuso a continuar perdendo tempo com um paciente que me esconde pensamentos e sentimentos.

— Mas é que conheci a moça apenas há duas semanas!

— Durante essas duas semanas tivemos pelo menos quatro sessões...

— É que eu não tinha a certeza de que a... amava.

— Desde quando um paciente deve falar só das coisas de que tem certeza? O senhor não me procurou exatamente porque não tinha confiança em si mesmo, vivia enredado em dúvidas, suspeitas, sentimentos de inferioridade?

Gerald teve ímpetos de agredir fisicamente o médico.

— Por amor de Deus, me diga se casando com essa moça estou ou não cometendo um erro.

O analista enfiou as mãos nos bolsos e por alguns instantes ficou a fitar em silêncio o tapete. Gerald mirava-o com rancor. Aquele sujeito grandalhão, de cabelos ralos e cara rosada, não passava mesmo duma versão citadina do velho Ames, guarda-freios da Baltimore & Ohio.

236

— Vamos, doutor, tire-me da dúvida.

— Não posso dizer nada sem ver a rapariga.

— É absolutamente necessário?

— Temo que sim. O melhor mesmo seria submetê-la a uma análise.

O ciúme picou Gerald. Lizzy no divã do dr. King? Jamais! Ele sabia que as pacientes acabavam fascinadas, apaixonadas pelos seus analistas.

— Mas seria dum ridículo de matar se eu pedisse à moça para vir até aqui a fim de que meu médico pudesse dizer se devo ou não desposá-la. E mesmo que...

O dr. King interrompeu-o com um gesto brusco e autoritário.

— Pois se não quiser trazê-la, não traga. Está claro que o senhor não veio pedir meu conselho. Veio arrancar meu consentimento ou, melhor, obter a minha *cumplicidade*.

— Mas por que lhe é tão importante conhecer a moça pessoalmente?

— Quero saber se ela é apenas uma ambiciosa leviana que procura no senhor um marido rico e de posição social, circunstância em que o casamento seria desastroso, ou se por ter uma fixação paterna ela vê num homem de meia-idade e têmporas grisalhas o marido ideal, caso em que seria possível uma união feliz tanto no plano físico como no psicológico.

Gerald quase gritou: "Obrigado, papai!". Conteve-se e perguntou:

— Então a coisa toda não lhe parece insensata.

— Se a segunda hipótese for verdadeira, não.

— Já pensou que quando eu chegar aos sessenta e cinco anos a criaturinha terá apenas trinta e quatro?

— Quando isso acontecer, ela deixará de ser sua amante para continuar sendo apenas sua filha.

Gerald franziu a testa, perplexo. A psicanálise sempre lhe parecera uma coisa obscura, indecente e meio incestuosa.

— Bom... — murmurou. — Em que ficamos?

O médico encolheu os ombros.

— A próxima cartada é sua.

— Mas eu lhe vim pedir um conselho!

O outro sentou-se, acendeu um cigarro e pareceu perder-se em pensamentos.

— Olhe — disse, ao cabo de alguns instantes —, o problema está mais no senhor do que nela ou nesse pormenor cronológico. Se o senhor não vencer o sentimento de inferioridade que o domina, continuará a ser sempre uma pessoa insegura de si mesma, desconfiada e in-

237

feliz. E viverá atormentado de ciúmes, mesmo que se case com uma matrona de oitenta anos.

Gerald sentiu subir-lhe o sangue ao rosto. Lembrou-se daquele dia em Columbus, Ohio, em que, reunindo toda a coragem de que era capaz, enfrentou o pai. "Vou embarcar amanhã para Chicago." Lembrava-se da cara do velho, que se fizera de repente vermelha como um morango. 8 de dezembro de 1927. O seu *Independence Day!*

Encarou o analista e disse:

— Pois, doutor King, saiba que estou decidido a casar com a moça, seja qual for a sua opinião sobre mim e sobre ela. Passe muito bem.

Apanhou o chapéu e saiu.

IV

Gerald tornou à mesa de trabalho e ficou mexendo com mãos incertas nos papéis que tinha diante dos olhos. Pôs os óculos — coisa que nunca fazia quando havia mulheres perto — e tentou examinar as apólices e cartas que esperavam sua assinatura. Inútil. As letras dançavam, confusas. Não atinou nem com o lugar onde devia escrever o nome.

Onde estará Lizzy? O canalha do Tommy! Sua angústia aumentava sempre que o rapaz vinha a Washington. Pensou no sobrinho com um frio ódio. Para falar a verdade nunca simpatizara com ele. Nunca. Mas o patife sempre o adulara na esperança de herdar-lhe a fortuna. Pois não lhe deixaria um centavo quando morresse. Tudo ficaria para Lizzy: propriedades, títulos da companhia, o dinheiro que tinha nos bancos... Tudo para Lizzy. Mas não viria a dar no mesmo? Viúva, na certa Lizzy casaria com Tommy e todos os seus bens acabariam nas mãos do crápula. O parasita! *Playboy* de Manhattan, com apartamento na Park Avenue, mencionado com freqüência na coluna de Cholly Knickerbocker... *No Copa, sábado à noite, Tommy Ames Saunders foi visto com uma loura platinada a quem dava de beber champanha com uma colherinha de prata...* O devasso! Mas tudo aquilo ainda estaria bem se Tommy ficasse em Manhattan. Depois que o tio casara, tomara-se de amores pela casa dele, aparecia com freqüência. E que irritante camaradagem fizera com Lizzy! Era titia para cá, titia para lá, e carinhos desnecessários, liberdades indecentes, tudo com um ar de falsa inocência. "Se tio Jerry permite, vou levar Lizzy hoje ao Constitution Hall para ela ver o Bernstein reger a Sinfônica. O rapaz é um gênio. E, notem, é meu amigo particular." Desde quando o patife se interessava por música? Era praticamente analfabeto, nem sequer terminara o curso secundário. Tudo não passava dum pretexto para ficar a sós com Lizzy. "Não se sacrifique, Tommy, sei que você não gosta de música. Eu mesmo levo Lizzy ao concerto."

Tommy encontrava-se agora na cidade... Possivelmente àquela hora estava abraçado com Lizzy em algum cinema. Gerald olhava fixamente para o telefone. Chamo ou não chamo? Preciso saber se Lizzy está ou não em casa. Não. Não chamo. Ridículo. Um homem deve dar-se o respeito. Mas por que Tommy não fica em Nova York com suas prostitutas? A imagem do rapaz se lhe desenhou na mente com uma nitidez dolorosa. Cabelos cortados à maneira dos cadetes de Westpoint, alto, espadaúdo, com um jeito insolente de olhar para as mulheres, um sorriso safado de quem se julga irresistível, de quem sabe que não existe fêmea que não tenha seu preço.

Apertou o botão da campainha. A secretária apareceu.

— Chame para minha casa, Patsy.

Feita a ligação, Gerald pegou o fone. Ouviu a voz da criada e perguntou:

— Madame está?

— Não, Mister Ames. Saiu.

— A que horas?

— Às duas, mais ou menos.

— Com quem?

— Sozinha.

Ia perguntar se Tommy havia aparecido, mas conteve-se. Repôs o fone no lugar. Agora a cabeça começava a doer-lhe; era uma dor lenta, subterrânea, que parecia ter seu foco no fundo do crânio, de onde se irradiava em dores mais finas, chispas que lhe riscavam o cérebro em todas as direções. O sangue pulsava-lhe surdamente nas têmporas.

Queria esquecer Lizzy, mas não podia. Imaginava-a num quarto de hotel, encontrava um mórbido prazer em torturar-se *vendo* a cena. Lá estava o sobrinho de torso nu. A cada movimento que fazia, saltavam-lhe os músculos, elásticos e lustrosos como enguias. Gerald então entreteve-se a riscar aquela pele rosada com uma lâmina de barbear. Escrevia nomes nas costas e no peito do sobrinho. P A T I F E. Mal desenhava a letra e já dela brotavam gotas de sangue que escorriam pelo corpo do rapaz. Numa fúria, Gerald começou a golpear com a lâmina a execrada carne, a torto e a direito. Tommy, entretanto, sorria. Deitada na cama, Lizzy também achava graça naquilo. Riam agora os dois às gargalhadas. A mocidade tornava-os invulneráveis. Gerald largou a lâmina. (Chegou a ouvir o tinido que ela produziu ao cair sobre o vidro da mesa.) Sentiu as mãos sujas de sangue. Ia manchar os papéis da firma, macular apólices que representavam centenas de milhares de dólares. Levantou-se e caminhou para o lavatório particular, com as mãos no ar. Acendeu a luz, abriu a torneira da pia, pôs os dedos sob o jorro frio. Mas não viu nenhum sangue. Como podia ter as mãos ensangüentadas se tudo não passara de obra de sua imaginação? Calma, homem, calma. Assim vais acabar louco. Vamos. Está tudo bem. Não. Está tudo mal. Minha cabeça vai estourar. Não enxergo nem penso claro. Mas sei por que estou assim. Falta de sono.

Passara a noite em claro, fumando cigarro sobre cigarro, olhando Lizzy, que dormia a seu lado, como um animal satisfeito.

Tirou do bolso do colete um vidro, abriu-o, levou-o à boca e engoliu os últimos dois comprimidos de dexedrina que ele continha. Depois bebeu um gole d'água no côncavo da mão. Agora ia melhorar.

— Jerry!

Sobressaltado, voltou para o escritório, onde encontrou Parks, seu companheiro de diretoria.

— Homem, estás branco como papel! Que é que tens?

— Nada.

Gerald acendeu um cigarro.

— Já te disse que andas fumando demais.

Sem dizer palavra, Gerald voltou para seu lugar à mesa. O outro sentou-se numa das poltronas, tirou do bolso um pedaço de goma de mascar e meteu-a na boca.

— Está provado — disse — que o fumante tem todas as probabilidades de adquirir câncer do pulmão ou de ter um enfarte do miocárdio. As estatísticas...

Gerald não podia encarar o colega. Parks irritava-o com suas estatísticas, seu espírito prático, seu ar de homem feliz, sem cuidados. Parecia achar que a humanidade se salvaria se todos os homens da Terra entrassem para o Clube dos Kiwanis e lessem todos os meses o *Reader's Digest*.

— Boas notícias! — exclamou Parks, dando uma palmada na própria coxa.

— Sim?

— Ganhamos o caso do Ice Palace!

Tratava-se dum auditório de Cleveland que fora destruído pelas chamas havia pouco mais de um ano. A Monumental vendera à firma proprietária do prédio uma apólice contra fogo, de vultosa importância. Desde o princípio houvera suspeita de incêndio criminoso, mas o caso se arrastara durante meses nos tribunais.

Parks contava pormenores da vitória. Sua voz adocicada, com o sotaque negróide da gente do Sul, envolvia Gerald como um perfume enjoativo de magnólia. Mas o pensamento do marido de Lizzy estava longe, em certa manhã dum outro outono. Ele se via subindo as escadarias da National Gallery.

V

Depois que enviuvara, costumava visitar a National Gallery todos os sábados pela manhã. Era um apaixonado da pintura e gabava-se de ser um especialista em arte do século xix.

Dirigiu-se como sempre para a ala oriental do edifício, começando a peregrinação pela carnuda *Diana*, de Renoir. Encaminhou-se depois para um de seus quadros favoritos, o *Retrato de Sônia*, de Fantin-Latour. A figura da mocinha vestida à maneira de fins do século passado, com seu inocente chapelinho, o boá sobre os ombros, as mãos pousadas no regaço — tinha para ele um secreto encanto. Talvez o retrato lhe lembrasse a filha que sempre desejara mas Deus nunca lhe dera. Ou então era um certo ar novelesco que envolvia o quadro, sugerindo que Sônia *devia* ter uma estória. Quem teria sido aquela francesinha de franja japonesa, rosto redondo e trigueiro? Por que olhava o mundo com aquela expressão de meigo espanto?

Gerald mirava o quadro e sorria. Levou algum tempo para dar pela presença da pessoa que se postara a seu lado. Lançou-lhe um olhar rápido e casual, e voltou a ocupar-se com a pintura. Mas por alguma razão tornou a olhar para a vizinha. Era uma rapariga muito jovem, de fisionomia vagamente familiar. Mas claro! Parecia-se com Sônia. Sentiu uma formigante alegria, como se de repente houvesse descoberto o segredo da pintura. Não resistiu à tentação de puxar conversa com a desconhecida.

— É o seu retrato? — perguntou, fazendo com a cabeça um sinal na direção do quadro.

— Quem me dera! Com uma carinha dessas eu não estaria aqui.

— Onde estaria?

— Talvez aí nesse quadro.

Gerald achou a resposta deliciosa. A desconhecida tinha exatamente a voz que se podia esperar de Sônia: clara, calma, fluida.

— Nunca lhe disseram que era parecida com *ela*?

— Já. É por isso que estou aqui. Fiquei curiosa.

— E qual é a sua opinião?

— Não vejo parecença nenhuma, palavra.

Entortou a cabeça, apertou os olhos. Vestia uma suéter verde e tinha os seios empinados. Como limões verdes — pensou Gerald, lembrando-se dos tempos da mocidade em que tentara a pintura e, pobre, costumava comer as "naturezas-mortas" depois de pintá-las.

Ficaram ambos calados por alguns segundos.

— Não me diga que também se chama Sônia...

— Não. Elisabeth. Elisabeth Clay.

— Bonito nome.

— Há piores. E melhores.

Gerald ficou um pouco desapontado ao ver que a rapariga não estava interessada em saber seu nome. Sentiu uma invencível necessidade de chamar a atenção dela para sua pessoa. Começou então a deitar erudição. Fantin-Latour — explicou, apontando para a assinatura do quadro — fora amigo de Degas, de Monet e de Manet, mas apesar disso não pertencera ao grupo impressionista. Era uma espécie de romântico retardatário, um imaginativo — sabe? — um sonhador mais preocupado com seu mundo interior do que com a realidade externa.

Elisabeth escutava, olhando para Sônia e mantendo com ela um namoro que vencia barreiras de tempo e espaço.

— Acho que a estou aborrecendo...

— Ai! Não. Absolutamente. Estou achando tudo muito interessante e instrutivo. Tenho um tio que uma vez esteve em Paris.

Gerald sorriu.

— Costuma vir sempre a esta galeria?

— Parece mentira, mas esta é a primeira vez. Uma vergonha, não é?

— Uma grande vergonha. Esta é uma das cinco mais famosas galerias de arte de todo o mundo.

— *Boy!*

Saíram a andar lado a lado, de sala em sala. Gerald chamava a atenção da companheira para certos quadros. "Olhe, Lizzy... e eu tenho idade suficiente para ser seu pai, logo posso chamá-la de Lizzy... veja a perfeição daquela perspectiva. Canaletto era duma exatidão quase fotográfica..."

Quando chegaram à *Última ceia* de Salvador Dalí, Lizzy declarou que o quadro lhe parecia um cinemascope da Metro-Goldwyn-Mayer. Gerald soltou uma risada. Muito boa! Excelente!

Convidou-a a almoçar na cafeteria do museu. Ela aceitou com uma naturalidade que o comoveu. Durante a refeição ele falou todo o tempo, contou a Lizzy toda a sua vida, a infância e a adolescência em Ohio, onde o pai era empregado da estrada de ferro. Depois, sua decisão de romper com a autoridade paterna e ir tentar a vida em Chicago, onde fora vendedor de jornais, vaga-lume de cinema, garçom de restaurante. Exagerou um pouco suas tristezas e misérias. Falou-lhe também em tom nostálgico de sua tentativa frustrada de fazer-se pintor. Por fim narrou-lhe o seu sucesso no mundo dos negócios.

— Hoje sou um dos diretores da Monumental Insurance Co. — disse com o ar melancólico de quem confessa um fracasso. — Um homem rico, viúvo, sem filhos, que vive sozinho num casarão deserto. Não se iluda, minha filha, o dinheiro nunca deu felicidade a ninguém.

Os lábios respingados de leite, os olhos arregalados, Lizzy o contemplava como se o estivesse vendo pela primeira vez.

— Santo Deus! — exclamou. Os limões verdes arfavam. — Então estou almoçando com um verdadeiro *big shot*?

Ao ouvir aquele nome, lembrara-se de que já o havia lido muitas vezes na coluna social do *Washington Post*.

Despediram-se à frente do museu com um demorado aperto de mão. Gerald saiu contente a assobiar, dando pontapés joviais nas folhas secas que juncavam a calçada.

No sábado seguinte voltou à galeria num alvoroço de namorado, que ele achava a um tempo ridículo e delicioso. Raciocinava assim: "Não darei um passo fora de meu caminho habitual para tornar a vê-la. Ela disse que nunca veio à galeria antes. Bom. Se hoje estiver lá é porque espera me encontrar. Logo...". Fazia apostas consigo mesmo. Dez dólares como não vou vê-la nunca mais. Trinta como Lizzy lá está agora ao pé do *Retrato de Sônia*.

Mas não estava. Diante do quadro encontrou apenas um adolescente pálido, com ar de seminarista, a fotografar estudiosamente a pintura. Desapontado, continuou tristemente seu caminho. Parou diante dum Watteau, coisa que não costumava fazer, pois os pintores do século XVIII não o entusiasmavam. Ficou a olhar o quadro sem interesse; acabou namorando sua própria imagem refletida no vidro. Estava a ajeitar a gravata quando, ainda pelo vidro, viu Lizzy aproximar-se por trás dele sem ruído. Fingiu que não tinha percebido nada. A moça plantou-se a seu lado, sem cumprimentá-lo, e, com o ar natural de quem apenas continua uma conversação, disse:

— Não vá me dizer que sou também parecida com esse cavalheiro.

Segurou a mão de Gerald, que teve um agradável estremecimento de surpresa e prazer. Que significava aquele gesto? Apertava ela a mão assexuada dum *tio* ou a do homem que poderia vir a ser seu marido?

Saíram a caminhar de mãos dadas. Foram ver a sala dos Rembrandts, àquela hora completamente deserta de visitantes. Debaixo do auto-retrato do artista, Gerald enlaçou em silêncio a cintura de Lizzy, puxou-a contra o peito e beijou-lhe demoradamente a boca.

Encontrou-a muitas vezes nas semanas que se seguiram. Um mês depois da cena do primeiro beijo, ao fim de uma noite de insônia e dúvidas, foi procurar o dr. James King. Uma semana depois casava-se com Elisabeth Clay.

Passaram a lua-de-mel ao sol de Acapulco. Voltaram para casa e encontraram Washington coberta de neve. Uma nova vida começou para Gerald K. Ames — cheia de exaltação, de surpresas, de renovadas delícias. Mas antes de o casal comemorar o primeiro aniversário de casamento, já o ciúme começava empanar a vida de Gerald.

VI

— Jerry!

Gerald sobressaltou-se. Parks sacudia-o pelos ombros.

— Que é que você tem, homem? Está aí com um ar de sonâmbulo!

— Nada. Tenho tido ultimamente umas tonturas.

— Você precisa compreender que não tem mais trinta anos...

Gerald fechou-se num mutismo ressentido. Parks opusera-se ao seu casamento com Lizzy e ele não queria dar motivo para que o colega viesse com o clássico "Eu não lhe disse?".

— Por que não vai para casa?

— É o que vou fazer.

— Meu chofer pode levá-lo. Você não está em condições de dirigir seu carro.

— Tolice. Estou perfeitamente bem.

O outro insistiu, mas Gerald gelou-o com um "Boa noite, Parks!". Poucos minutos depois estava ao volante de seu automóvel, a caminho de casa. Era com impaciência que fazia o veículo parar diante dos sinais vermelhos. Decidiu tomar o caminho do parque, pois era o mais curto e de mais leve tráfego.

Ao parar à esquina da Virginia Avenue com a rua 21, viu dois jovens soldados que conversavam alegremente em voz alta. Percebeu que falavam em mulheres. Em que outra coisa podiam falar aqueles porcos? Lançou-lhes um olhar torvo. Tanta mocidade irritava-o. Bernard Shaw tinha razão: a juventude era uma coisa maravilhosa que a natureza desperdiçava com gente moça. Idiotas!

Brilhou o sinal verde. Gerald meteu o pé no acelerador com tanta força que o carro quase colidiu com o que ia na frente. Calma, meu velho, calma. Mas como é possível ter calma se Lizzy passou a tarde nos braços de Tommy? Não foi Tommy? Foi outro. Não foi hoje? Foi ontem. Será amanhã. É inevitável. Eu é que estou liquidado. Um velho triste e ridículo.

Entrou no parque e tomou um *driveway* àquela hora quase deserto, pois não havia começado ainda o *rush* da tardinha. As árvores ostentavam suas roupagens de outono: não restava nelas nenhum vestígio de verde. Suas folhas eram de ouro velho e dum escarlate vivo que em alguns ramos se degradava num pardo-avermelhado de ferrugem. Cada *maple* parecia um incêndio.

Ferido subitamente pela beleza do quadro (o outono fora sempre sua estação predileta), Gerald diminuiu a velocidade do carro e acabou levando-o para a margem da estrada, onde o fez parar sob as árvores.

Havia no ar tranqüilo uma luminosa transparência de vidro. Para os lados da Virgínia uma longa nuvem branca em forma de asa subia no céu, que se tingia de rosa.

Gerald desejou a presença de Lizzy com uma intensidade trêmula e enternecida. Santo Deus, será que a perdi para sempre? Sentiu-se vítima duma grande, duma inominável injustiça.

Abriu a porta do carro e saiu. Tirou o chapéu. A brisa picante da tarde reanimou-o, tornando-lhe a visão menos turva. Foi então que viu os esquilos. Corriam em grande número pela relva, cruzavam a es-

245

trada, perseguiam-se uns aos outros, como se brincassem de pega-pega, subiam nas árvores, ágeis, vivos, rútilos, como um símbolo ágil de mocidade. Eram belos e estúpidos. Como Lizzy. Como Tommy.

Acocorou-se, estendeu a mão para o esquilo que estava a poucos passos dele e que se aproximou, julgando que Gerald lhe ia dar algo que comer. O bichinho estendeu as patas com uma avidez estabanada. Ai! — gemeu Gerald, sentindo uma súbita dor dilacerante na ponta do indicador. Um como que choque elétrico percorreu-lhe o corpo. Num acesso de fúria quis atingir o esquilo com um pontapé, mas o animal fez uma rápida meia-volta e fugiu. Gerald levou à boca o dedo que sangrava. Maldito esquilo! Ouviu uma risada de mulher. Onde? Quem? Riam dele. Sentiu-se ridículo, um palhaço, um triste palhaço. No parque decerto todos já sabiam de sua história. Sentia agora mais que nunca a miséria do corpo. Pensou nas próprias artérias que se es-clerosavam, nas articulações que lhe doíam quando entrava a estação fria... Por quê? Para quê? Havia justiça no mundo? Quem lucrava com seu envelhecimento? Quem? Talvez o esquilo que lhe rasgara a ponta do dedo. Lá estava o animal à beira da estrada, sentado sobre as patas traseiras... Gerald entrou no automóvel, pô-lo em movimento, e cego de ódio, cerrando os dentes, precipitou-o a toda velocidade contra o animal. Ouviu um guincho, sentiu o impacto do corpo do esquilo no pára-choque.

Sem olhar para trás continuou a correr, estrada em fora.

Matei um esquilo — dizia ele para si mesmo, já com horror. Estú-pido. O suor escorria-lhe pelo rosto. Santo Deus! Matei propositada-mente um esquilo!

VII

Quando entrou em casa, Lizzy veio a seu encontro e, abraçando-o, co-briu-lhe o rosto de beijos.

— Gostaste da fita? — perguntou ele, desprezando-se por ter dei-xado escapar a pergunta.

— Que fita, querido?

— Não foste ao cinema?

— Claro que não.

— Onde passaste a tarde?

— No Garfinckel's, escolhendo o casaco de pele que me prometeste.

Gerald pensava no seu *crime*. Acusar Lizzy era uma maneira de atenuar seu próprio sentimento de culpa.

— Estiveste com Tommy hoje?

— Tommy! Mas você sabe que ele voltou ontem para Nova York!

Gerald agora se lembrava. Sentiu um alívio. Estreitou Lizzy contra o peito e beijou-lhe os cabelos, as faces, a boca, enquanto as lágrimas lhe escorriam abundantes pelo rosto. Era a primeira vez que chorava na presença da mulher.

— Mas, Jerry... você está doente!

— Não. Eu *estive* doente. Agora estou bem. Tudo está bem de novo.

A mulher acariciava-lhe os cabelos.

— Isso é excesso de trabalho. Vou mandar servir o jantar mais cedo. Se quiser, podemos ir a um cinema ou a um teatro...

Gerald pensava no baque surdo, mole, ominoso contra o pára-choque. E imaginava a pasta peluda e sanguinolenta sobre o asfalto...

VIII

Estavam em meio do jantar quando a campainha da porta soou. Era o mensageiro do Garfinckel's que trazia o casaco de pele. Lizzy não resistiu à tentação de vesti-lo para que o marido visse como lhe ficava bem.

— Que acha, querido?

Gerald ergueu-se e por algum tempo ficou de olhos perdidos, acariciando distraidamente a pele de *vison*.

— Tenho que te fazer uma confissão — murmurou, olhando para os lados para se certificar de que a criada não estava na sala.

— Por que esse ar tão grave?

— O que vou contar é muito sério.

— Jerry! Será que o doutor lhe disse alguma coisa... sobre seu coração...?

Gerald sacudiu a cabeça negativamente e, de olhos baixos, confessou:

— Matei um esquilo no parque.

Por uma fração de segundo Lizzy ficou sem compreender; depois rompeu a rir.

— Um esquilo? Mas, meu pobre querido, qual é o chofer que uma vez na vida não matou um esquilo, um gato ou um cachorro?

— Sim, mas eu o matei propositalmente.

— Jerry! Você deve estar com febre. Vamos! Vou dar-lhe uma aspirina e metê-lo na cama.

Naquele momento a campainha do telefone tilintou. Poucos segundos depois a criada apareceu:

— Um cavalheiro deseja falar-lhe, Mister Ames.

Gerald dirigiu-se para o vestíbulo e aproximou-se do telefone com um estranho pressentimento de desastre.

— Alô — murmurou.

— É Mister Gerald K. Ames? Aqui fala Roy Phillips, do Homicide Squad. O senhor não deve estar lembrado de mim, mas já nos falamos uma vez no seu escritório quando eu investigava o suicídio dum segurado da sua companhia...

— Ah! Em que posso servi-lo?

— Tenho um assunto muito importante a tratar com o senhor...

— Por que não vai ao meu escritório amanhã?

— Tem de ser agora. É um caso urgente.

— Pois então fale.

Houve uma hesitação da parte do outro.

— Ocorreu um acidente gravíssimo no parque, há pouco mais de uma hora... — O coração de Gerald disparou. — Diga-me uma coisa, Mister Ames, o senhor cruzou o parque de automóvel mais ou menos àquela hora?

— Sim.

— Alô? Faça o favor de falar mais alto. Não estou ouvindo.

— Sim, cruzei.

O corpo de Gerald tremia todo, incontrolavelmente.

— Mister Ames, o caso é muito sério, portanto pense bem antes de responder. Há duas testemunhas visuais do acidente, se acidente foi. Ambas tomaram nota do número do automóvel que o causou. Agora responda com todo o cuidado. *Qual é o número da placa de seu carro?*

Gerald levou algum tempo para lembrar-se. Por fim balbuciou:

— AP 3456.

— É esse exatamente o número que as testemunhas anotaram. Agora outra pergunta. (E a voz do inspetor tomava aos poucos um tom ameaçador.) Era o senhor ou o seu chofer quem dirigia o carro quando ele passou pelo parque?

A resposta como que ficou por alguns segundos trancada na garganta de Gerald.

— Quem era?

— Era eu.

— Pois então trate de arranjar um bom advogado, porque o senhor está metido numa enrascada dos diabos!

Gerald tentou uma reação:

— Ora, inspetor, afinal de contas que grande crime é matar um esquilo, mesmo propositalmente?

— Um esquilo? — vociferou o outro. — O senhor deve estar completamente fora do juízo. Porque seu carro atropelou e matou uma moça de dezenove anos que estava parada pacificamente à beira da estrada!

Gerald K. Ames deixou cair o fone. Suas pernas se vergaram, seus olhos se turvaram. Da sala de jantar um enorme esquilo de pêlo castanho lhe fazia sinais.

SONATA

A história que vou contar não tem a rigor um princípio, um meio e um fim. O Tempo é um rio sem nascentes a correr incessantemente para a Eternidade, mas bem se pode dar que em inesperados trechos de seu curso o nosso barco se afaste da correnteza, derivando para algum braço morto, feito de antigas águas ficadas, e só Deus sabe o que então nos poderá acontecer. No entanto, para facilitar a narrativa, vamos supor que tudo tenha começado naquela tarde de abril.

Era o primeiro ano da guerra e eu evitava ler os jornais ou dar ouvidos às pessoas que falavam em combates, bombardeios e movimentos de tropas.

"Os alemães romperão facilmente a linha Maginot", assegurou-me um dia o desconhecido que se sentara a meu lado num banco de praça. "Em poucas semanas estarão senhores de Paris." Sacudi a cabeça e repliquei: "Impossível. Paris não é uma cidade do espaço, mas do tempo. É um estado de alma e como tal inacessível às *Panzerdivisionen*". O homem lançou-me um olhar enviesado, misto de estranheza e alarma. Ora, estou habituado a ser olhado desse modo. Um lunático! É o que murmuram de mim os inquilinos da casa de cômodos onde tenho um quarto alugado, com direito à mesa parca e ao banheiro coletivo. E é natural que pensem assim. Sou um sujeito um tanto esquisito, um tímido, um solitário que às vezes passa horas inteiras a conversar consigo mesmo em voz alta. "Bicho-de-concha!", já disseram de mim. Sim, mas a esta apagada ostra não resta nem o consolo de ter produzido em sua solidão alguma pérola rara, a não ser... Mas não devo antecipar nem julgar.

Homem de necessidades modestas, o que ganho, dando lições de piano a domicílio, basta para o meu sustento e ainda me permite comprar discos de gramofone e ir de vez em quando a concertos. Quase todas as noites, depois de vaguear sozinho pelas ruas, recolho-me ao quarto, ponho a eletrola a funcionar e, estendido na cama, cerro os olhos e fico a escutar os últimos quartetos de Beethoven, tentando descobrir o que teria querido dizer o Velho com esta ou aquela frase. Tenho no quarto um piano no qual costumo tocar as minhas próprias composições, que nunca tive a coragem nem a necessidade de mostrar a ninguém. Disse um poeta que

Entre a idéia
E a realidade
Entre o movimento
E o ato
Cai a Sombra.

Pois entre essa Sombra e a mal entrevista claridade duma esperança vivia eu, aparentemente sem outra ambição que a de manter a paz e a solitude.

No inverno, na primavera e no verão sinto-me como que exilado, só encontrando o meu clima nativo, o meu reino e o meu nicho no outono — a estação que envolve as pessoas e as coisas numa surdina lilás. É como se Deus armasse e iluminasse o palco do mundo especialmente para seus mistérios prediletos, de modo que a qualquer minuto um milagre pode acontecer.

Naquele dia de abril andava eu pelas ruas numa espécie de sonambulismo, com a impressão de que o outono era uma opala dentro da qual estava embutida a minha cidade com as suas gentes, casas, ruas, parques e monumentos, bem como esses navios de vidrilhos coloridos que os presidiários constroem pacientemente, pedacinho a pedacinho, dentro de garrafas. Veio-me então o desejo de compor uma sonata para a tarde. Comecei com um andantino serenamente melancólico e brinquei com ele durante duas quadras, com a atenção dividida entre a música e o mundo. De súbito as mãos sardentas dum de meus alunos puseram-se a tocar escalas dentro de meu crânio com uma violência atroz, e lá se foi o andantino... Fiquei a pensar contrariado nas lições que tinha de dar no dia seguinte. Ah! A monotonia dos exercícios, a obtusidade da maioria dos discípulos, a incompreensão e a impertinência dos pais! Devo confessar que não gostava da minha profissão e que, se não a abandonava, era porque não saberia fazer outra coisa para ganhar a vida, pois repugnava-me a idéia de tocar músicas vulgares nessas casas públicas onde se dança, come e bebe à noite.

Quando o andantino me voltou à mente, fiquei a seguir suas notas como quem observa crianças a brincarem de roda num jardim. De repente um ruído medonho e rechinante trincou de cima a baixo o vidro de meu devaneio, ao mesmo tempo que alguém me puxava violentamente para trás. Ora, não tenho nenhum instinto de conservação. Dizem que Shelley também era assim. Talvez seja uma pretensão absurda estar eu aqui a comparar-me com o poeta. Mas a verdade é que não tenho. Levei um bom par de segundos para compreender que quase ficara debaixo das rodas dum ônibus, e que um transeunte desconhecido me salvara a vida. Balbuciei um agradecimento para o homem que ainda me segurava o braço, mas o que me impressionava mesmo no momento era a expressão de fúria do chofer que gritava: "Não enxerga, animal?". Como era possível alguém encolerizar-se e dizer grosserias numa tarde de outono? O ônibus retomou a marcha. O meu salvador perdeu-se na multidão.

Percebi então que estava à frente do edifício da Biblioteca Pública. O casarão pardo e severo tinha um ar tão convidativo e protetor que, sem saber exatamente por quê, resolvi entrar. Atravessei o saguão de mármore, penetrei na sala de leitura e aproximei-me do funcionário a quem hoje chamo Confúcio, por motivos que em breve ficarão suficientemente claros. Éramos já velhos conhecidos, pois eu costumava ir com alguma freqüência à Biblioteca.

O homem ergueu os olhos e perguntou: "Que deseja o amigo?". A minha indecisão tomou a forma dum sorriso. Podia pedir um livro de poemas ou algum ensaio sobre Mozart; no entanto, surpreendi-me a dizer:

— Quero ver uns jornais velhos.

— Que jornais?

Mencionei o nome do mais antigo matutino da cidade.

— E as datas ?

— 1912.

Era o ano de meu nascimento. O funcionário afastou-se, tornou pouco depois com dois grandes volumes encadernados debaixo do braço e depô-los sobre a mesa junto da qual eu me sentara.

Comecei a folhear distraidamente os jornais, achando um sabor nostálgico nos anúncios de cinema e teatro, nas notícias da coluna social e principalmente nas apagadas reproduções de fotografias em que homens e mulheres apareciam com as roupas da época. No exemplar cuja data correspondia exatamente à daquele dia de abril, encontrei na página dos "Precisa-se" um anúncio que me chamou a atenção:

PROFESSOR DE PIANO. Precisa-se dum professor de piano, pessoa de bons costumes, para lecionar moça de família já com quatro anos de estudo. Tratar à rua do Salgueiro nº 25. (É uma casa antiga, com um anjo triste no jardim.)

Não pude deixar de sorrir. O funcionário aproximou-se.

— Que foi que o amigo descobriu de tão interessante?

Mostrei-lhe o anúncio. Ele acavalou os óculos no nariz, inclinou-se sobre a mesa e leu.

— Escute... — murmurei. — Há vinte e oito anos numa casa da rua do Salgueiro uma mocinha esperava o seu professor de piano. Será que ele apareceu? Qual teria sido o destino dessa moça?

O funcionário encolheu os ombros.

— Decerto engordou, envelheceu, ficou avó... Ou morreu.

— Não seja tão pessimista. Imagine outra coisa: o tempo não passou e a mocinha ainda lá está esperando...

— Imagine então que eu nasci na China há muitos séculos e me chamo Confúcio.

— E por que não?

O funcionário soltou uma risada, mas em surdina, como convinha ao lugar e à hora. Apanhei o chapéu e saí. As frases do anúncio soavam-me na cabeça como a melodia pueril duma caixinha de música.

Descobri que a rua do Salgueiro, aonde cheguei ao cair da tarde, tinha agora o nome dum caudilho de três revoluções e ficava num desses distritos assolados pelo último plano de urbanização. As vivendas antigas haviam sido derrubadas para dar lugar a modernos prédios de apartamentos. Não avistei nenhum salgueiro nem nada que pudesse sequer sugerir a possibilidade da sobrevivência duma casa como a do anúncio. Saí a caminhar lentamente ao ritmo de meus pensamentos, de novo concentrado no andantino. A trovoada do tráfego havia-se amortecido de tal forma, que já agora não passava dum zumbido distante. Os lampiões estavam apagados ao longo das calçadas inexplicavelmente desertas. Eu não ouvia mais nem o ruído de meus próprios passos: era como se caminhasse pisando em paina. A rua estava tocada duma névoa leitosa de cambiantes arroxeados, que parecia deformar todas as imagens, e eu tinha a impressão de estar no fundo do oceano como um escafandrista desmemoriado que já não sabe mais por que desceu às profundezas.

Quando dei acordo de mim, estava parado diante dum velho portão de ferro em cujo frontão se via uma placa com o número 25. Espiei por entre suas grades e avistei, no fundo dum jardim apertado entre duas enormes casas de apartamentos, uma vivenda colonial de fachada caiada e janelas azuis. A poucos passos da sua porta central, debaixo duma paineira florida, cismava um anjo de bronze, sentado numa pedra na atitude do *Penseur* de Rodin. O anjo triste! Veio-me então um contentamento indescritível, uma espécie de orgulho por verificar que ainda havia no mundo alguém que prezava o passado e resistia à tentação do lucro, recusando-se a vender aquela propriedade aos insaciáveis construtores de arranha-céus.

Abri o portão, atravessei o jardim crepuscular, acariciei a cabeça azinhavrada do anjo, aproximei-me da porta e bati. Meu coração pulsava um pouco descompassado. Por que fazia eu aquilo? Com que direito? Com que propósito? Que dizer se alguém viesse abrir a porta?

Tomado dum repentino temor, ia fazer meia-volta e fugir quando a porta se abriu e na penumbra dum corredor divisei um vulto de mulher.

Uma voz neutra chegou-me aos ouvidos:

— Que é que o senhor deseja?

A resposta que me ocorreu na confusão do momento pareceu-me então insensata, mas sei agora que era a mais certa, a mais natural, a única.

— É aqui que estão precisando dum professor de piano?

Houve da parte da mulher uma breve hesitação.

— É aqui mesmo. Tenha a bondade de entrar, que vou avisar a patroa.

Fez-me passar para uma sala alumiada pela luz dum lampião em cuja esfera de vidro branco e fosco estava pintada uma borboleta amarela entre dois ramilhetes de flores. Olhei em torno: uma dessas salas de visitas muito em voga na última década no século passado, com sua mobília de jacarandá lavrado e estofo cor de vinho, o sofá e as cadeiras com rodinhas nos pés. Negrejava a um canto o piano, em cima do qual se alinhavam bibelôs sobre guardanapos de croché. Viam-se pelas paredes quadros com retratos de gente de antanho. Aquecia aquela atmosfera uma intimidade tão acolhedora, uma tal sugestão de aconchego humano, que pela primeira vez em toda a minha vida me senti completamente de acordo com um ambiente. Fiquei tão absorto na fruição daquele lugar e daquele momento, que nem dei pela entrada da dona da casa.

— Boa noite — disse ela. — O senhor então é professor de piano?

A sua voz, como a sua fisionomia, era uma curiosa combinação de doçura e determinação. Apertei a mão que me estendia. Ela me indicou uma cadeira. Sentei-me e só então notei que tinha diante de mim uma dama grisalha vestida exatamente como minha mãe naquele retrato, tirado em princípios de 1913, que lá está no meu álbum de família: blusa branca de gola alta e rendada, cintura muito fina, saia escura e afunilada, com a barra quase a tocar o soalho. O seu penteado lembrava-me o das figuras femininas do desenhista Gibson que apareciam nas ilustrações das revistas de minha infância.

— Como se chama o senhor?

Disse-lhe o meu nome.

— Que idade tem?

— Vinte e oito anos.

— Só? Esperava um mestre mais idoso...

— Se a senhora prefere que eu envelheça — sorri —, posso ir embora e voltar daqui a vinte anos...

Ela soltou uma sonora risada e eu temi que as suas vibrações quebrassem o sortilégio. Sim, porque eu sentia que algo de maravilhoso me estava acontecendo, eu não compreendia por que nem como. Só sabia que tinha encontrado um lar, um abrigo.

O rosto da dona da casa de novo se fez sério.

— Vou ser-lhe muito sincera, como é meu hábito. Sou viúva, vivo sozinha neste casarão com minha filha e estou em completo desacordo com certas liberdades da vida moderna. O senhor já leu a respeito dos despautérios dessas tais sufragistas?

Sacudi a cabeça afirmativamente.

— Pois para mim — prosseguiu ela — a mulher foi feita para o lar e não para votar e andar vestida como os homens. Minha filha é uma moça educada à maneira antiga. É por essa razão que procuro para ela um professor respeitável e respeitador. Por falar nisso, o senhor traz algum atestado ou carta de recomendação?

— Aqui comigo, não. Mas se faz questão, posso trazer outro dia.

— Traga. Agora vamos a outro assunto. Qual é o seu preço?

— A senhora diga...

— Pagávamos vinte por mês para o último professor. Vinha duas vezes por semana.

— Pois vinte fica muito bem.

— Quando pode começar?

— Vamos ver... — murmurei, tirando do bolso a caneta e o caderno de notas. — Que dia é amanhã?

— Vinte e nove.

— De abril?

— Claro.

Senti o coração desfalecer quando perguntei:

— De que ano?

A dama franziu a testa.

— Ora essa! Será que não sabe que já estamos em 1912?

— Desculpe. Sou um pouco distraído.

— Pois não aprecio nada as pessoas distraídas. E, se permite uma observação de caráter pessoal, não gosto do jeito extravagante como o senhor se traja. O caráter dum homem revela-se na maneira como ele anda vestido.

Por alguns instantes os seus olhos escuros fitaram-me com uma intensidade não de todo destituída de simpatia.

— Bem. A sua fisionomia inspira-me confiança. Depois, não se trata de casamento. Se eu achar que o senhor não serve, hei de dizer-lhe com franqueza. Mas vamos ver que horas e dias tem livres.

Fiquei a examinar o meu horário, sem entretanto compreender o que ele dizia, pois os seus nomes, dias e horas falavam dum mundo e dum tempo que eu não amava e que já agora para mim estavam mortos e quase esquecidos.

Como a indecisão se prolongasse, a dona da casa socorreu-me com uma sugestão. Não podia eu dar as lições às terças e quintas, das cinco às seis da tarde?

— Perfeito! — esclamei automaticamente.

Houve um curto silêncio ao cabo do qual ela gritou: "Adriana!".

Adriana entrou na sala toda vestida de branco. Teria quando muito vinte anos e parecia-se — senti logo! — com a misteriosa imagem de mulher que costumava visitar os meus sonhos, e cujo rosto eu jamais conseguira ver com clareza. A presença dessa estranha aparição fazia-se sentir ora corporificada numa branca silhueta feminina, ora na forma duma melodia que em vão eu tentava capturar. Em mais dum sonho andei a perseguir aquele fantasma através de montanhas, prados, florestas e águas. Agora ele ali estava diante de mim, ao alcance de minha mão. A luz do lampião batia em cheio no rosto de Adriana. E, quando ela me mirou com seus olhos dum verde úmido de alga, o escafandrista finalmente compreendeu por que havia descido às profundezas do mar. E a alegria do descobrimento transformou-se em música em meu espírito. Era uma frase larga, clara e impetuosa como um vôo de pássaro ou como uma frecha de prata lançada contra a lua.

Essa melodia acompanhou-me quando deixei a casa do anjo triste e atravessei o jardim murmurando: "O que aconteceu é impossível, portanto não preciso dar explicações a ninguém nem a mim mesmo. Basta que eu acredite. E eu acredito, ó meu Deus, como acredito!".

256

Num doce estonteamento saí a caminhar pelas ruas. A noite havia caído por completo. Bondes passavam ribombando, automóveis com pupilas de fogo rodavam sobre o asfalto, vitrinas lançavam sobre as calçadas cheias de transeuntes sua lívida luz fluorescente, e eu caminhava por entre aquelas criaturas, ruídos e clarões carregando meu sonho com o trêmulo e assustado cuidado de quem leva nas mãos um cristal raro e frágil, que ao menor toque se pode partir.

Apressei o passo e refugiei-me no quarto, para melhor proteger as minhas lembranças contra a brutalidade da noite metropolitana. Sentei-me ao piano e comecei a desenvolver o tema sugerido pela presença de Adriana. Esqueci o abismo, a sombra, o tempo e o mundo. O dia começava a clarear quando terminei de transportar para a pauta o primeiro movimento duma sonata. Atirei-me na cama tão extenuado, que dormi imediatamente. Quando despertei, o sol estava já no zênite. Vieram-me à mente os acontecimentos do dia anterior e eu disse para mim mesmo: "Foi tudo um sonho". Mas não! Encontrei sobre o peito o papel pautado com o primeiro movimento da sonata. Saltei da cama e apanhei o caderno de notas, abri-o e li: "Terças e quintas, lições para Adriana, rua do Salgueiro, 25. Das 5 às 6". Hoje é terça! — descobri com alegria. Barbeei-me com uma pressa nervosa, vesti-me e saí. Na escada encontrei a senhoria, que me censurou: "Os outros inquilinos estão furiosos. O senhor passou a noite inteirinha batendo no piano. Isso não se faz".

"Isso não se faz", repeti automaticamente. Quando cheguei à calçada, uma dúvida angustiava-me: e se eu não encontrasse mais a casa do anjo triste? O meu primeiro impulso foi o de correr para a rua do Salgueiro. Contive-me: era melhor esperar a hora da primeira lição.

Naquela tarde dei as outras lições com a atenção vaga. Pouco antes das cinco, sem a menor explicação, deixei uma aluna em meio dum estudo de Chopin e encaminhei-me para a rua do Salgueiro. Quando avistei os dois arranha-céus que flanqueavam o jardim da casa do anjo, afrouxei o passo. A rua estava deserta e as lâmpadas ainda apagadas. Uma bruma dourada algodoava o ar, amortecendo todos os sons. Abri o velho portão, entrei, atravessei o jardim, sorri para o anjo e bati à porta. A criada fez-me entrar. Um relógio no fundo da casa começou a dar as horas. Adriana esperava-me de pé junto ao piano. Notei que tinha os olhos brilhantes de lágrimas.

— Andou chorando?

Fez que sim com um aceno de cabeça e, sentando-se ao piano e batendo distraidamente numa tecla e noutra, balbuciou:

— Estive lendo a história do naufrágio.

— Que naufrágio?

Fitou em mim os olhos surpresos.

— Então não sabe, não leu? O do *Titanic*...

— Ah!

A catástrofe do *Titanic*, ocorrida no ano em que nasci, havia de me deixar profundamente emocionado quando, dez anos mais tarde, a vi descrita numa revista ilustrada com todos os seus pormenores dramáticos.

— Bom... — murmurei. — Agora toque alguma coisa para que eu avalie o seu adiantamento.

Adriana pôs-se a tocar uma sonatina de Scarlatti com algumas hesitações mas com muito sentimento. Enquanto ela tocava, pude observar-lhe melhor as feições. Não me parece possível retratar com palavras um rosto de mulher. O que importa não é o seu formato, a cor dos olhos, o desenho da boca e do nariz ou o tom da pele. É, antes, uma certa qualidade interior que ilumina a face, animando-a e tornando-a distinta de todas as outras, e essa qualidade raramente ou nunca se deixa prender até mesmo pela câmara fotográfica. Existem artistas hábeis ou apenas afortunados que, ao pintarem um retrato de mulher, conseguem uma vez que outra fixar na tela essa luminosidade insituável que à primeira vista parece vir do olhar, mas que no entanto continuará a dar lustro à face mesmo que lhe vendemos os olhos. Pois um resplendor como esse envolvia a pessoa inteira de Adriana. Sua presença era quente, fácil e amiga.

— Muito bem — disse eu, quando ela terminou de tocar a sonatina. — Já vi que gosta de música. Tocou com alma.

— O senhor acha mesmo? Que bom! Eu adoro a música. A mamãe até me prometeu comprar um gramofone desses de discos, o senhor sabe? Não os de cilindros...

Contei-lhe que era compositor e estava escrevendo uma sonata.

— Ah! Toque então para mim.

— Ainda não está pronta. Só o primeiro movimento.

Naquele instante a mãe de Adriana surgiu à porta. Assumi um ar grave de professor e disse:

— Bom. Vamos agora tocar umas escalas.

Minha vida, então, mudou por completo. Eu passava as horas a esperar com ansiedade o momento de estar com Adriana naquela sala vespertina. Jamais contei a quem quer que fosse o meu segredo. A ostra agora fechava-se mais que nunca na concha, ciosa de sua pérola.

Havia, entretanto, momentos em que eu temia não o mundo, mas o lógico que mora dentro de cada um de nós e que a qualquer minuto poderia pedir explicações sobre o que me estava acontecendo. E toda a vez que esse censor ameaçava fazer a temida pergunta, eu subornava-o: "Preciso acreditar naquilo, senão estarei perdido para sempre".

Madrugadas houve em que andei à toa pelas ruas com um desejo quase insuportável de ir olhar a casa do anjo triste. Uma voz secreta, porém, aconselhava-me: "Não vás. Se fores, podes descobrir que tudo não passa duma ilusão". E não ia.

Mas nos dias de lição lá estava eu a cruzar alvoroçado o jardim antigo, a acariciar a cabeça do anjo, a bater na porta e a entrar na sala, no mundo e no tempo de Adriana.

Uma doce intimidade se foi formando entre nós, um entendimento que não dependia de palavras nem de pontos de referência no tempo ou no espaço.

Quando a mãe não estava presente, Adriana descrevia-me cenas e impressões de sua infância passada naquela mesma casa. Contou-me da noite em que entrara o século e ela fora pela mão do pai ver a Grande Exposição. Ah! Nunca mais esquecera o carrossel, os palhaços, os jogos, a sala dos espelhos e acima de tudo os fogos de artifício, que romperam exatamente ao soar da última badalada da meia-noite, acompanhados do rebimbar dos sinos de todas as igrejas da cidade!

Adriana quis saber onde estava eu naquela grande noite.

— No mar — respondi, sem saber ao certo por quê.

E ela sorriu, aparentemente satisfeita com a resposta.

Às vezes quem falava mais era eu, surpreendido e encantado que estava por encontrar alguém que se interessasse pela minha pessoa e pela minha vida. Esvaziei assim o peito de muitos cuidados e segredos. Coisas que eu trazia fechadas a sete chaves no recesso de meu ser, vieram à tona e transformaram-se em palavras.

Como as nossas conversas se prolongassem numa surdina suspeita, mais duma vez a mãe de Adriana apareceu à porta para perguntar por que o senhor professor havia interrompido a lição. Tivemos, então, de inventar um estratagema que muito nos divertia. Adriana tocava seus exercícios e nós conversávamos protegidos por essa cortina de música.

Mas como eram vazias e tristes as horas que eu passava longe dela! A única coisa que possuía o dom de me devolver quase inteira a presença de Adriana era a sonata, a cujo desenvolvimento me entreguei com paixão durante todo aquele mês de maio em que fui perdendo um por um os alunos, graças às minhas impontualidades e distrações.

O segundo movimento, um *scherzo*, veio-me fácil à imaginação e com a mesma espontaneidade levei-o para a pauta. Entrei depois no terceiro, um *molto agitato*, que compus num dia de fins de maio em que o inverno mandara no vento o seu primeiro recado. Eu temia a chegada do frio, pois uma misteriosa intuição me dizia que os ventos de julho poderiam impelir meu barco para fora do braço morto, devolvendo-o à correnteza do Tempo e afastando-me para sempre da criatura que eu amava.

Uma tardinha, mal entrei na casa do anjo, Adriana veio ao meu encontro sorrindo, com o jornal do dia nas mãos.

— Veja! — exclamou. — Ontem nasceu uma criança com o seu nome.

Mostrou-me a coluna social e eu senti um calafrio ao ler nela a participação de meu próprio nascimento.

— Que destino terá essa criança? — perguntei.

— Talvez chegue a presidente da República.

— Ou não passe jamais dum simples professor de piano...

Adriana fitou-me com uma tão profunda expressão de ternura, que fiquei conturbado. E para esconder o meu embaraço, gaguejei:

— Vamos tocar aquela sarabanda...

Foi no último dia de maio que levei a sonata pronta à casa do anjo. Toquei-a para Adriana. O primeiro movimento traduzia a minha surpresa e a alegria de encontrá-la. Era entretanto um *allegro ma non troppo*, pois no fundo desse contentamento já se podia entrever o temor que eu tinha de um dia perdê-la. O *scherzo* pintava com cores vivas não só os momentos felizes que passáramos juntos naquela sala como também cenas da infância de Adriana. Lá estava a menininha de tranças compridas ora a brincar no quarto com suas bonecas, ora a correr no jardim tangendo um arco tricolor. Depois era Adriana a rir um riso assustado diante daquelas sete outras Adrianas deformadas que espelhos côncavos e convexos lhe deparavam na sala mágica da Grande Exposição. Vinha a seguir um *molto agitato* de curta duração, que descrevia o desespero dum homem a caminhar desorientado pelas ruas vazias, em busca dum amor impossível perdido no Tempo. E a sonata terminava com um prolongado *adagio* repassado dessa tristeza resignada de quem se rende diante do irremediável, sem rancores para com a vida ou as outras criaturas — um movimento lento e nostálgico, sugestivo dum rio a correr para o mar, levando consigo a saudade das coisas vistas em suas margens e a certeza de que suas águas jamais tornariam a refletir aquelas imagens queridas.

Quando terminei de tocar, Adriana balbuciou:

— Linda, muito linda.

— Pois é sua.

Tirei do bolso a caneta e por baixo do título — *Sonata em ré menor* — escrevi: "Para Adriana. Maio de 1912".

Ela olhou-me com um jeito triste e os seus olhos encheram-se de lágrimas. Desejei então ter a confirmação de que ela me amava, queria que ela me dissesse isso com palavras. Talvez eu não fosse digno do milagre que me acontecera, pois ansiava por tocar Adriana, tê-la para mim, trazê-la para o meu mundo, para o meu tempo. E, se havia no meu desejo aquela urgência tão aflita, era porque eu notara no ar lá fora sinais de inverno: a cabeça do anjo estava gelada quando eu a acariciara aquela tarde ao chegar.

A certeza de não pertencer àquele lugar e àquela hora — pois eu não passava dum fantasma do futuro — deu-me uma audácia de que nunca antes eu havia sido capaz. Tomei a mão de Adriana nas minhas e exclamei: "Eu te amo, eu te amo, eu te amo!". Ela ergueu-se, puxou bruscamente a mão e voltou o rosto, murmurando: "Mas é impossível!". E com voz trêmula contou-me que estava comprometida e ia casar em julho. Não amava o noivo, isso não! Mas a mãe insistia no casamento e não lhe restava outra alternativa senão obedecer.

Fiz então algo de insensato, pois devia saber que nenhum gesto meu, nenhuma palavra, nenhum desejo poderia alterar o que já havia acontecido.

— Mas ninguém pode ser obrigado a casar com quem não ama! — gritei.

Naquele instante a mãe de Adriana entrou na sala e com uma voz que me deixou gelado, disse:

— O senhor está cometendo uma indignidade. Traiu a minha confiança e abusou de minha filha. Saia imediatamente desta casa!

Fora encontrei o primeiro sopro de inverno e um céu de cinza. As horas que se seguiram foram de desespero. Recolhi-me ao quarto, mas não encontrei consolo na música nem nos livros. Busquei, mas em vão, encontrar sinais palpáveis de que tudo aquilo não fora apenas uma alucinação ou um prolongado sonho. Nada encontrei além das minhas recordações. Deitei-me na cama e chorei como havia muito não chorava.

No dia seguinte, quando saí a andar de novo pelas ruas, foi com a sensação de estar perdido numa cidade estranha e hostil. Meus passos acabaram conduzindo-me para a rua do Salgueiro, e eu levava no coração um pressentimento cruel, que não tardei a ver confirmado. Bem no lugar onde estava a casa do anjo triste, erguia-se agora um edifício de apartamentos de vinte andares. Atravessei a rua e entrei num café. Fiz perguntas com ar indiferente ao criado que me serviu. Lembrava-se ele dos prédios primitivos daquela rua?

— Não senhor — respondeu. — Sou novo aqui. Pergunte ao dono do café, que é um dos moradores mais antigos desta zona. Patrão, este moço quer perguntar-lhe uma coisa...

O proprietário do café, um homem grisalho com um ar de bondade cansada ou desiludida, aproximou-se. Fiz um sinal na direção da rua.

— Que fim levou a casa branca colonial que havia lá do outro lado, com um anjo de bronze no jardim?

O homem lançou-me um olhar intrigado.

— Quantos anos o senhor tem?

Disse-lhe a minha idade e ele perguntou:

— Como é que se pode lembrar dessa casa se ela foi derrubada faz mais de vinte e cinco anos?

Sacudi os ombros. Uma estranha calma agora me adormentava o espírito. Tudo tinha acabado como devia. O meu barco deixava-se levar pela correnteza do rio e eu não sabia nem queria saber o que me esperava no Grande Oceano. Nada mais importava. Eu passara a viver o adágio da sonata.

O proprietário do café, entretanto, esperava ainda a resposta.

— O senhor acredita em milagres? — perguntei.

Ele sacudiu negativamente a cabeça e respondeu:

— Eu, não. E o senhor?

A minha vida voltou a ser o que fora antes. Aquele inverno foi longo e sombrio. A lembrança de Adriana vivia comigo e era nela que eu pensava quando compunha minhas peças. Recusava-me ainda a examinar aquele singular episódio de minha vida à luz da razão. Quando menino, li numa antologia o poema do poleá que dissecou de tal forma a mosca azul que acabou destruindo o seu mais belo sonho. Aprendi a lição.

Isso, porém, não impediu que num dia de setembro eu tornasse a entrar na Biblioteca Pública, pedisse a Confúcio jornais antigos, de 1912 até 1920, e me pusesse a folheá-los com uma inquieta esperança. No número de julho de 1912 encontrei a notícia do casamento de Adriana. Passei os olhos por vários volumes que cobriam cinco anos, sem encontrar a menor referência quer a ela quer ao marido, que o cronista social afirmava ser "um esteio da nossa sociedade". Mas num número de maio de 1917 dei com a participação do nascimento da filha do casal, que recebera em batismo o nome da mãe. E, ao abrir o volume correspondente a 1919, na primeira página do primeiro jornal de janeiro, vi um convite de enterro. Lá estava, entre duas tarjas negras, sob uma cruz, o nome da *minha* Adriana. Li o endereço da casa mortuária, que nada significava para mim, uma vez que Ela não estava mais lá, e fechei o volume, numa confusão de sentimentos, fiz um sinal amistoso para Confúcio, saí da Biblioteca e entrei num táxi. "Cemitério da Luz", pedi.

Eu imaginava para Adriana uma sepultura simples: uma lápide cercada de relva, e sobre a lápide, sentado numa pedra, o anjo triste. No entanto a imaginação burguesa do marido havia-lhe dado um mausoléu pretensioso de mármore esverdeado, com um pórtico grego e uma inscrição latina na base do frontão. Encostei o rosto no vidro da porta do jazigo e, depois que os meus olhos se habituaram à penumbra do interior, pude divisar, em cima dum aparador de mármore, um grande retrato de Adriana. Senti um arrepio. Quando eu andava pelas ruas da cidade naquela inesquecível tarde de abril — refleti —, Adriana já estava morta e sepultada. No entanto...

Não. O melhor era entesourar as doces lembranças e não procurar saber a razão de nada.

Ouvi uma voz.

— Alguma conhecida sua?

Voltei-me e dei com uma mulher muito jovem que me mirava com curiosidade. Estava vestida de verde, trazia uma braçada de junquilhos e o vento agitava-lhe os cabelos bronzeados.

— É alguém que conheci há muito tempo — expliquei.

Houve um curto silêncio em que fiquei de olhos baixos a fitar a sombra da desconhecida no pavimento de mosaicos da alameda.

— Pergunto — esclareceu ela — porque esse é o túmulo de minha mãe.

Não tive a menor surpresa. Antes de ela pronunciar aquelas palavras, eu já as havia pressentido. Ergui os olhos. A moça parecia-se com a mãe. Não era uma parecença de irmã gêmea, uma semelhança de traços, mas sim uma identidade de clima, de aura, de... Não sei por que estou sempre tentando definir o indefinível. Duma coisa, porém, estou certo: os olhos eram os mesmos no desenho e na cor. Só diferiam na expressão. Nos da Adriana morta havia paz. Nos da Adriana viva, algo que me inquietava.

— Mas como podia ter conhecido a minha mãe? Ela morreu há quase vinte e dois anos. Nesse tempo o senhor devia ser uma criança...

De novo baixei o olhar para a sombra.

— Confesso que menti quando disse que era uma conhecida minha. O que aconteceu mesmo foi que eu ia passando e olhei para dentro do jazigo e...

— Está bem. Não precisa explicar. Olhar não é nenhum pecado.

Abriu a porta do mausoléu, voltou-se para mim e perguntou se eu queria entrar. Respondi que não. Ela entrou, depôs as flores sob o retrato, ajoelhou-se ao pé do altar e ficou a orar. Uma voz dizia-me: "Foge, foge enquanto é tempo". No entanto eu permanecia onde estava, como que enfeitiçado.

Adriana ergueu-se, saiu do jazigo, fechou a porta e ao voltar-se disse:

— O senhor ainda está aí? Posso levá-lo para a cidade no meu carro. Vamos!

Disse esse *vamos* com uma autoridade que não admitia contestação. Saímos a caminhar lado a lado pela alameda de ciprestes, e eu olhava para as nossas sombras sobre os mosaicos sem saber ao certo que pensar de tudo aquilo.

O automóvel era um conversível bege, reluzente de metais cromados. Entrei, sentei-me ao lado de Adriana, e depois que o carro arrancou fiquei a examinar obliquamente o perfil da inesperada companheira.

Eu estava embaraçado, sem saber que dizer. Não me foi, porém, necessário procurar assunto, pois Adriana não cessou de falar, lançando-me de quando em quando olhares rápidos e incisivos. Como era o meu nome? Onde morava? Que fazia? Músico, hein? Interessante.

Contou-me que gostava de música, tocava um pouco de piano, tinha uma discoteca fabulosa. Perguntou-me que pensava eu de Stravinsky e de Béla Bartók. Respondi que preferia os primitivos italianos. Ah! Mas o senhor não acha que os clássicos não satisfazem mais a nossa sensibilidade superexcitada de habitantes do caos?

— Sou um tanto conservador...

— Está-se vendo pelas suas roupas — replicou Adriana, soltando uma risada, o que aumentou o meu embaraço e a minha sensação de solitude.

No entanto confesso que agora não desejava ver-me livre daquela criatura. Fosse como fosse, ela era um prolongamento da Outra.

— Onde quer ficar? — perguntou, quando nos aproximávamos do centro da cidade. — Ah! Já sei. O senhor vai à minha casa. Tomaremos um *drink* e eu o apresentarei ao meu pai, que é um amor de velho. Quero que toque para mim uma das suas composições. As minhas amigas vão ficar loucas de inveja se eu descobrir um novo gênio musical...

— Não se iluda. Sou um modesto professor de piano.

— Quem vai decidir isso sou eu!

Apeamos diante duma dessas casas modernas, brancos sepulcros cúbicos lisos e frios. Atravessamos um jardim riçado de cactos em meio do qual avistei um velho conhecido: o anjo triste.

— Está vendo aquela coisa ali? — perguntou Adriana, apontando para o anjo. — Não tem nada a ver com esta residência funcional. Estava no jardim da casa onde o papai noivou com mamãe. Ora, o velho, que é um sentimentalão, mandou trazer o monstrengo para cá...

O interior da casa era claro, arejado, colorido e duma limpeza polida e impessoal, sem o menor traço de convívio humano. No canto do vasto *living* onde ficamos, havia um piano de cauda.

— Que pena o velho ainda não ter chegado! — lamentou Adriana. — Mas ele não demora...

Apontou para o piano:

— Abanque-se e toque alguma coisa de sua autoria.

Obedeci. Comecei a tocar a sonata que compusera para a outra Adriana.

— Espere! — gritou a filha. — Eu conheço isso. Um momento...

Saiu da sala e voltou pouco depois trazendo um papel de música amarelo no qual reconheci, comovido, a *Sonata em ré menor*. Lá estavam a dedicatória e a data, na minha própria letra.

— Esta música foi escrita em 1912 por um admirador de minha mãe. Agora explique-se, seu plagiário!

Encolhi os ombros.

— Perdoe-me. Devo ter ouvido essa melodia há muito tempo... e esquecido. Depois ela me voltou à memória e eu pensei que... Bom, essas coisas acontecem...

— Claro que acontecem.

Deu-me uma palmadinha tranqüilizadora no ombro e ofereceu-me depois um cigarro. Disse-lhe que não fumava. Ela acendeu o seu, tirou uma baforada, olhou-me bem nos olhos e murmurou:

— Engraçado, quando vi você lá no cemitério tive a impressão de que já o conhecia. Só não me lembro de onde...

— Pode ser.

Adriana bateu numa tecla dum modo que me lembrou dolorosamente a Outra. A sua voz perdeu a agressividade e fez-se doce e amiga quando me perguntou:

— Você acredita em pressentimentos?

— Sempre.

Adriana mirou-me com uma expressão enigmática. Depois, pousando a mão no meu braço, como se fosse uma velha amiga, disse:

— Fique tocando essa sonata enquanto eu vou buscar alguma coisa para a gente beber.

Comecei a tocar. Esperei que a primeira frase da sonata tivesse o poder de conjurar a presença da minha Adriana. No entanto, o que ela trazia à minha mente era a imagem duma mulher vestida de verde, com uma braçada de junquilhos, o vento da primavera a revolver-lhe os cabelos.

Senti então que agora, mais que nunca, eu corria o risco de perder para sempre o meu sonho. Veio-me um terror quase pânico do futuro.

Ergui-me, apanhei o chapéu, e saí daquela casa para sempre.

A PONTE

I

O médico tinha prometido vir às cinco da tarde com a interpretação da radiografia. Mário esperava-o, angustiado, na biblioteca de seu apartamento, imaginando o pior. Era um sábado de maio e ele estava ali sozinho desde as três, tentando concentrar-se na leitura duma novela. Impossível. Tinha a atenção vaga e inquieta e, além da dor habitual no estômago, a garra do medo agora lhe oprimia o peito, dificultando-lhe a respiração.

Olhava o relógio de instante a instante. Procurava convencer-se a si mesmo de que tudo acabaria bem, de que não devia inquietar-se tanto. Sempre lhe agradara representar o papel de fatalista. Certa vez, entrevistado por um jornalista, declarara não temer a morte. Até que ponto isso era verdade? Até que ponto uma simples bravata de cinquentão sadio?

Tornou a olhar o relógio. Faltavam quinze minutos para as cinco. Vieram-lhe então à mente versos de seu poeta predileto.

> *A las cinco de la tarde.*
> *Eran las cinco en punto de la tarde.*

Sempre achara um sabor trágico nessas palavras. *Eran las cinco en punto de la tarde.* A hora em que morriam os toureiros... Toda vez que lia o poema lembrava-se duma tourada a que assistira, em Madri. Um touro rasgara com os chifres o ventre dum cavalo, estripando-o. Ele presenciara a cena de seu lugar, a poucos metros da arena. Vira as vísceras do animal, dum branco-azulado e gosmento, tombarem na areia, que se empapava de sangue. Desenhara-se-lhe então na memória um quadro da infância: gaúchos carneavam uma rês, atiravam para cima da grama a fressura, que imediatamente se cobria de moscas. Nos olhos gelatinosos do animal morto, o menino via sua própria imagem refletida.

Haviam arrastado o cavalo agonizante para fora da praça. Ficara no ar um cheiro de morte.

> *!Y el toro solo corazón arriba!*
> *a las cinco de la tarde.*

Cuando el sudor de nieve fue llegando
a las cinco de la tarde,

cuando la plaza se cubrió de yodo
a las cinco de la tarde.

O resto do poema fugiu-lhe da memória. Mário cerrou os olhos e repetiu os versos para si mesmo. Que era que vinha depois? Ergueu-se (e esse interesse gratuito pelo poema não seria um sinal de que tudo ia acabar bem e a vida continuaria como antes?), aproximou-se da estante, tirou dela o volume das *Obras completas* de García Lorca e procurou a página onde começava o *Llanto por Ignacio Sánchez Mejías*. Lá estava o verso que esquecera:

la muerte puso huevos en la herida

Mário devolveu o livro à estante e tornou a sentar-se. *A morte pôs ovos na ferida.* Imaginou a ferida que tinha no estômago, e na qual a morte talvez já estivesse chocando seus ovos. Veio-lhe uma repentina revolta. (Contra quem?) Por que lhe acontecia aquilo? Por que havia deixado a coisa chegar àquele ponto? Perdera três quilos numa única semana. Pela manhã, quando se barbeava, horrorizava-se de ver no espelho o rosto emaciado e cor de palha, no qual às vezes não chegava a reconhecer nem os próprios olhos. Um grande desconforto, entre dor e náusea, fazia-o sentir permanentemente o estômago, que nos últimos dias regurgitava com freqüência os poucos alimentos que ele conseguia ingerir.

Não saberia dizer exatamente quando começara *aquilo*. Sempre tivera orgulho de sua saúde. Nos últimos vinte anos jamais passara um dia na cama. Era um desses homens que não têm tempo para adoecer. Lembrava-se, isso sim, de que suas indisposições de estômago se haviam tornado mais agudas no princípio do ano. Arrastado de festa em festa, de jantar em jantar, ocupado e preocupado com os assuntos da fábrica, ia tratando de resolver seus problemas gástricos com pastilhas antiácidas, enquanto pensava vagamente em fazer uma estação de águas... se tivesse tempo.

De súbito dirigiu sua irritação contra o médico. Por que o Fonseca não sugerira antes aquele exame radiológico? Vivia em sua casa, à sua mesa, eram companheiros de golfe aos domingos... Mas o Fonseca — concluiu Mário — era desses que olham muito mais para si mesmos do que para os outros.

Consultou outra vez o relógio. Cinco menos oito minutos. *A las cinco de la tarde. El cuarto se irisaba de agonía.* Era curioso. Sempre sentia uma funda emoção quando relia aquele poema. E agora de certo modo ele, Mário Meira Moura, *era* Ignacio Sánchez Mejías. *¿Que dicen? Un silencio con hedores reposa.* Um silêncio com fedores... Perturbava-o a idéia de que o mau cheiro do tumor que lhe roía as entranhas (seria mesmo um tumor?) pudesse escapar-lhe pela boca.

!Ay qué terribles cinco de la tarde!
!Eran las cinco en todos los relojes!
!Eran las cinco en sombra de la tarde!

Ouviu passos no corredor. Sentiu o coração disparar... Agarrou com força os braços da poltrona, entesou o busto e esperou. Ouviu uma rápida batida na porta.

— Entre.

II

O dr. Fonseca entrou. Estava vestido de linho branco. O perfume que usava no lenço chegou às narinas de Mário, de mistura com a fragrância da fumaça do charuto — odores familiares simbólicos duma vida confortável e sem drama. Era possível que aquele homem tão bem vestido, perfumado e fútil lhe trouxesse uma sentença de morte.

— Estou atrasado?

Mário não respondeu.

O dr. Tomás Fonseca era um homem alto e corpulento, com algo de eqüino no rosto longo e oleoso, de olhos empapuçados, nariz carnudo e adunco, lábios dum vermelho-úmido, que o negror do bigode acentuava. Sua voz era agradável, duma tonalidade grave e persuasiva. Mário sabia que o amigo a usava com igual sucesso tanto à cabeceira dos doentes como ao ouvido das mulheres que queria levar para a cama. Era solteirão, atribuíam-lhe muitas amantes, tinha uma grande clínica entre gente de dinheiro. Os colegas não lhe negavam inteligência nem um excepcional "olho clínico", mas não perdiam a oportunidade de acrescentar que era uma pena que um homem assim com tantas qualidades inatas fosse tão pouco propenso a abrir livros de medicina.

— Então? — murmurou Mário.

Queria e ao mesmo tempo *não* queria saber. Sentia os pés e as mãos geladas, um suor frio rorejava-lhe a testa.

O médico sentou-se, olhou firme para o amigo e ficou um instante com o ar de quem não sabe por onde começar.

— Mostrei a radiografia a dois especialistas... — disse, soltando uma baforada.

Por que não ia direto ao assunto? Mário esperava, mal ousando respirar.

— Uma coisa está fora de dúvida. É mesmo um tumor.

— Por que não dizes logo "câncer"?

O dr. Fonseca bateu com o indicador no charuto, a cinza tombou no cinzeiro. Mário percebia que o outro mal podia disfarçar a perturbação.

— Estou dizendo que tens um tumor. É o que se pode concluir honestamente do exame da radiografia.

— Mas esse tumor pode ser maligno...

— A freqüência de tumores benignos é maior do que vocês leigos imaginam. Tenho tido vários casos na minha clínica. O diabo é que o paciente sempre vê as coisas negras e só pensa em câncer...

— Mas essa possibilidade não está excluída, está?

— Ora!

O dr. Fonseca estava no palco, num primeiro ato, representando o papel de médico jovial.

— Por que levar tudo para o lado pior? As coisas boas também acontecem, homem!

— Não fujas ao assunto. Quero que me digas que a possibilidade de ser câncer *tem* de ser levada em conta.

— Está bem. A possibilidade existe. Mas fica sabendo que, mesmo nesse caso, uma intervenção cirúrgica pode resolver satisfatoriamente o teu problema.

— E se já houver metástase?

O médico soltou um suspiro de impaciência, ergueu-se, acercou-se da estante de livros e ali ficou, de costas voltadas para o amigo, fingindo que lia as lombadas.

— Se te entregas ao pânico, meu velho, estás frito.

— Só quero saber a verdade.

— Já te disse. É um tumor.

— E agora?

— Recomendo uma intervenção cirúrgica.

— Quando?

— O mais cedo possível.

— Amanhã?

— Amanhã não. Dentro duns três ou quatro dias... O tempo suficiente para fazeres todos os exames necessários. Preciso avaliar tua capacidade para suportar a agressão operatória.

Mário olhava fixamente para o desenho do tapete. Ofegava, como se tivesse acabado de fazer um esforço físico.

— Vou te pedir uma coisa... — disse em voz baixa. — Apressa esses exames. Quero ser operado o quanto antes.

O dr. Fonseca continuava de costas. Tinha agora nas mãos um livro, que folheava distraído. "Decerto me mentiu", pensou Mário. "É um caso perdido e ele não me quer dizer." Lembrou-se de sua entrevista:

Se tenho medo de morrer? Claro que não, menino. Primeiro não costumo pensar na morte, e quando penso é sem nenhum pavor. Morrer é uma coisa tão natural como nascer. Acontece que em geral não estamos preparados para encarar a morte como devíamos. Não me lembro de quem foi que disse que o longo hábito de viver nos indispõe a morrer. Pode crer que o mais que sinto com relação à morte é uma pequena "indisposição".

O dr. Fonseca repôs o livro na prateleira e voltou-se para o paciente.

— Queres agora discutir calmamente os pormenores da operação?

Mário fez com a cabeça um sinal afirmativo.

O outro tornou a sentar-se, cruzou as pernas, puxou o cinzeiro mais para perto de si e procurou falar com ar casual.

— Bom. O homem para te operar é o Silva-Gonzaga. Na minha opinião um dos melhores bisturis do Brasil. Tens alguma objeção?

— Nenhuma.

— O Silva-Gonzaga só opera no Hospital do Nazareno. Se me autorizas, hoje mesmo te reservo um apartamento lá.

Mário continuava a mirar o tapete, sacudindo lentamente a cabeça. Depois olhou para o relógio. Cinco e dez.

> *Las heridas quemaban como soles*
> *a las cinco de la tarde*

III

Mário estava outra vez sozinho na biblioteca. O dr. Fonseca devia encontrar-se em outra parte do apartamento, dando a *notícia* a Tilda... Mário imaginava a reação da esposa. Por mais chocada que ficasse, saberia esconder a emoção. Era uma mestra na arte de dissimular, não por hipocrisia, mas por hábito. Uma espécie de "deformação profissional". O convívio social ensinara-lhe o uso de máscaras. Tinha uma máscara para cada ocasião — chás de caridade, missas de sétimo dia, domingos no Jockey Club; sorrisos discretos para os fotógrafos da imprensa... Receberia a notícia da doença do marido como uma perfeita dama: sem lágrimas nem exclamações.

Mas não! Estava sendo injusto para com a esposa. Se quisesse ser sincero consigo mesmo, teria de reconhecer que seu permanente ressentimento para com ela vinha exatamente do fato de jamais ter descoberto na companheira qualquer defeito físico ou moral sério que justificasse as freqüentes infidelidades conjugais que ele cometia. No final de contas, os "defeitos" de Tilda podiam ser quando muito pecadilhos sociais, como a ânsia de aparecer entre as dez melhores *hostesses* do ano, na lista dos cronistas sociais da cidade. E também aquela obsessão com revelar bom gosto, ser educada, em suma: bem-nascida.

Mário ergueu-se. Tinha os lábios ressequidos, o corpo quebrantado, numa sensação de febre. Deu alguns passos na sala, sem destino certo. Olhando para fora através da janela, avistou o mar e teve um súbito desejo de ir embora...

Para onde? A resposta veio-lhe imediata: para casa. Sentia-se tomado duma repentina saudade de certo momento de sua vida. Ah! Se pudesse recuar no tempo trinta e cinco anos e voltar à vila onde nascera! Desde que entrara na casa dos cinqüenta e começara a *sentir* o corpo, era com alguma freqüência que voltava em sonhos ao Rincão de Santa Rita... Nessas excursões oníricas, quase sempre tinha vinte anos, como nos tempos em que Joca Brabo, o velho tropeiro, olhava para ele e dizia: "Eta potro redomão! Deus queira que nunca ninguém te munte!". E ele era mesmo forte, impetuoso e livre como um potro. Agora... estava domado, embuçalado, encurralado: um cavalo velho do asfalto, com tapa-olhos e mil reflexos condicionados. Trazia em cima do lombo uma solene manta negra com bordados de ouro, e na cabeça um penacho, bem como esses cavalos que puxam carros fúnebres.

Levou a mão espalmada à boca do estômago: a dor lhe voltava.

Caminhou para o balcão. O apartamento ficava num décimo andar. Por algum tempo quedou-se a olhar os pára-sóis coloridos ao longo da praia, onde vultos de banhistas se moviam. Depois contemplou o mar, cuja cor lhe lembrava as longínquas pessegadas que sua mãe costumava fazer num tacho grande de cobre... Quando adolescente escrevera um poema sobre o Atlântico, apesar de jamais ter visto o mar, pois seu Rincão de Santa Rita era um vilarejo perdido no interior do Rio Grande do Sul. Joca Brabo costumava dizer: "Mar é pra maricas. Serra, pra gringo. Gaúcho de verdade mora mas é na campanha".

Contra o verde do mar ele *via* agora a figura do tropeiro: a cara de bronze, os olhos de gavião. Joca Brabo cheirava a cigarro de palha, campo e sol. Tinha uma voz soturna, falava dum modo sincopado, como se a espaços atirasse as palavras na cara do interlocutor; e suas sentenças terminavam sempre numa espécie de arrebito, como as quinas dum telhado japonês. Joca Brabo morava nos campos de Cima da Serra. Vinha às vezes trazer tropas ao Rincão de Santa Rita. Os cerros que cercavam a vila — dizia — sufocavam-no, pois só podia viver em campo aberto... Ficava ali apenas o tempo necessário para concluir seus negócios.

Lá de baixo vozes e petecas subiam, alegres e coloridas, no ar de âmbar. Não soprava a menor brisa, e sobre o mar, as montanhas, as ruas e os telhados pairava uma paz preguiçosa e tépida, que recendia a asfalto, gasolina queimada e maresia.

Houve um rápido momento em que Mário deixou de sentir o corpo e ali ficou como que suspenso entre o mar e o céu, leve e sem dor, um pensamento sem substância, um desejo sem carne.

Era bom viver, sim, agora mais que nunca ele compreendia isso. Queria viver. *Precisava* viver! Não terminara ainda sua tarefa. Estúpido, insensato! Que fizera de todos aqueles trinta anos mais que ganhar dinheiro e poder, deixando para amanhã, sempre para amanhã a realização de seus sonhos mais caros e antigos?

Lembrou-se do dia em que, ainda adolescente, mostrara seu primeiro poema ao dr. Píndaro, velho advogado do Rincão de Santa Rita, homem bom mas triste, que tinha em casa as obras completas de Camilo Castelo Branco. Depois de ler os versos, o dr. Píndaro lhe dissera com sua voz cansada de asmático: "A poesia, meu filho, é como uma flor secreta que viceja dentro de nós".

Mário pensava agora na flor medonha que lhe crescia nas entranhas. Voltou para dentro, tornou a sentar-se e anteviu o horror das horas e dias que estavam por vir. Se a operação for bem-sucedida — (e essa reflexão lhe veio com uma repentina golfada de esperança) —, prometo a mim mesmo fazer uma visita ao Rincão... Mas se não for e eu tiver de ficar me finando aos poucos em cima duma cama, só quero que Deus me dê coragem para meter uma bala na cabeça... Deus? Era um vício de linguagem. Uma figura de retórica. E então Mário sentiu uma absurda revolta não contra si mesmo, por não ter fé, mas contra Deus, por não existir. Ou existia? Com Deus ou sem Deus teria ele coragem de suicidar-se? Na superfície a resposta era afirmativa, e ele descobria na idéia de suicídio um estranho sabor de vingança contra a vida, contra si mesmo, contra quem quer que fosse responsável pelo universo. No fundo, porém, escondia-se aquela trêmula certeza de que não teria a coragem desse gesto definitivo, e que até a última hora, incoerentemente, ficaria a esperar um milagre salvador, mesmo que estivesse em cima duma cama a retorcer-se de dor, reduzido pela doença à condição de símio, de verme, de ameba...

— Meu Deus! — murmurou. — Meu Deus! Não pode ser...

Ergueu-se de novo e pôs-se a andar estonteado dum lado para outro. Pensou no filho e desejou a presença do rapaz com uma intensidade que o deixava a ponto de chorar.

IV

Tilda entrou. Estava pálida e havia em seus olhos uma névoa de susto. Aproximou-se do marido e disse em voz baixa:

— O doutor Fonseca me contou...

O resto da frase perdeu-se num murmúrio ininteligível. Mário sacudiu a cabeça lentamente sem dizer palavra. Não havia mesmo nada que dizer. Seguiu-se um silêncio que foi uma prova constrangedora do quanto ambos estavam separados.

— Tens alguma coisa a me pedir? — perguntou ela, ao cabo de alguns segundos.

— Não. Nada. Obrigado.

Aos quarenta e cinco anos era Tilda ainda uma bela mulher, alta e espigada, de rosto oblongo e anguloso, com olhos dum castanho-claro. Sua voz era grave e meio fosca.

Como se sentisse a necessidade de quebrar de novo o silêncio que se fizera, Mário murmurou:

— É uma operação séria. Posso não voltar.

Arrependeu-se imediatamente das três últimas palavras. Equivaliam a uma chantagem sentimental. Não queria a piedade de Tilda.

— Eu sei — disse ela —, mas tenho fé em Deus.

Deus? Ele tentou sorrir. Sentiu, porém, que não conseguia mais que um ricto canino. Devia estar horrendo. Felizmente Tilda naquele momento olhava para o mar. Sim — pensou ele —, Deus era tão grande que não devia ter tempo para preocupar-se com um vago senhor Mário Meira Moura, por mais que esse cavalheiro fosse considerado importante pelos seus pares e pelos jornais e revistas aos quais sua fábrica de tecidos dava grandes anúncios. Era exatamente o tamanho de Deus que o assustava... Mário pensou todas essas coisas mas nada disse, pois não queria recomeçar velhas discussões estéreis, principalmente numa hora como aquela.

Tilda fez então algo que ele não esperava e que, apanhando-o de surpresa, deixou-o comovido. Aproximou-se da poltrona, por trás dele, e pousou ambas as mãos em seus ombros. O perfume dela envolveu-o. Ma Griffe. Tilda era um planeta com atmosfera própria. Mário sabia de longa experiência que, para poder respirar e sobreviver naquela remota estrela, tinha de meter-se numa roupa espacial e ficar com a cabeça dentro dum capacete com reservas de oxigênio trazidas de seu mundo.

Tornou a pensar no filho. Roberto vivia numa terceira estrela distante da deles vários milhões de anos-luz. Mas por quê? Por quê? Agora que tudo lhe parecia tão simples... Por que as pessoas não se portavam sempre como se fossem morrer no dia seguinte? Ah... mas estava caindo em contradição! Esperava simpatia e tolerância quando ele próprio as negava aos outros, mesmo agora que a morte lhe mandava um recado.

Por que viviam os três em mundos separados? De quem a culpa? E por que era sempre necessário descobrir culpados? Segundo que código deviam ser julgados? Por que juiz? Imaginou a resposta da mulher: Deus.

Numa época em que a língua parecia reduzir-se cada vez mais a iniciais e acrônimos, Mário Meira Moura era geralmente conhecido como M. M. M. Capitão de indústria, ex-presidente da Federação das Associações Industriais e do Jockey Club, era uma potência econômica e, graças principalmente ao prestígio da mulher, uma grande figura do café *society*. Todos o sabiam comensal do presidente da República e do ministro da Fazenda. (Na sua mente, Joca Brabo soltou uma risada: "Não me diga, seu! Aquele piá do Rincão de Santa Rita? Xô égua! Este mundo está mesmo desregulado".)

Passara todos aqueles anos a convencer-se a si mesmo de que trabalhava com a finalidade única de conseguir dinheiro para comprar as coisas que tornam a vida mais bela: quadros, livros, discos, objetos de arte... Costumava dizer a si mesmo e aos íntimos que em breve pararia de fazer dinheiro a fim de se dedicar às viagens, às boas leituras, à música e, principalmente, ao ócio inteligente... E quantas vezes prometera a si mesmo (o projeto era demasiado íntimo para que ele o confiasse aos outros) voltar um dia a cultivar secretamente aquele jardim interior de que lhe falara o dr. Píndaro? Mas qual! Como o aprendiz de feiticeiro da lenda, vira-se por fim dominado pelas forças mágicas que ele próprio desencadeara. Fascinado pelo jogo dos negócios, acabara, sem perceber o que fazia, transformando num fim o que devia ser apenas um meio transitório.

Casara-se com Tilda atraído pelo que ela representava como expressão social. Era uma mulher pertencente a uma família de grande posição, embora financeiramente arruinada. E afinal de contas o menino do Rincão de Santa Rita não se contentava com dinheiro e poder: precisava também casar-se "na alta". Claro, sentira também uma acentuada atração física por Tilda. Quanto aos sentimentos dela, nunca tivera maiores dúvidas. Ela o queria, sim, mas sem ardor, sem jamais entregar-se por completo. Amara-o à sua maneira bem-educada e distante. Exigira quartos separados. Resistira a todas as intimidades, não só de corpo como também de espírito.

Religiosa, costumava ir à missa todos os domingos. Jejuava de acordo com os preceitos da Igreja. Não ia para a cama à noite sem antes fazer suas orações. Confessava-se e comungava com certa freqüência, e Mário não podia imaginar a esposa contando seus pecados ao vigário de sua paróquia, sacerdote que, tão mundano quanto ela, freqüentava as mesmas rodas. E como seriam as relações de Tilda com Deus? Íntimas ou cerimoniosas? Talvez escondesse de seu Criador certos pensamentos e desejos, não por considerá-los pecaminosos, mas sim impróprios e de mau gosto.

Tilda vivia com a casa cheia de monsenhores, bispos e arcebispos. Oferecia-lhes jantares, fazia-lhes presentes. Sustentava um educandário de meninas atendido por freiras. E, com as festas de caridade que organizava — chás, desfiles de modas, bailes —, acendia uma vela a Deus e outra ao Diabo, como costumava dizer o dr. Fonseca. Se essas festas por um lado se prestavam aos propósitos de Satanás — oportunidades para bebedeiras, adultérios e todas as formas de erotismo, inclusive o verbal —, por outro rendiam um bom dinheiro que ela entregava a Sua Reverendíssima, o cardeal-arcebispo, para obras pias.

Mário não deixava de reconhecer que Tilda lhe fora útil ao negócio, com suas relações sociais e suas qualidades de anfitrioa. Os novos padrões de tecidos M. M. M. eram lançados todos os anos em desfiles de modelos que ela organizava e para os quais convidava a fina flor da sociedade carioca. A todas essas, Tilda mantinha-se virtuosa como uma romana numa esfera em que os adultérios pululavam e em que ele próprio, M. M. M., se entregava a freqüentes escapadas amorosas.

Uma esposa perfeita? Tecnicamente, sim. Tudo teria sido diferente entre ambos se não fosse — costumava Mário desculpar-se — aquela geada que havia ao redor de Tilda e que com o passar dos anos se fora transformando em gelo. E o pior (ou o melhor?) era que a mulher tinha o suficiente bom-gosto e a necessária imaginação para pintar esse gelo de cores suaves e variadas que o tornavam agradável à vista. Ali estava uma imagem exata: Tilda impecável embutida num bloco de gelo.

Roberto fora criado com todo o cuidado, de acordo com as regras de puericultura. Cursara o melhor ginásio, terminara o curso pré-universitário de maneira brilhante. Aos vinte anos, quando Tilda esperava vê-lo entrar para a Faculdade de Direito, de Medicina ou Engenharia, o rapaz declarara que não tencionava formar-se em nada.

— Que queres fazer então? — perguntou a mãe.

— Não sei...

— Como "não sei"? Vais passar o resto da vida como filhinho de papai?

— Não é isso...

O rapaz parecia perdido. Mário socorreu-o:

— Afinal de contas, Tilda, um dia tenho que me aposentar e preciso de alguém que me substitua na direção da fábrica.

Segurou afetuosamente o braço do filho:

— Não te agrada a idéia?

— Não. Não estou interessado em diplomas nem em dinheiro. O que eu quero é pintar.

Branca de Neve estremeceu de leve no seu esquife de gelo.

— Mas podes trabalhar na fábrica e pintar nas horas vagas — sugeriu Mário.

— Isso não é possível, papai, se eu quiser, como quero, ser um artista sério...

Marido e mulher entreolharam-se, um lançando sobre o outro, mudamente, a culpa daquela situação.

Houve um silêncio embaraçoso. Tilda contemplava com um ar de desaprovação as roupas desleixadas do filho. Sabia da vida que ele levava, dos amigos que tinha, das rodas boêmias que freqüentava. Sabia também — e isso era o que mais a preocupava — do romance do rapaz com uma empregadinha de escritório, coisa que um cronista social já comentara maliciosamente mais de uma vez.

— Depois conversaremos sobre isso — dissera por fim Mário, ansioso por livrar-se do problema.

— Eu preferia resolver tudo agora, papai.

— Está bem — disse Tilda. — De que pretendes viver?

— Do meu trabalho.

— Vendendo quadros?

— E por que não?

Mário de novo interveio:

— Ora, isso não será problema. Ele que pinte o que entender sem se preocupar com dinheiro. — Sorriu. — Eu me encarrego de financiar a experiência. E se um dia, digamos daqui a um ano ou dois, o Roberto achar que errou de vocação, o lugar dele lá na fábrica estará sempre à sua espera...

Tilda continuou séria e imóvel.

— Por mim ele entrava já para uma dessas faculdades — disse pouco depois, com uma voz sem paixão, mas nítida e firme. — E acabava com todas as suas tolices, inclusive esse romance absurdo que todo o mundo comenta e ridiculariza.

A discussão terminara abruptamente nesse ponto. No dia seguinte Roberto abandonou a casa dos pais. Mário sabia que ele vivia agora num pequeno apartamento em Santa Teresa, onde tinha o seu estúdio e pintava com paixão. Mandava ao rapaz todos os meses um cheque, que a princípio ele rejeitara com orgulho, mas que acabara aceitando "a título de empréstimo".

Tilda raramente pronunciava o nome do filho. Devia sofrer com a ausência dele — imaginava Mário —, embora tivesse sempre afivelada na face aquela máscara de placidez.

Era estranho o gesto que ela fazia agora, pousando as mãos nos ombros do marido. Mário não sabia que dizer ou fazer. Ergueu os braços, tocou com as pontas dos dedos as mãos da mulher.

— Achas que devemos avisar o Roberto? — perguntou.

— Já mandei chamá-lo.

Essas palavras tiveram o agourento poder de dar a Mário uma idéia da gravidade de seu caso. Era como se Tilda houvesse dito: "Quero que teu filho venha dizer-te o último adeus".

— Não convém alarmar o rapaz... — balbuciou ele.

— Não lhe diremos mais do que o doutor nos disse. Não há razão para alarma.

Novo silêncio. Mário sentiu que a pressão das mãos de Tilda nos seus ombros aumentava e que os dedos dela ensaiavam uma carícia em seu pescoço. Sentiu também que o corpo da mulher estremecia, sua respiração se acelerava e um débil soluço (ou seria ilusão?) se lhe escapava da boca. Tilda chorava? Mário não ergueu a cabeça nem os olhos. Não queria embaraçar a esposa, caso ela estivesse mesmo chorando. Não queria decepcionar-se, se a visse de olhos secos. Baixou os braços e apertou com ambas as mãos o estômago.

V

Era um dia de abril. Havia uma revolução em todo o estado, mas o Rincão de Santa Rita era uma cidade neutra onde maragatos e republicanos ainda confraternizavam. Joca Brabo trouxera uma tropa, fazia pouco, e numa roda na venda da praça contara histórias de generais, combates, degolamentos e heroísmos.

Mas naquele dia de outono Mário Meira Moura estava preocupado com a revolução que lhe fervia dentro do cérebro. Deu um pontapé num seixo da estrada.

Na vila havia uma única rua digna desse nome, isto é, com calçadas, casas mais ou menos perto uma da outra, uma praça em cada extremidade: a que ficava ao norte, apenas uma espécie de potreiro, onde cavalos eram amarrados à soga para pastar; a do sul, devidamente dotada de calçadas, canteiros de relva, árvores — cedros, cinamomos e plátanos — e até alguns bancos. Esta última era considerada o coração da vila. Ali ficavam a igreja, a maior casa de negócio do lugar (secos, molhados e armarinho), as duas coletorias, a delegacia de polícia, a agência do correio e o cineminha, que funcionava duas vezes por semana.

O vale em torno era dum verde veludoso e tão vivo, que parecia sempre pintado de fresco. Na primavera os campos ficavam todos respinga-

279

dos do amarelo das marias-moles. Em fins de março as paineiras começavam a rebentar em flores cor-de-rosa. E Mário, que amava imaginar viagens a países distantes, sempre que os maricás floresciam, contemplava-os de olhos entrecerrados e fazia de conta que tinha caído neve no Rincão e no dia seguinte ele ia esquiar nas montanhas vizinhas...

Montanhas? O dr. Píndaro afirmava que aquelas elevações de terreno que davam ao vale a configuração dum anfiteatro, não passavam de cerros. Fosse como fosse, o mais alto deles — o que tinha a forma dum cone — era geralmente conhecido como o Monte. Desde menino Mário namorava a idéia de um dia escalar o Monte com dois propósitos: plantar no seu pico uma bandeira brasileira e contemplar lá de cima o panorama, coisa que lhe parecia mais importante que espiar a outra face da Lua. Planejava excursões com botinas de futebol providas de fortes agarradeiras, calças de zuarte, perneiras de couro e cordas. Na cabeça levaria por fora um barrete de lã azul e por dentro muitas fantasias. A mãe, porém, opunha-se ao plano do alpinista:

— Não vai. Lá em cima naqueles matos tem cobra venenosa e aranha-caranguejeira. Depois, podes levar um tombo e quebrar a nuca.

Para ela os ferimentos mortais eram sempre na nuca. Quando via o filho cair, d. Eulália gritava logo: "Bateu com a nuca?".

Os outros meninos da cidade gostavam mais do túnel da estrada de ferro que varava a serra. Costumavam explorá-lo com velas acesas dentro de lanternas de papel. E as mães da vila viviam apavoradas à idéia de que um trem atravessasse o túnel no momento em que os filhos estivessem lá dentro. E diziam: "O Rincão era muito melhor antes de vir esse maldito trem de ferro".

Mário jamais entrara no túnel. Os lugares escuros e estreitos lhe davam uma angústia de asfixia. O que ele queria mesmo era escalar o Monte e descer do outro lado...

Um rio estreito mas fundo separava a vila propriamente dita da coxilha onde ficava a estação. Duas pontes atravessavam esse rio: uma de ferro, pela qual só passava o trem, e outra de pedra, destinada aos demais veículos, às pessoas e aos bichos. Quando os rinconenses falavam em *ponte*, estava claro que se referiam à de pedra, que era a mais antiga, legítima e natural. A de ferro era considerada não só *artificial* como também uma espécie de intrusa. Sempre que algum habitante da vila se mudava para outro lugar, era costume dizer com um misto de desprezo e piedade: "Cruzou a ponte". Cruzar a ponte era um gesto de

280

traição, significava abandonar a família, os amigos, o passado, a querência. Mas não eram muitos os que faziam isso. Forasteiros que chegavam à vila com intenção de passar ali alguns dias ou semanas, acabavam ficando para sempre. Os que queriam, mas por qualquer motivo não podiam ficar, despediam-se tristes e prometiam voltar. Colonos italianos, chegados ali no fim do século passado, tinham construído suas casas e plantado suas vinhas na encosta dos cerros. Seus descendentes hoje produziam uvas, vinho e filhos. O seleiro do lugar era um alemão de cabelos cor de barba-de-milho e olhos que pareciam bolitas de vidro azul. Os donos do tambo eram um casal de lituanos brancos como requeijão e fortes como cavalos normandos.

Sim, o Rincão de Santa Rita tinha feitiço. Uns diziam que era a água. Outros, os ares ou a vista da serrania e do vale. O dr. Píndaro garantia que era uma combinação de todas essas coisas. O ferreiro da vila, porém, jurava que era o povo. Não havia gente melhor no mundo.

Contava o Rincão com um único médico, o dr. Florit, um catalão de meia-idade, enxuto de carnes, solto de língua e indiferente em matéria de dinheiro. Sabia de cor trechos inteiros de *Don Quixote*, gostava de dar largas caminhadas a pé pela manhã, acompanhado de seu perdigueiro, e era ateu.

A vila tinha também o seu idiota, um velho molambento e descalço, de olhos líquidos, pele encardida e longas barbas brancas. Imaginavase Pedro II, imperador do Brasil. A gente do lugar alimentava-lhe a ilusão, prestando-lhe reverência e chamando-lhe Vossa Majestade — uns por bondade, outros por espírito de galhofa e não poucos pelo simples prazer de representar a comédia.

O trem só parava duas vezes por semana no Rincão de Santa Rita. Nesses dias, por volta das duas da tarde, a plataforma da estação enchia-se de curiosos. Algumas senhoras mandavam seus filhos menores ou as "crias" da casa vender suas quitandas aos passageiros, em cestos de vime ou tabuleiros de madeira. E as vozes esganiçadas dos meninos — pastéis! bons-bocados! sonhos! quindins! bolo de milho! — cruzavam-se no ar fumacento que cheirava a carvão de pedra. Mocinhas solteiras iam à estação só para namorar os rapazes que passavam debruçados nas janelas dos carros.

Mas tudo tinha de se fazer numa pressa frenética — namoros, transações de compra e venda, embarques, desembarques e despedidas —, porque o comboio só se detinha ali por uns escassos cinco minutos.

O agente, de boné vermelho na cabeça, dava duas badaladas rápidas no sino. O trem apitava, a máquina resfolegava e lá se ia o "bicho" rumo do túnel, desaparecendo nas entranhas da serra.

Os meninos da quitanda contavam o dinheiro que tinham no bolso e os doces e pastéis que restavam nos tabuleiros e cestos. As mocinhas voltavam para suas casas levando nos olhos um novo brilho ou uma nova tristeza.

Mário era o último a deixar a estação depois que o trem desaparecia. Saía a caminhar em cima de um dos trilhos, os braços abertos, fingindo que era equilibrista de circo, e ia assim até a ponte de ferro. Depois descia a encosta na direção da vila.

Ultimamente andava inquieto. Sentia uma ânsia no peito, uma saudade de terras nunca vistas, um desejo de conhecer e fazer coisas... Sabia que era olhado com desconfiança por muita gente da terra só porque vivia às voltas com livros e fazia versos. Não esquentava lugar em emprego algum. Escrivão da coletoria. Funcionário da agência do correio. Caixeiro de venda. Tentara tudo sem sucesso. Trabalhava sem amor, era distraído, cometia erros...

Naquele dia de abril, na volta da estação, encontrou o vigário na ponte de pedra.

— Quando vens à igreja te confessar? — perguntou o padre.

Era um homem magro, alto e rosado, de gestos mansos, lábios finos e encrespados num sorriso que à primeira vista parecia de tênue ironia, mas que, examinado com mais cuidado, era apenas de tímida bondade. Filho de colonos italianos, falava com esses sibilados, escandindo bem as sílabas.

Mário descobrira que o vigário escolhera são Francisco de Assis como modelo na vida. Nos seus sermões falava com freqüência no Pobrezinho. Vivia com mansuetude, procurava nunca alterar a voz nem encolerizar-se, tinha em casa muitos animais domésticos e cultivava com carinho seu jardim e sua horta. Era ainda com mansuetude que recebia as heresias do médico, a quem se obstinava em chamar "irmão Florit". Em dias de tormenta o catalão costumava postar-se no meio da praça, erguer os olhos e os punhos para o céu, e desafiar Deus ou "quem quer que estivesse lá em cima" a fulminá-lo com um raio.

Deus jamais aceitou o desafio. Segundo o vigário, Nosso Senhor, generoso como sempre, limitava-se a castigar o herege com um simples resfriado.

Ali estava agora o sacerdote no meio da ponte, metido numa batina ruça mas asseada, os braços compridos caídos ao longo do corpo.

— Padre — respondeu Mário —, não é que eu não queira crer em Deus, é que não consigo...

— São esses tristes livros que o doutor Florit te empresta.

— É mais que isso, vigário. São umas idéias que tenho aqui dentro.

Bateu com a mão na própria testa. O vigário sacudiu lentamente a cabeça, sorrindo.

— Religião, meu filho, não entra pela cabeça, mas pelo coração.

Houve um silêncio. Mário olhou para o Monte e depois disse:

— Qualquer dia vou m'embora.

— Para onde?

— Uma cidade grande.

— Para quê?

— Quero melhorar de vida, estudar, fazer uma carreira, publicar um livro...

— A verdadeira geografia está dentro de nós mesmos. Viajar é um acontecimento externo. O que importa é o nosso mundo interior.

As sombras de ambos pareciam pintadas a tinta de escrever nas pedras cinzentas. O vigário olhou intensamente para o jovem amigo.

— Vais então cruzar a ponte?

O rapaz lembrou-se da teoria do sacerdote sobre as duas pontes. A de pedra — costumava ele dizer — era de Deus. A de ferro, do Diabo. Por quê, vigário? Ora, a de ferro foi feita para o comboio passar com a locomotiva cheia de fogo do inferno nas fornalhas. O trem é um símbolo da tentação mundana e do pecado: o veículo que pode desviar as almas do caminho do Bem e do amor e do temor de Deus, ao passo que a ponte de pedra, meu filho, essa é antiga, simples, feita para os homens, para as cabras, os patos, os bois; está perto de nós, é nossa, como nossos cerros, nossas árvores, nossos amigos e parentes, o pão nosso de cada dia... Mário achava a idéia poética. Mas mesmo assim queria cruzar a ponte.

— Já pensaste bem no que vais fazer?

— Já.

— E que diz tua mãe?

— Ainda não sabe.

— Quando lhe vais contar?

— Qualquer dia.

O vigário fez um gesto de desalento e, ao apertar de novo a mão do amigo, sugeriu:

— Por que não vens conversar comigo antes da partida?

O rapaz fez uma promessa vaga. Separaram-se.

Aquela noite, já na cama, ouvindo o cricri dos grilos e um apito de trem (era o noturno de carga, atrasado como sempre), Mário começou a compor mentalmente um poema que começava assim:

> *Cruzarei a ponte*
> *subirei o monte.*

Como seria o resto? Que haveria do outro lado da serrania? Que mundos? Que prazeres? Que glórias?

Dormiu sem terminar o poema. Dentro de seu sonho um trem também apitou. O apito propriamente não *soou*, porque Mário não o ouviu e sim *viu*, como um risco luminoso e trêmulo sobre a vila, os campos e os cerros.

Sentiu-se na rua sombria e deserta, boiando no ar. Percebeu que podia voar, movendo as pernas como se andasse de bicicleta. Elevou-se alguns metros acima do solo, mas por mais que se esforçasse não conseguia alçar-se à altura do Monte. Desistiu. O remédio era ir a pé pelo túnel... Pôs-se a andar. O silêncio era medonho. Mas como se explicava que os cachorros ladrassem longe, os galos cantassem em terreiros invisíveis sem que esses sons rompessem o silêncio? Mário estava quase a entrar na ponte quando um vulto lhe barrou o caminho. Padre ou mulher? Era um anjo hermafrodita — compreendeu ele. "Não podes passar..." Não ouviu a voz do anjo: leu suas palavras escritas no céu. E já o anjo não era mais anjo, mas um espantalho de braços abertos, e Mário voltava para a cama, triste por não ter passado a ponte, e ao mesmo tempo aliviado por não ter de enfrentar a escuridão e a angústia do túnel.

VI

Eram quase seis e meia quando Roberto entrou na biblioteca onde o pai continuava sozinho. Apertaram-se as mãos demoradamente.

Mário sentiu o impulso de abraçar e beijar o filho, mas conteve-se. Por quê? Porque fazer isso seria quebrar uma das regras da casa. E também porque ele, Mário, vinha duma região em que homem jamais beija homem. Mas por que não mandava para o diabo todas as convenções e superstições e estreitava o rapaz contra o peito? (Sim, contra a flor.) Talvez aquele fosse seu último encontro com Roberto...

As mãos de ambos, porém, se desprenderam e os olhos do moço, intensos mas ariscos, fugiam aos do pai, passeavam pela sala como se a estivessem vendo pela primeira vez.

— Senta-te, meu filho.

Roberto obedeceu. Pouco à vontade, ficou sentado na beira da poltrona, com o busto inteiriçado, as mãos crispadas sobre os joelhos. Olhava agora com ar meio perdido para a tela que pendia da parede fronteira.

Mário sorriu:

— Não tinhas visto ainda o meu novo Pancetti?

O rapaz sacudiu a cabeça negativamente, mas ficou onde estava, sem mostrar maior interesse. No rosto queimado pelo sol da praia — longo, anguloso e dramático como o de Tilda —, a barba, escanhoada pela manhã, era agora uma leve sombra azulada.

— Me contaram da sua operação...

Sua voz era grave e meio opaca. Não pronunciava as palavras com aquela clareza sem matizes, seca e meio autoritária, tão comum à gente do estado de onde viera seu pai. Tinha, antes, a entonação carioca, macia, afetuosa e musical, que Mário achava excitante nas mulheres mas um pouco constrangedora nos homens.

— Tua mãe e eu decidimos que devias saber...

— Alguma coisa séria?

Seu primeiro ímpeto foi gritar: "É um câncer. Estou liquidado". Queria a comiseração de Roberto e, através dela, seu amor e seu perdão. Mas estava resolvido a não extorquir-lhe nada. Por mais que necessitasse do apoio sentimental do filho, só aceitaria o que dele partisse espontaneamente.

— O doutor Fonseca diagnosticou um tumor de estômago — explicou. — É o que a radiografia acusa...

— Que espécie de tumor?

Mário deu de ombros.

— Pode ser benigno, mas não está afastada a hipótese dum câncer... — Não se conteve e esboçou a chantagem: — Seja como for, uma operação, tu sabes, é sempre um risco...

Roberto sacudiu a cabeça lentamente e quando encarou o pai este lhe notou nos olhos uma expressão dúbia, mescla de piedade, alarma e mal contida contrariedade.

285

Devo estar horrível — tornou a pensar Mário, passando a mão pelo rosto, como se com esse gesto pudesse limpar as feições das marcas da doença.

— Mas que é que o doutor Fonseca diz?

— Ora, o Fonseca! Além de ser um otimista, como meu médico e meu amigo tem a obrigação de me levantar o moral. Acha que a intervenção tem muitas chances de êxito completo.

O rapaz pigarreou, trançou as pernas, ainda pouco à vontade.

— Sente alguma dor?

— Às vezes, um pouco... O pior é este mal-estar, este emagrecimento, esta palidez...

Da rua vinham de quando em quando sonidos de buzinas, vozes humanas, pregões. No silêncio que então se fez, ouviu-se o zumbido do elevador. E lá estava também, como uma permanente e monótona música de fundo, o ruído das ondas batendo na praia.

— Há alguma coisa que o senhor quer que eu faça?

— Só peço que não te impressiones. Possivelmente tudo vai sair bem.

Mário encarou o filho e, mudando de tom, perguntou:

— Como vai a tua pintura? Também te entregaste ao abstracionismo?

Roberto abriu-se todo num sorriso, como se as palavras do pai lhe tivessem batido no rosto com um impacto luminoso.

— Não. Sou ainda figurativista... mas à minha maneira.

— Não achas que, diante das complicações da vida moderna, o que esses abstracionistas procuram é a simplificação do mundo, reduzindo os objetos às suas linhas geométricas mais elementares?

Mário estava atento às reações fisionômicas do filho. Queria, com um alvoroço quase juvenil, que o rapaz soubesse que o fabricante de tecidos tinha idéias sobre pintura, não era um mero comprador de quadros sem gosto nem opinião própria, desses que apenas seguem a voga ou o conselho dos peritos.

Roberto encolheu os ombros, fez uma careta de dúvida.

— Segundo minha maneira de ver o problema, o abstracionismo pode ter muitas causas: horror à figura humana, fuga duma realidade com a qual o artista está em desacordo... maneira de protestar contra o... contra a... a...

Calou-se, o olhar vago posto no teto, sem achar a palavra que buscava. Mário terminou mentalmente a frase: "Contra o pai".

286

— E teus quadros? — perguntou em voz alta. — Nunca me mostraste nenhum...

— Ah! Não vale a pena. Por enquanto...

— Mas que é que pintas? Que tipo de figura? Retratos? Alegorias?

Roberto agora parecia completamente à vontade, os músculos relaxados, as pernas estendidas, as espáduas tocando, descontraídas, o espaldar da poltrona.

— Para falar a verdade, ainda estou no período das buscas e experiências... O importante, me parece, é que me sinto fascinado pela figura humana. Não procuro deformá-la nem idealizá-la, mas lançar sobre ela uma luz nova. Não preciso dizer que não me interessa a exatidão fotográfica...

"O tempo que perdi longe desse menino!", lamentava-se Mário para si mesmo: "Por que nunca mantive com ele conversas como esta? Se ao menos eu me tivesse interessado antes, *de verdade*, pelas coisas que ele faz! Agora talvez seja tarde, muito tarde".

— Não sei se vou poder me explicar direito... — sorriu Roberto, inclinando o busto para a frente, apoiando os cotovelos nas coxas e trançando as mãos.

"Conheço tão pouco o meu filho, que nunca havia notado a beleza de suas mãos. E aqui estamos a discutir arte como numa reunião social, como se nada de anormal estivesse acontecendo, como se um câncer não me estivesse roendo o estômago.

"Não sabes que dentro de poucos dias posso estar morto? Não compreendes que este pode ser o nosso último encontro? Por que não me abraças, não dizes que me amas e me perdoas por tudo quanto deixei de fazer por ti? Mas por que é que *eu* não me levanto daqui para te abraçar e beijar?"

Imaginou-se fazendo isso e sentiu com tanta intensidade o que havia de melodramático no gesto, que um quente formigueiro de vergonha lhe subiu ao rosto.

— Deus criou o mundo e tudo quanto nele há. — Roberto fez um gesto largo como devia ter sido o de Deus no ato da Criação. — Muito bem. Será inútil e insensato tentarmos, nós os pintores ou escritores, criar um *outro mundo* sem primeiro interpretar, compreender aquele em que vivemos. Por outro lado, considero uma atitude estúpida e suicida usar a pintura ou a literatura como instrumento de degradação da obra divina. E não acho também que a obra de arte deva ser necessariamente uma mera interjeição de perplexidade ou revolta...

Roberto calou-se. Mário pensou no seu tumor como um motivo plástico. Sim, devia parecer-se com uma pintura abstrata, algo como as inquietadoras concepções de Georgia O'Keefe, misto de flor e vulva.

— Alguém já disse — prosseguiu o rapaz — que as criaturas humanas são palavras duma frase cujo sentido só Deus conhece. Então eu pergunto: a missão do artista não será a de descobrir a chave desse código e decifrar a mensagem de Deus?

Não há frase nem código nem Deus — pensou Mário, mais por hábito que por convicção. Limitou-se, porém, a sorrir, enquanto o filho continuava:

— Não pense que eu seja tão ingênuo ou pretensioso que espere decifrar um dia o Mistério. Mas uma coisa lhe garanto. A tentativa valerá por si mesma, pois nos fará passar este momento sobre a Terra na ilusão de que somos suficientemente alfabetizados para ler a mensagem divina... E cada artista dará o seu depoimento de acordo com seu ponto de vista, sua habilidade e sua imaginação... E é bem possível que a misteriosa frase tenha mais de um sentido. Ou estou sendo muito confuso?

"Donde é que esse menino tira essas idéias?", admirava-se Mário.

Agora a flor tornava a arder-lhe. O mar lá fora continuava a gemer sua mensagem também indecifrável.

Mário ergueu-se, despejou num copo a água duma garrafa metálica que estava sobre uma mesinha, à frente do sofá, e pôs-se a bebê-la em goles lentos e espaçados. Depois, encarando o filho, perguntou:

— Nunca te contei que fiz versos quando tinha a tua idade?

— Não.

O tom desse *não*... seria de incredulidade ou simples indiferença?

— Também procurei ler à minha maneira a mensagem de que falas. E sabes duma coisa? Acho que naquele tempo, no Rincão de Santa Rita, eu estava muito mais perto da decifração que agora...

Roberto coçava o queixo, distraído. Vinha de longe o uivo duma sereia. Quem será que vai ali dentro do carro do pronto-socorro? É o corpo do M. M. M. O ricaço dos tecidos? Esse mesmo. Morreu na mesa de operação. Câncer do estômago. Bem feito, era um bom filho da...

Mário depôs o copo sobre a mesa e tornou a sentar-se.

— Se eu tivesse de pedir alguma coisa... — começou ele, atirando a cabeça para trás.

— Pedir a quem? — interrompeu-o Roberto.

— Creio que a resposta de rotina seria: "a Deus".

— Por que não diz logo?

— Tu sabes que não creio na existência de Deus. Confesso-te que isso não me faz nada feliz...

— Nem orgulhoso?

Mário fez que não com um movimento de cabeça. Roberto agitou-se na poltrona, procurando nova posição, e acabou enganchando a perna esquerda numa das guardas, coisa que nunca fazia na presença de Tilda.

— Não quero que o senhor imagine que sou um papa-hóstia — sorriu o rapaz — e que acredite, como mamãe, num Deus barbudo que distribui prêmios e castigos... Minha religião tem muito mais a ver com a Arte do que com a Santa Madre Igreja Católica Apostólica Romana... Acredito numa Inteligência Superior, numa força luminosa que governa o universo... Pode ser meio obscuro, mas é o que penso ou, melhor, o que sinto. Creio na existência duma Entidade cuja definição e explicação escapam à lógica humana de causa e efeito... O que quero deixar claro é que *não* aceito a gratuidade da vida. Se aceitasse, acho que ficaria louco... ou me matava... ou ambas as coisas. O absurdo da vida é apenas aparente. Há nas pessoas e nas coisas uma beleza e uma verdade imanentes. E também uma certa harmonia... embora invisível a olho nu. — Animou-se. — Aí está! O místico é o ser humano dotado duma sensibilidade privilegiada capaz de perceber essa harmonia... em suma: capaz de ler a mensagem de Deus.

— E qual é a tua atitude diante da morte?

Arrependeu-se imediatamente da pergunta. Não era coisa que se indagasse dum moço de vinte e um anos. Na verdade ele dirigira a pergunta a si mesmo.

— Ora... — fez Roberto, erguendo-se e enfiando ambas as mãos nos bolsos das calças. — Na pior das hipóteses a vida é um estranho sonho entre dois Nadas: o de não haver nascido e o de já ter morrido. Minha crença num Deus não pressupõe necessariamente a vida eterna. Raciocino assim: antes de nascer eu estava protegido contra qualquer angústia, sofrimento ou desejo, porque não era; depois de morrer estarei igualmente livre da angústia, do sofrimento e do desejo, porque terei deixado de ser... Sei que o senhor vai perguntar: "Então de que te serve esse Deus?". E eu lhe explicarei que meu raciocínio não passa duma fórmula mágica para espantar o terror da morte. Pode ser que haja alguma coisa no "outro lado". Podemos ter surpresas. E é essa possibilidade que dá à vida um caráter lúdico. E não vá me dizer que tudo quanto é lúdico terá de ser forçosamente gratuito. — Olhou vivamente para o pai, meteu os dedos por entre os cabelos castanhos.

— Estou fazendo uma confusão danada, não estou? A culpa é sua. A verdade é que não entendo dessas coisas. Filosofia nunca foi o meu forte. — Mudou de tom. — Mas o senhor tinha começado a dizer que se lhe fosse dado pedir alguma coisa...

— Ora, eu ia dizer uma bobagem...

— Diga. Eu já disse tantas...

— Bom, eu pediria para voltar à vila onde nasci, nem que fosse por alguns instantes. Há horas que estou com esta idéia fixa na cabeça...

— Mas ninguém o impedirá de visitar sua terra depois da operação. Mário sorriu.

— Não me expliquei direito. A volta que eu desejo não é no espaço, mas no tempo.

"Estarei sendo ridículo?", temeu ele. Roberto mirava-o com uma expressão inescrutável nos olhos.

Mário contou-lhe então a história da ponte de pedra, tendo o cuidado de acrescentar: "Mas está claro que tudo isso é uma fantasia absurda...".

Roberto sacudiu a cabeça:

— Não. Não acho nada absurdo. Compreendo. Mas agora só há um meio de voltar. Escreva um poema sobre essa viagem ao passado. Estou falando sério. Fique aqui, feche os olhos e imagine essa excursão ao tempo perdido. E sabe duma coisa? A volta imaginada e transformada em arte vai ser mais bela e intensa e completa do que seria uma volta real, se ela fosse possível...

Do corredor veio um ruído de passos. Devia ser Tilda que se aproximava. Mário segurou o braço do filho e, num tom de urgência, como o passageiro que da janela dum trem já em movimento se dirige para alguém que ficou na plataforma da estação, murmurou:

— Haja o que houver, aconteça o que acontecer, meu filho, nunca imagines que tens obrigações para com tua mãe ou para comigo. Não nos deves nada, nada, nada. Vive a tua vida, pinta, casa-te com quem entenderes, nunca te...

Calou-se, porque a porta se abria e Tilda acendia bruscamente a luz. Rompeu-se o sortilégio. Mário encolheu-se na poltrona, pestanejando, com a sensação de que o surpreendiam na mais completa nudez. Pareceu-lhe que o estômago agora àquela luz forte lhe doía com maior intensidade.

— Ficas para jantar conosco, Roberto? — perguntou Tilda.

O rapaz consultou com os olhos o pai, que lhe fez um sinal afirmativo.

— Bom... — murmurou Roberto.

Tilda olhou para o marido:

— E você, Mário, está pronto para jantar?

M. M. M. ergueu-se lentamente. A simples idéia de comer dava-lhe uma fria sensação de náusea.

— Quero primeiro tomar uma ducha...

Lembrou-se do enterro dum amigo judeu a que assistira, havia alguns anos. Achara horrível e ao mesmo tempo grotesca a cerimônia da lavagem do cadáver antes do sepultamento.

VII

Mário costumava banhar-se no rio nas tardes de verão. Gostava de passar nadando sob a ponte (a travessia da Mancha) e de mergulhar para perseguir lambaris (tripulante do *Nautilus*). Depois do banho, de torso e membros nus, ia deitar-se na grama verde, entre os arbustos das margens, e ali ficava em plena selva equatorial, conversando com as nuvens e esperando que o sol lhe secasse o corpo.

Numa noite de lua cheia atirou-se ao rio do alto da ponte, completamente despido, e foi visto e denunciado *urbi et orbi* pelo coveiro da vila, sujeito pálido e azedo, que, por sofrer de insônia, costumava vaguear pelas ruas a desoras. Durante semanas Mário foi alvo da censura e da malquerença local — "Onde se viu?" — "A pouca-vergonha!" — "O desplante!". E, como era de se esperar, sofreu severas sanções tribais. Salvou-o, porém, o coletor estadual, que se enforcou na privada da meia-água onde vivia solitário. Tinha o vício do jogo e havia dado um desfalque de oitocentos mil-réis nos cofres da coletoria. Deixou um bilhete patético, que andou de mão em mão. Durante meses não se falou noutra coisa: era o primeiro desfalque e o primeiro suicídio na história do Rincão de Santa Rita. O *crime* de Mário foi esquecido e até certo ponto perdoado.

A amizade do rapaz pelo dr. Florit também não era vista com bons olhos naquela vila católica, cujos habitantes só recorriam ao catalão por necessidade, pois ele era o único médico num raio de dez léguas. Iam ao seu consultório, chamavam-no às suas casas, tomavam com alguma relutância os remédios que ele receitava, mas, no que dizia respeito a relações humanas, segregavam o herege e não perdiam a oportunidade de difamá-lo. Diziam: "É um charlatão..." — "Não deve ser boa coisa: se fosse, tinha ficado na terra dele." — "Deve ter cometido algum crime lá na estranja...".

Mário muitas vezes acolitava o médico nas suas caminhadas pelos campos e cerros. Não era fácil acompanhar aquele homenzarrão com ar de alucinado e passadas de sete léguas.

Numa daquelas excursões matinais (Alfonso XIII, o perdigueiro, seguia-os de orelhas caídas e focinho melancólico), Mário, que andava impressionado com a leitura do livro de Unamuno que o amigo lhe emprestara, perguntava com insistência que caminho devia seguir na vida, que orientação filosófica tomar, entre tantas...

Batendo com a bengala na superfície duma poça d'água, o dr. Florit atirou contra o ar luminoso um súbito chuveiro de jóias.

— *Bueno* — murmurou por entre dentes, sem tirar o cachimbo da boca, soltando fumaça pelo nariz. — Antes de mais nada é preciso ser autêntico.

As parreiras estavam carregadas de uvas. Moscardos dum verde metálico zumbiam esvoaçando em torno de frutas maduras caídas à beira da estrada.

Mário queria saber em que consistia a autenticidade. Sem voltar a cabeça e sem interromper a marcha, o catalão disse:

— Cada pessoa humana tem de buscar sua identidade, descobrir *quem é*, encontrar-se...

Tudo aquilo era muito vago. Mas o dr. Florit deu exemplos:

— O vigário não é autêntico. Pensa que é são Francisco de Assis, o que me parece absolutamente ridículo. São Francisco... esse sim era autêntico. Mas enfermo, pobrezinho, mui enfermo.

Parou, inclinou-se, apanhou uma pêra, atirou-a para o ar e quando a fruta ao cair chegava à altura de sua cabeça, partiu-a com uma bengalada certeira. Continuou a andar. Falou no idiota da vila:

— Esse perdeu por completo a identidade. Está alienado. Mas tua mãe, por exemplo, é autêntica.

"Quem sou eu?", perguntava Mário a si mesmo. "De onde venho? Para onde vou?" Aquelas idéias e curiosidades chegavam quase a doer-lhe no crânio. Ah! Os livros! E havia ainda as pessoas, o céu, as montanhas, a ponte, o trem, as viagens, o mistério, a vida enorme... Sim, e também o amor. Já conhecera mulher. Um dia a lituana do tambo, na

292

ausência do marido — Mário tinha dezessete anos e era virgem —, arrastou-o para sua cama. Depois disso o rapaz fugira sempre daquela amazona sardenta, que cheirava a estábulo e que na hora suprema do amor tinha espasmos de epilética e soltava gritos que mais pareciam de agonia que de gozo.

— O senhor é autêntico, doutor Florit? — Mário ousou perguntar.

O catalão parou, como se tivesse recebido uma pedrada nas costas; voltou-se, encarou o amigo, mordeu com mais força a haste do cachimbo e resmungou:

— Quase.

Mário não compreendeu a resposta, mas nada mais disse nem perguntou. Continuaram a caminhar. Pouco depois fizeram alto perto dum pomar, cujas árvores estavam grávidas de frutas maduras. O dr. Florit apontou com a bengala para a rapariga que se achava encarapitada nos galhos dum dos pessegueiros e exclamou:

— Pomona!

O coração de Mário bateu com mais força, uma onda quente e iridescente ergueu-o na sua crista, como se quisesse atirá-lo contra as areias azuis do céu. Antônia! Antônia de vermelho. Antônia descalça. Antônia apanhando pêssegos. Antônia de pernas nuas. E ele amava Antônia. E Antônia o amava.

— Pomona! — repetiu o médico.

Explicou que na Roma antiga Pomona era a deusa das frutas e dos pomares. Deu uma palmada nas costas de Mário e ajuntou:

— Sei que vais ficar com tua namorada. Aproveita este momento, *chico*, porque ele não voltará nunca mais. Adeus!

E se foi. Mario quedou-se onde estava, contemplando a menina, que ainda não havia dado pela sua presença.

— Antônia — gritou.

A rapariga voltou a cabeça, avistou-o, sorriu, fez-lhe um sinal com a mão.

— Pomona! — exclamou ele, aproximando-se.

— Quê?

— Pomona.

— Bobo!

E atirou-lhe um pêssego.

Mário Meira Moura
Tens morena ou loura?

O boticário da vila inventara e repetia essa rima sempre que o encontrava. Era a única pessoa da vila que sabia de sua aventura com a lituana de cabelos de ruibarbo. Mário em geral não respondia, mas ficava de orelhas encarnadas quando o prático de farmácia lhe lançava no rosto aquelas palavras.

Mas agora todo o mundo sabia que ele amava uma morena. A pele de Antônia tinha na cor um parentesco próximo com o solo da roça de seu pai na encosta de um dos morros: era duma terra-de-siena rosada.

Mário mais de uma vez tentara, mas sempre sem sucesso, descrever num poema as feições da namorada. Seus olhos e zigomas de malaia sugeriam uma malícia que era atenuada pela ingenuidade do nariz redondo e infantil, o qual por sua vez contrastava com a boca rasgada — o lábio inferior mais polpudo que o superior —, uma boca plástica e móvel, que ora imitava a candura do nariz ora a obliqüidade travessa dos olhos, mas que na maioria das vezes tinha vida independente, e era perturbadora pelas coisas que insinuava ou prometia, talvez mesmo sem saber.

E a voz? Não só em prosa e verso como também no misterioso idioma das imagens, Mário fizera várias tentativas para descrever a voz da rapariga. Um dia encontrou a comparação desejada. *Antônia tinha voz de pêssego.* Como? Ora, quando trincamos um pêssego maduro, primeiro sentimos a penugem da casca, que nos arrepia um pouco, mas depois os dentes afundam na polpa macia e sumarenta, e o resto é uma doçura... Assim era a voz de Antônia. Suas frases começavam com asperezas penugentas de casca de pêssego, mas seu âmago era fofo, rico e gostoso.

Aos dezessete anos, a criatura à primeira vista parecia magra. Qual! Quando o vento lhe batia no corpo, modelando-lhe as formas, podia-se ver que, apesar de finas, suas coxas eram roliças e fortes, bem como as pernas. Havia naquele corpo de ancas estreitas e seios empinados, como dois cerros gêmeos, algo de rijo e ao mesmo tempo elástico.

Mário e Antônia costumavam encontrar-se na ponte, em certas tardinhas. Sentavam-se no parapeito e — afrontando as comadres da vila e o perigo de serem descobertos pelo pai da menina — ali ficavam a conversar e a olhar para a água... Que dizia Antônia? Nada. Coisas de menina de lugar pequeno. As vezes Mário nem sequer prestava atenção às palavras dela. Embalado pela música da voz, divertia-se a observar o movimento dos lábios. Antônia falava com toda a boca, com o mesmo gosto guloso com que vivia: devorava as palavras, como se elas fossem doces ou frutas.

294

Mário conhecia centímetro por centímetro a geografia daquele rosto: a pequena cicatriz de nascimento no canto do olho esquerdo, o sinal preto — que no princípio sempre lhe parecia uma mosca — no lóbulo de uma das orelhas... No verão Antônia andava de pernas e braços nus, e Mário era também vaqueano nessas regiões do corpo amado. O resto — a carne que o vestido escondia —, o resto era todo um continente misterioso, com montes, coxilhas, vales, um território ainda sem mapa, mas no qual ele gostava de aventurar-se em viagens imaginárias.

Queria convencer-se a si mesmo de que seu amor por Antônia devia ser puro e espiritual. Mas uma noite sonhou que ambos se banhavam juntos e nus no rio: mergulharam sob a ponte, enlaçaram-se debaixo d'água como peixes de sangue cálido e ele sentiu que o prazer do orgasmo se confundia com a agonia da morte e, terminado o ato do amor, os cadáveres dos dois afogados subiram à tona e a correnteza os levou para o mar.

O sonho deixou-o de tal modo perturbado, que na tarde seguinte, quando de novo encontrou Antônia, não teve coragem de encará-la. E desde esse dia passou a desejá-la com uma intensidade urgente, latejante e quase dolorosa. E a primeira vez em que a abraçou e beijou — apanhando-a de surpresa —, o contato daquele corpo quente e palpitante e daqueles lábios mornúmidos (a palavra ele a inventou mais tarde, recordando a cena em calma) prendeu-lhe fogo na pele e nos nervos, e de súbito ele descobriu, assustado, que era um canibal e queria devorar Antônia — Pomona! Pomona! No seu frenesi chegou a morder-lhe o lábio. A rapariga desprendeu-se dele e fugiu, assustada. Mário ficou onde estava, tonto, trêmulo, e depois, sem pensar direito no que fazia, correu para a ponte e atirou-se nágua, completamente vestido, mergulhou sob a arcada, bem no lugar onde em sonho possuíra Antônia, e esperou que a água fria lhe acalmasse o desejo.

Foi depois disso que decidiu cruzar a ponte. Para fugir àquele amor? Não. Queria conquistar um nome, fazer carreira e fortuna. Depois voltaria para casar-se com Antônia, levá-la do Rincão de Santa Rita para o rico, vasto e belo mundo que ficava para além do Monte... Sim, e levaria também sua mãe, dando-lhe uma vida melhor.

Naquele mesmo dia contou seus planos a d. Eulália.

Como sempre, ela estava debruçada sobre a máquina de coser, que era o seu ganha-pão desde que o marido morrera, havia quinze anos. Sem deixar de pedalar e sem desviar os olhos da costura, escutou o filho... Seu rosto ossudo e cor de marfim antigo, de olhos escuros

295

e meio velados, era duma grande dignidade, mas pobre de expressão. D. Eulália apresentava quase a mesma face tanto para o prazer como para a dor. Mas as mãos... ah!, Mário não podia olhar para elas sem sentir desejos de chorar. De veias muito salientes, dum azul-esverdeado, eram longas, finas, amarelas e murchas. Nessas mãos concentravase toda a tristeza daquela alma; nelas estava escrita toda uma história de silenciosas lutas, de decepções, temores e frustrações. Por isso Mário evitava olhar para elas enquanto falava. Quando terminou, ouviu a mãe dizer:

— Se achas que é para o teu bem, meu filho, vai. Eu não me oponho. O rosto continuava sereno, mas as mãos gritavam de desespero. — Tenho umas economias — disse d. Eulália.

— Dão para a passagem e para mais alguma coisa...

Mário saiu de casa com um peso no peito.

E nos dias seguintes fez os preparativos para a viagem. Iria para o Rio, onde tinha um parente mais ou menos chegado com quem se hospedaria até obter um emprego.

Depois da cena do beijo, Antônia andava arisca. Um dia, porém, encontraram-se na praça, sentaram-se num banco, sob um plátano, e nenhum dos dois tocou no *incidente*. As pazes estavam feitas. Mário contou seus planos a Antônia e depois perguntou, meio engasgado:

— Me esperas?

Ela sacudiu a cabeça lentamente, sem dizer palavra. Mas o olhar com que em seguida o envolveu, deu-lhe a certeza de que ela o esperaria até o fim do Tempo.

Foi assim que um dia Mário Meira Moura cruzou a ponte. Não quis que a mãe e a namorada fossem à estação. Despediu-se da primeira à porta de sua casa. Beijou-lhe as faces e as mãos.

Antônia esperava-o junto da ponte.

— Quero que estejas aqui quando eu voltar — pediu ele.

Ela fez que sim com a cabeça. Grossas lágrimas escorriam-lhe pelas faces. Como houvesse curiosos em torno, despediram-se com um simples aperto de mão.

O dr. Florit acompanhou-o até ao trem, silencioso; e absteve-se de dar-lhe conselhos. O agente da estação bateu o sino. A locomotiva apitou. Mário estendeu o braço pela janela do carro e apertou a mão do médico, que, sem tirar o cachimbo da boca, murmurou:

— Deus te acompanhe, *chico*!

Deus? Mário franziu a testa. Decerto tinha ouvido mal...

* * *

O comboio arrancou. A muito custo Mário reprimia as lágrimas. Olhou na direção da vila. Antônia estava no mesmo lugar, numa das cabeceiras da ponte de pedra. Mais longe, sua mãe continuava imóvel, vulto negro e solitário à frente da casa.

De repente tudo escureceu. Mário encolheu-se no banco, com uma opressão no peito. O trem entrara no túnel.

VIII

— Absurdo! — exclamou o dr. Fonseca.

Tinha voltado ao apartamento do amigo pouco depois do jantar. Eram agora nove e meia da noite, estavam ambos a sós na biblioteca e Mário falava, havia alguns minutos, sobre aquela obsessão da "volta".

— Absurdo! — repetiu o médico, depois que o outro se calou. — Quando cheguei, me contaste que tinhas regurgitado o leite tomado ao jantar. Agora regurgitas o teu passado... Mas com uma diferença: o leite voltou azedo e te deixou um travo amargo na boca. O passado te volta superalcalinizado, superidealizado e ficas aí a imaginar coisas que não existem, que talvez nunca tenham existido...

Mário olhava para o amigo com olhos tristes. Fonseca despejou uma generosa dose de uísque num copo, sobre cubos de gelo.

— Por que esse remorso? — perguntou após o primeiro gole. — Por que tua mãe morreu sem tua assistência? Tolice. Quando te chegou a notícia de que ela estava gravemente doente, apenas começavas a trabalhar, não tinhas dinheiro para a passagem. Quando conseguiste o dinheiro, era tarde demais: dona Eulália estava morta.

Tomou novo gole, reteve a bebida na boca por alguns segundos e depois engoliu-a devagar, degustando-a.

— Quanto à menina — prosseguiu —, o que se passou foi a coisa mais trivial deste mundo. Alimentaste esse *amor* com cartas e versinhos, mas foste conhecendo aqui moças mais bonitas, mais bem-educadas, mais interessantes, e é natural que tenhas acabado esquecendo essa remota namorada do Rincão de Santa Rita, que agora na tua memória te aparece muito mais fascinante do que devia ter sido na realidade.

Fonseca sentou-se, depôs o copo sobre a mesinha ao lado de sua poltrona, e acendeu um charuto. Mário olhava para o médico como um menino à espera de que o pai continuasse o sermão.

— Tenho outra prova de que a razão está comigo e não contigo. A coisa toda não é tão romântica como a queres fazer. Antônia não entrou para um convento nem morreu de amor. Casou-se com um homem de meia-idade e morreu de parto. Tu mesmo me contaste essa história como uma anedota. Me lembro exatamente de tuas palavras: "Minha bem-amada casou-se com um viúvo calvo e de voz fina, decifrador de charadas e colecionador de selos".

Mário contemplava silencioso as próprias mãos. Era uma pena que a Antônia daquele verão de 1924 não estivesse ainda viva, jovem e bela, dentro dum pedaço de espaço-tempo cristalizado em alguma parte do universo.

Fonseca fumava e bebia, com o olhar sempre focado no paciente.

— Sabes duma coisa? Se voltasses, não suportarias mais o teu Rincão, a mediocridade daquelas vidinhas...

— Eu sei...

— ... os homens de poncho e botas, que escarram no soalho...

— Eu sei...

— ... e que se barbeiam só aos sábados... Nem as comadres mexeriqueiras, a miséria, a monotonia, a tristeza... — Esgrimiu no ar o charuto. — Outra coisa... Tu não tens propriamente saudade da tua namorada nem da tua terra, meu velho. O que tens é saudade do teu corpo de vinte anos. Conheço bem essa história. Fantasias da menopausa! — Sorriu, indulgente. — É uma doença que costuma atacar os homens da nossa idade. Quantos anos tinha essa rapariga? Dezessete... dezoito? Pois o que estás precisando para aquecer essa carcaça é duma menina dessa idade. Está bem. Dirás que sou um cínico. Aceito o epíteto. E daí? A situação não muda. Muda?

Ergueu-se, deu dois passos e bateu de leve no ombro do amigo, acrescentando:

— Olha, opera-te, livra-te dessa *coisa* e muda de vida. Menos preocupações e mais distrações. Arranja uma amante jovem. Como amigo da tua mulher, estou cometendo um ato de traição. Mas como teu amigo, acho que te estou dando o melhor conselho... E que Deus me perdoe e o cardeal-arcebispo não me ouça!

Como a seguir Fonseca se pusesse a enumerar as razões por que Mário devia considerar-se um triunfador, este foi tomado dum acesso de autocrítica. Quem era? Um farsante. Que tinha? Apenas bens materiais. De que lhe serviam essas coisas, agora que se encontrava diante dum perigo de morte? De nada. Falhara como filho, como pai, como marido, como cidadão...

— Não digas um absurdo desses! — reagiu Fonseca, tomando um gole mais largo e apressado que lhe desceu num gluglu pela garganta. — M. M. M., um dos homens mais invejados deste país!

Mário ergueu a mão:

— Não, Fonseca, espera! Vamos analisar honestamente a minha posição. Não passo de personagem duma comédia, duma dança com máscaras. E se me tenho prestado à farsa é porque a coisa convém aos meus interesses comerciais e sociais, porque neste nosso mundinho a hipocrisia acaba se tornando um hábito, uma arma...

— Não digas asneiras. O medo te está tirando o senso da medida, o bom senso e até o senso de humor, que sempre tiveste tão agudo.

— Não. Agora me deixa falar. Que somos nós no sistema em que vivemos senão mercadorias? Estamos à venda, nos oferecemos, fazemos publicidade de nós mesmos... O importante é que nos aceitem, nos comprem, pois necessitamos triunfar, ganhar prestígio e dinheiro. Sim, e também simpatia e benevolência. E nesse jogo mercantil, meu caro, perdemos a identidade, nos transformamos em coisas...

— Onde andaste lendo essas cretinices?

— Somos como os sepulcros caiados de que fala a Bíblia.

— Raciocinas como um pastor protestante...

— Espera. Vivemos de empulhações, embustes, mentiras. Somos falsários. E por que é que ninguém denuncia a fraude? Porque todos temos a consciência culpada e no fim de contas a situação convém à nossa classe, cujo valor mais alto é o dinheiro, com o qual achamos que podemos comprar tudo e todos.

Fonseca soltou um suspiro de impaciência. De charuto entre os dentes, escutava o amigo, os olhos semicerrados.

Mário prosseguiu:

— Desenvolvemos um sentido olfativo fabulosamente conveniente, que nos permite distinguir o perfume francês legítimo da sua contrafação, mas que por outro lado nos torna completamente insensíveis ao fedor das favelas que nos cercam...

— Agora falas como membro da Esquerda Festiva.

— Tu sabes, Fonseca, que por esta casa têm passado patifes e contrabandistas notórios. Esses senhores sentam à nossa mesa, apertam a nossa mão, dançam com nossas mulheres. Um dia destes jantou aqui em casa um sujeito (tu sabes a quem me refiro) que no tempo do Estado Novo trabalhava na Polícia Central, e era perito em torturas físicas requintadas... E nós acolhemos e prestigiamos esses crápulas, convivemos com eles, esquecemos seus crimes para que eles esqueçam os nossos. É uma triste palhaçada, meu caro!

Fonseca ergueu-se de maneira tão intempestiva que com a manga do casaco derrubou o copo de uísque; um cubo de gelo escorregou pela superfície da mesa e tombou no tapete com o resto da bebida.

— Pois se te arrependeste da vida que levaste, então é porque afinal de contas existe uma consciência moral e teu ateísmo é um contra-senso!

Por alguns instantes Mário ficou silencioso, de cabeça baixa. Depois, erguendo os olhos, tornou a falar:

— A única coisa de que não me podem acusar é de hipocrisia religiosa. Nunca me fingi de católico para receber os favores da Igreja, como fazem tantos de nossos "amigos".

Fonseca aproximou-se da janela e ficou ali por um instante a contemplar a noite sobre o mar. Depois, voltando para junto do amigo, disse:

— Agora tu vais me escutar. Tudo quanto acabas de dizer é uma besteira sem nome. Esse teu desejo de *voltar* é pura caraminhola livresca. Ridículo! Que seria do mundo se essas fantasias literárias se realizassem, se todos pensassem e sentissem assim? Vê bem. Tens saudade do menino irresponsável que eras, do caipira ignorante e sonhador que fazia sonetos e imaginava viagens. Agora, crendo que vais morrer, decides (incoerentemente, pois não és religioso) fazer um ato de contrição.

Calou-se para servir-se de nova dose de uísque.

— Olha aqui, meu velho. A questão é simples. No fundo és um homem que, tendo sempre reprimido sua grande agressividade, agora a dirige contra si mesmo. Tu te atacas, te acusas de crimes que não cometeste, desejas um carcinoma como uma espécie de autopunição...

Mário sacudia negativamente a cabeça.

— Tu te delicias com a certeza de que vais morrer — continuou Fonseca, implacável. — Cultivas essa idéia com certa volúpia. Estás atolado num pantanal de autocomiseração. Que queres? A piedade dos outros também? Ou temes que no fim de contas exista um Céu e um Inferno?

300

Tornou a sentar-se, cruzou as pernas, ergueu o copo contra a luz. Com voz mais calma, prosseguiu:

— Quando se julgam perto da morte, alguns ateus chamam um sacerdote, confessam-se, tomam a comunhão, fazem as pazes com a Igreja. Mas tu... tu ficas aí a choramingar e a fincar alfinetes na própria carne e a devanear com o passado. E sabes duma coisa? Quando voltares do hospital, livre desse tumor, e recomeçares tua vida normal, vais te rir de todas essas tolices. E possivelmente me quererás mal por me haveres feito essas confidências...

Mário passou a mão pelo rosto. A última vez em que se olhara no espelho, seu rosto amarelo e murcho lembrara-lhe qualquer coisa que no momento ele não sabia o que fosse. Agora lhe ocorria que eram as mãos de sua mãe.

— Que seria do mundo — prosseguiu o outro — se prevalecesse esse espírito de que estás tomado agora? Haveria só poetas e pintores, boêmios e vagabundos. Estaríamos ainda numa espécie de Idade da Pedra. Populações inteiras morreriam de peste, como na Idade Média. E não teríamos todas essas drogas que combatem as infecções e prolongam a vida. E essas máquinas que nos trazem facilidades e conforto. Um homem como tu, M. M. M., contribui para o progresso humano muito mais que cem literatos. O poeta olha para a Lua e compara-a com uma pérola engastada no firmamento. O imbecil acha que a Lua é um queijo. O cientista manda foguetes à Lua para descobrir toda a verdade sobre ela. O estadista pensa num plano de ocupação de nosso satélite e o homem de negócios sonha com um plano imobiliário lunar. É preciso um pouco de tudo para fazer um mundo. Tu te diminuis esquecendo que és um criador de tarefas, um empreendedor. Para quantas pessoas dás trabalho?

Esperou a resposta, que não veio.

— Para umas três mil, pelo menos. Quanto aos escrúpulos morais, tem paciência, só uma falta absoluta de malícia e de espírito humorístico nos poderia fazer imaginar que podemos modificar a vida ou a natureza humana.

Olhou o relógio, ergueu-se, pôs a mão no ombro do amigo e, com a sua melhor voz de cabeceira de doente — funda, afetuosa e paternal —, ajuntou:

— Desculpa, mas alguém tinha de te dizer essas coisas. Estás demasiadamente abalado. Toma um comprimido e meio de Luminal antes de ires para a cama. Não sejas tão pessimista e trata de ter um sono tranqüilo. Começaremos os exames amanhã cedo. Vou mandar um enfermeiro te tirar o sangue às oito. Tens de estar em jejum absoluto.

Esmagou a ponta do charuto contra o fundo do cinzeiro e, tornando a acercar-se do amigo, apertou-lhe a mão, dizendo:

— Até amanhã, meu velho. E não me queiras mal.

Aquela noite Mário sonhou que voltava ao Rincão mas não reconhecia sua vila natal. Haviam destruído a ponte de pedra e ele teve de atravessar o rio a nado. Os homens a quem se dirigia pareciam não entender sua língua, viravam-lhe a cara, voltavam-lhe as costas, afastavam-se apressados. Ele caminhava aéreo pela rua principal... As mulheres que estavam nas calçadas fugiam espavoridas ao avistá-lo, metiam-se em suas casas, fechando portas e janelas. O vigário mandou o sineiro dar o sinal de alarma: o sino espalhou o pânico na vila e no vale. Mário então compreendeu tudo. Carregava a peste no corpo. Seu peito era todo uma chaga escarlate.

Acordou sobressaltado, suando frio, com uma dor aguda no estômago. Olhou o relógio de cabeceira. Quatro da madrugada.

IX

Três dias depois, pouco antes das cinco da tarde, Mário Meira Moura deixava o apartamento para internar-se no Hospital do Nazareno, onde seria operado às sete da manhã seguinte. Conseguira convencer Tilda de que não devia acompanhá-lo. Pediu-lhe que ficasse em casa, como se nada de anormal se estivesse passando, e só fosse visitá-lo no hospital depois de terminada a operação.

A despedida foi breve e quase silenciosa. Mário abraçou a mulher, beijou-lhe rapidamente os cabelos, sentiu os lábios dela roçarem-lhe secos uma das faces. Nem mesmo numa hora como aquela Tilda se entregava. Ele teve nos braços um corpo relutante, de músculos retesados. Decerto a mulher estava ansiosa por livrar-se daquele contato de peitos, ventres e coxas, que lhe devia parecer obsceno, principalmente naquelas circunstâncias.

— Deus te acompanhe — murmurou ela. — Vou ficar rezando por ti.

Era estranho, Tilda chorava. De seus olhos avermelhados, lágrimas disparavam face abaixo. Mário ficou comovido, mas sentiu que à sua gratidão por aquelas lágrimas se misturava a fria desconfiança de que a esposa não chorava por amor, mas por piedade. Ele não era mais o homem com quem Tilda havia casado. A doença comia-lhe as carnes, dava-lhe aos poucos às feições e à pele qualquer coisa de feto.

Desceu no elevador em companhia de Roberto.

Não pronunciaram palavra. Limitaram-se a ficar olhando um para o outro, até ao momento em que o rapaz baixou os olhos. Mário então quis dizer alguma coisa, mas conteve-se, porque o elevador parava no quarto andar e um desconhecido entrava.

O dr. Fonseca esperava o amigo à frente do edifício, dentro da sua limusine, onde já se encontrava a mala do paciente.

— Bom, meu filho — murmurou Mário ao sair do elevador. — Conforme combinamos, aqui nos despedimos...

Seria melhor para ele que não se fizesse nenhum alvoroço com toda aquela estória. Pedira a seu secretário particular que não deixasse os jornais noticiarem a operação. Queria o mínimo de "espetáculo". Tivera sempre a superstição da saúde, chegava a achar doença uma coisa indecorosa. E, se não gostava que nem seus íntimos soubessem que sofria de enxaquecas, como havia de querer agora que a imprensa noticiasse que M. M. M. ia submeter-se a "delicada intervenção cirúrgica" — expressão essa que toda a gente sabia ser um eufemismo de *câncer*?

Estendeu a mão para o filho. Em vez de apertá-la, o rapaz envolveu o pai com os braços, estreitou-o contra o peito e beijou-lhe demoradamente a testa. Mário não se pôde mais conter e rompeu numa crise de choro que durou o tempo que Roberto levou para desprender-se dele, sair apressado do edifício e, sem voltar a cabeça, cruzar a rua na direção da praia...

Mário enxugou os olhos e encaminhou-se para o automóvel. Não sentia a menor dor no estômago.

Tinha consciência, isso sim, daquele ponto ardente na testa, no lugar onde haviam pousado os lábios do rapaz. Levava também no corpo o calor daquele abraço. Entrou sorrindo na limusine.

— Hospital do Nazareno! — disse Fonseca ao chofer. — Mas devagar. Não vamos tirar o pai da forca. — Voltou-se para o amigo e pousou-lhe a grande mão cabeluda no joelho. — Já viste que beleza de tarde?

O carro pôs-se em movimento. Mário olhou para trás e, através da janelinha traseira do veículo, ficou por alguns segundos a observar o filho. De costas para os grandes edifícios, o rapaz parecia absorto na contemplação do mar: as ondas espraiavam-se na areia, molhando-lhe os sapatos.

— Não tens nada que temer — murmurou Fonseca, acendendo um charuto. — Teus exames foram satisfatórios. O Silva-Gonzaga é um craque.

Alguém (voz grave de entonação fúnebre) recitava na mente de Mário versos do *Llanto por Ignacio Sánchez Mejías*.

No quiero que le tapen la cara con pañuelos
para que se acostumbre con la muerte que lleva.

Olhou o relógio. *Eran las cinco de la tarde.* Pairava sobre o mar e as montanhas uma tênue bruma, entre rosa e ouro. Bandos de rapazes bronzeados jogavam futebol na areia. Perto do paredão, uma rapariga seminua dava palmadas numa peteca de plumas tricolores: atirava-a para o ar, depois avançava ou recuava dois ou três passos para dar-lhe novo tapa que a lançava ainda mais alto; e a cada movimento, seus seios pareciam querer escapar da parte superior do maiô, como peixes recém-pescados, aflitos por tornarem à água; e como a moça usasse o cabelo longo atado na nuca à feição de cola de cavalo, Mário, que do carro a acompanhava com o olhar, teve a impressão de ver uma potranca indócil escarvando na areia. Uma lancha motor de costados brancos, com uma barra escarlate pouco acima da linha da água, fazia evoluções caprichosas a toda velocidade, a uns cem metros da arrebentação.

Mário voltou a cabeça para a direita. Na calçada homens e mulheres caminhavam, cruzavam-se, entravam e saíam das casas de comércio, alguns paravam à frente de vitrinas, outros no meio-fio. Pareciam figurantes dum bailado sem música e de coreografia indefinida. E aquele jogo de formas coloridas, aquela variedade de caras vislumbradas ao sol amarelo das cinco, trouxeram à memória de Mário sua tarde madrilenha: o momento em que o touro desventrava o cavalo e, olhando de repente para um setor da arquibancada, ele vira nas faces dos aficionados uma mescla de curiosidade horrorizada, náusea e gozo, sim, gozo. A analogia — refletia ele agora — nada tinha de absurdo. Recordou uma cena que presenciara ali mesmo em Copacabana, havia poucos meses. Um ônibus passara por cima dum velho que atravessava a rua, esmagando-lhe o crânio e as pernas. Mário desviara os olhos daquela massa sanguinolenta colada ao asfalto, mas vira a cena refletida nas faces dos passantes que paravam para olhar a vítima... Eram máscaras idênticas às dos aficionados diante do animal estripado.

304

A limusine parou a uma esquina, ante o sinal do guarda do trânsito. Passava um enterro. Na frente ia o carro fúnebre, seguido duma fileira de automóveis que a Mário dentro de poucos segundos pareceu interminável. Curiosos paravam nas calçadas para olhar o cortejo. Mais um cavalo morto que arrastavam para fora da arena... Fonseca revolvia-se impaciente no banco, fungava, mordia o charuto.

— Se é por minha causa que estás inquieto — disse Mário, tocando no braço do amigo —, fica sossegado. Essa coisa não me impressiona.

Estava sendo sincero. Nos dois últimos dias seu espírito oscilara entre os pólos do desespero e o duma apatia fatalista, com paradas muito breves no quadrante incerto da esperança. Desde a manhã daquele dia, porém, depois que voltara do escritório — onde tivera a última conferência com seus chefes de seção e transmitira instruções ao seu procurador —, sentira-se tomado duma curiosa calma que o deixava como que eterizado.

O guarda mudou de posição e tornou a abrir os braços.

A limusine retomou caminho.

No quiero que le tapen la cara con pañuelos. Mário pensou em pedir a Fonseca que não permitisse a ninguém ver-lhe a cara depois que ele morresse. Mas continuou calado, numa espécie de encolher de ombros interior. Que lhe importava o que fizessem com seu cadáver? *Para que se acostumbre con la muerte que lleva.* Ele se habituava com a idéia de morrer. A *indisposição* passava: o *longo hábito* perdia aos poucos a força...

Parada no meio-fio da calçada, uma rapariga preparava-se para atravessar a rua. Vestia uma camiseta verde e calções brancos muito curtos, e suas pernas, dum moreno lustroso e parelho, eram esguias como as dos manequins das vitrinas. Havia em seu rosto uma expressão de petulante desafio, que o busto empinado acentuava. Pomona! — murmurou Mário, sem perceber que pensava em voz alta.

— Que foi? — perguntou Fonseca.

— Nada.

Na próxima parada, enquanto permanecia aceso o sinal vermelho, um rapazote de calças de zuarte e camiseta de listras vermelhas e azuis aproximou-se do carro e lançou para dentro um olhar gaiato e uma palavra: *Grã-finos!* Teria quando muito dezesseis anos.

— Sacana — resmungou Fonseca.

Um pensamento ocorreu a Mário: "Ninguém poderá afirmar com certeza absoluta que eu vá morrer primeiro que esse garoto".

305

A limusine de novo estava em movimento e Fonseca voltava-se para o amigo, depois de soltar uma baforada contra a nuca do chofer.

— Os repórteres já me vieram com perguntas sobre tua operação... Mário fez um gesto de contrariedade.

— Pedi ao meu secretário que despistasse os jornais. Estou cansado de ser *assunto*.

— Eu sei, eu sei. Mas essas coisas transpiram. Afinal de contas, meu velho, és um homem importante.

— Que foi que disseste aos rapazes?

— Nada, podes ficar tranqüilo. Nada. Sei lidar com essa gente.

— Mas isso não impedirá que eles fiquem corvejando nos corredores do hospital. Nem que tenham já o meu necrológio pronto na redação...

— É provável, mas nada disso pode influir no curso dos acontecimentos. Não te creio supersticioso.

Mário cerrou os olhos por um instante e pensou em Roberto. Estaria ainda contemplando o mar?

Fonseca comentava agora os últimos acontecimentos políticos. (Está fazendo o possível para me distrair — percebeu Mário.)

— Conheces a piada sobre o helicóptero do presidente?

Começou a contar a anedota, mas o pensamento de Mário estava longe, no Rincão de Santa Rita. Caminhava pelas ruas, de braço dado com o filho. Eram ambos da mesma idade. Mário ouvia mentalmente a sombra da própria voz: "Naquela casa mora o doutor Florit, um grande tipo. Tem uma velha querela com o Todo-Poderoso. Mas no fundo, podes crer, são amigos, estimam-se... Ah! Estás vendo o sujeito esverdeado que ali vem, de cara amarga? É o coveiro da vila. Uma noite me pegou tomando banho nu no rio e saiu a contar estória a todo o mundo". Soltou uma risada curta e seca.

— De que é que estás rindo! — perguntou Fonseca.

— Coisas...

Ya los musgos y la hierba
abren con dedos seguros
la flor de su calavera.

X

O apartamento que haviam reservado para Mário Meira Moura era dos mais luxuosos do Hospital do Nazareno: um amplo quarto com sala de espera e banheiro. Das paredes cor de pérola pendiam duas boas reproduções de quadros famosos. Mário aproximou-se duma delas: eram as *Jovens taitianas com flores de manga*, de Gauguin, uma de suas pinturas preferidas. Era curioso, mas só agora compreendia por que gostava tanto daquele quadro. A rapariga que segurava o cesto de frutas tinha uma remota parecença com Antônia, talvez menos de feições que de *clima*...

Fonseca aproximou-se dele, passou-lhe afetuosamente o braço sobre os ombros, e, apontando para a enfermeira que acabava de entrar, disse:

— Vou te deixar com esta moça, Mário. Venha cá, dona Elza. Quero lhe apresentar o *famigerado* M. M. M., o magnata dos tecidos. Mário, a dona Elza é uma flor. Não poderias encontrar enfermeira melhor.

A moça, loura e corada, não de todo destituída de atrativos físicos, sorriu e cumprimentou-o com um movimento de cabeça.

— Conheço muito o senhor de nome — disse. — Sou fã do seu programa de televisão.

— Vou te deixar com dona Elza — disse Fonseca. — Preciso ir ver um doente. Lá pelas dez estarei de volta para te ver.

Elza desfazia a mala do paciente.

Mário olhava em torno. O ambiente era agradável. Parecia o quarto dum hotel de boa classe. Não tinha aquela brancura lustrosa e asséptica dos hospitais comuns, tão sugestivas da dureza cortante do bisturi e da sensação gelada do éter. (Sou um homem antigo — costumava ele dizer aos amigos —, do tempo em que se anestesiava o paciente com clorofórmio.)

Em cima duma cômoda de pau-marfim havia um vaso com cravos vermelhos.

— Foi sua senhora... — informou a enfermeira.

— Ah!

Tilda mandava-lhe flores. Era de bom-tom.

— Agora tire a roupa, ponha o pijama e deite-se — disse Elza.

O tom de cordialidade de suas primeiras palavras fora substituído por uma espécie de neutralidade profissional.

— É uma ordem ou um pedido? — sorriu ele.

307

— Não é uma ordem — respondeu ela, pronta, sem se voltar. — Mas também não é um pedido.

Mário sentiu-se tomado dum repentino e absurdo desejo de brincar.

— Que é que é então?

— Uma instrução.

A enfermeira afofou o travesseiro, deu corda ao relógio que estava sobre a mesinha-de-cabeceira, e depois, voltando-se para o paciente, disse:

— Vou sair por um momento. Se precisar de alguma coisa, aperte no botão da campainha.

— Vou tomar uma ducha...

— Acho melhor o senhor fazer isso depois da lavagem intestinal.

Mário sacudiu a cabeça. Não se lembrava daquele pormenor desagradável. A lavagem... Bom.

A enfermeira saiu. Mário lançou um olhar para as raparigas de Taiti. Lembrava-se agora do título de um dos quadros de Gauguin: *O ouro de seus corpos*. Era isso! Havia algo de dourado no corpo de Antônia.

Tirou a roupa, enfiou o pijama e encaminhou-se para o quarto de banho, que era todo um estudo em tons de azul. A enfermeira dispusera cuidadosamente sobre a prateleira, debaixo do espelho oval, os seus objetos de higiene pessoal. Mário passou a mão pelas faces. Achou que devia barbear-se. Apanhou o barbeador elétrico, ligou-o à corrente e começou a passá-lo pelo rosto, mas sem se olhar no espelho. Um amigo escritor lhe contara um dia que a hora de barbear-se era para ele o momento mágico do devaneio. Era nesses instantes que lhe ocorriam personagens, enredos, histórias... Mário de costume deixava-se embalar pelo zumbido do aparelho, pensando nos problemas do dia: pessoas com quem tinha de entrevistar-se, campanhas de publicidade, problemas de pessoal... Era curioso. Todas aquelas "obrigações" que antes lhe pareciam tão importantes, vitais mesmo, lhe haviam fugido quase por completo da cabeça, desde o momento em que ele desconfiara daquela *coisa* no estômago... Não deixava de ser agradável esta sensação nova de irresponsabilidade, de desligamento do mundo dos negócios e de suas preocupações. Era também bom saber que cancelara todos os compromissos para coquetéis, jantares, entrevistas, viagens... Era um homem livre. Mas livre para quê? Para morrer? Não. Se a *flor* fosse cortada pela raiz e ele se salvasse, estaria livre para viver.

E, se voltasse ao mundo dos vivos, qual devia ser o seu primeiro movimento? Não tinha dúvidas: seria na direção de Roberto. Conquistar o filho — essa era a grande meta. Depois iria ao Rincão de Santa Rita, visitaria a sepultura da mãe, reveria os amigos que porventura ainda estivessem vivos. Mandaria construir por sua conta um colégio e um hospital na vila. Daria bolsas de estudos para os jovens que quisessem cruzar a ponte...

Repôs o aparelho de barbear no estojo, despejou um pouco de loção no côncavo da mão e esfregou-a nas faces. O perfume de alfazema entrou-lhe pelas narinas como uma promessa de continuação de vida, de volta à normalidade. Escovou os dentes, tornou ao quarto e, apanhando a novela de Simenon que trouxera, deitou-se. Abriu o livro, embora sabendo que não teria nenhuma tranqüilidade de espírito para ler.

Um trem apitou longe. Mário voltou ao Rincão. Era noite, ele tinha dezoito anos, estava na sua cama de ferro. Ouvia ainda o ruído da máquina de coser da mãe. D. Eulália costumava trabalhar até a madrugada. E ali na cama ele pensava nas mãos tristes. Sempre temera que por distração ou canseira ela deixasse a agulha varar-lhe o dedo. Essa idéia lhe dava calafrios, e ele se encolhia, apertando os próprios dedos entre as coxas.

Cruzarei a ponte
subirei o monte.

Versos de menino tolo de província. E agora, enquanto olhava as raparigas de Gauguin, voltava-lhe o poema inacabado, mas com a segunda linha modificada:

Cruzarei a ponte
voltarei à fonte.

Sim, morrer talvez fosse nascer às avessas. Voltar. De vez em quando ouvia o zumbido do elevador do hospital, passos no corredor. As batidas do relógio à cabeceira da cama. Espalmou ambas as mãos sobre o livro que tinha aberto sobre o peito. Por que não lhe davam logo alguma coisa para dormir? Pensou em Roberto. Desejou o filho junto da cama. Que falasse! Seria bom ouvir a voz dele. Poderiam trocar confidências no quarto tranqüilo. Que pensaria o rapaz de Gauguin? Na sua opinião, teria o pintor conseguido decifrar a mensagem divina? "E tua namorada, meu filho, tem ouro no corpo? Parece-se um pouco com a moça do quadro, a que está com os frutos vermelhos no cesto, debaixo dos pomos morenos dos seios?" Fantasias da menopausa! — exclamou Fonseca em seus pensamentos.

Às seis horas trouxeram-lhe um copo de leite e uns biscoitos. Mário bebeu alguns goles de leite, mas não tocou nos biscoitos. Não tinha fome. Temia também os regurgitamentos desagradáveis que lhe azedavam a boca e o humor.

Mais ou menos às sete horas fizeram-lhe a lavagem intestinal, o que lhe causou grande constrangimento. Deixou que dois enfermeiros o manejassem como a uma coisa sem vontade própria. Ele, M. M. M., o homem acostumado a dar ordens, era agora virado dum lado para outro, posto na mais ridícula e deprimente das posturas — Vire-se!... Erga mais as pernas... Isso! Retenha o líquido o mais que puder — por aqueles meninos que tinham idade para serem seus filhos. E por que d. Elza tinha de estar ali àquela hora, vendo-o assim aviltado?

Por fim o triste espetáculo terminou e de novo Mário ficou estendido na cama, depois de tomar uma ducha fria sob a qual mal se pudera suster nas pernas bambas.

A enfermeira apagou a luz do teto e deixou acesa apenas a lâmpada de quebra-luz, sobre a mesinha-de-cabeceira.

Às sete e meia entrou um homem jovem e sorridente, metido numa roupa de alpaca azul-marinho e trazendo uma maleta de couro. Apresentou-se. Era o anestesista. Teria quando muito trinta anos.

— Então? — perguntou. — Como se sente?

— Fraco. Mais pra lá do que pra cá — sorriu Mário.

— Não diga isso. Não deixaremos que o senhor fique "mais pra lá". Estamos aqui para puxá-lo definitivamente para o lado de cá.

Mário cerrou os olhos. Ouviu o ruído do fecho da bolsa do médico. Sentiu que lhe envolviam e apertavam o braço. Iam verificar-lhe a pressão arterial. O Fonseca costumava fazer-lhe aquilo uma vez por semana. Abriu os olhos.

— Quanto? — perguntou.

O anestesista tornou a pôr o aparelho na maleta.

— Não se impressione. Está ótima.

— Que tipo de anestésico vão me dar?

— O senhor faz mesmo questão de saber?

— Faço.

— Por quê?

— Porque há um que me assusta um pouco...

— Qual é?

— Gás. Me dá uma impressão de asfixia...

— Alguma vez já tomou gás?

— Não, mas imagino.

O médico soltou uma risada jovial.

— Está se vendo que foi mal informado. Fique descansado. Quando eu pegar a máscara o senhor já estará dormindo e sonhando com os anjos...

Depois que o anestesista se retirou, o quarto ficou de novo em calma. Agora que havia anoitecido, sentia-se mais ativamente o perfume dos cravos.

Elza entrou. Trazia na mão direita um copo com água e na esquerda dois comprimidos. Acercou-se do leito.

— Tome isto.

— Para quê?

— Para ter um sono tranqüilo.

Seconal? Vinte comprimidos de seconal resolveriam definitivamente seu problema. Entraria suavemente na morte pelas portas do sono. Mas qual! Ele não queria morrer. A idéia de suicídio parecia-se um pouco com os coquetismos de Antônia, quando, naquelas conversas na ponte, ela dizia: "Não quero me casar com ninguém. Vou ser freira". Palavras, palavras. Na verdade o que ela queria era casar e ter filhos como as outras...

Soergueu-se, meteu ambos os comprimidos na boca, bebeu um largo sorvo d'água e engoliu-os sem dificuldade. Quando tornou a pousar a cabeça no travesseiro, teve um pensamento curioso. Não seria o seu ateísmo uma espécie de coquetismo diante de Deus?

Estava de novo deitado e sozinho no ambiente crepuscular. Cerrou os olhos. Passaram-se alguns minutos... Quantos? Sentiu de repente que havia uma *presença* no quarto. Abriu os olhos. Um vulto negro avançou, nascendo dum canto sombrio. Quem seria? Não levou muito tempo para descobrir. Estava na ponte do Rincão de Santa Rita e o vigário da paróquia vinha de novo perguntar por que ele não ia à igreja... Que era mesmo que o homem lhe dizia? Talvez fosse aproveitar-se da sua sonolência, da sua fraqueza para arrastá-lo ao altar... Mas que lhe importava? Talvez Deus existisse mesmo e, já que ia morrer, o melhor era fazer as pazes com o Criador... O vulto aproximou-se, inclinou-se sobre a cama. Então, vigário? Que notícias me dá da minha mãe? Comungou antes de morrer? É engraçado. Me disseram que o senhor também tinha morrido. Veja como são as coisas... Mas quem sabe se o senhor morreu mesmo e agora cruzou a ponte só para me vir buscar?

O espectro estendeu a mão e tocou-lhe a testa:

— O senhor está suando... Quer que chame a enfermeira?

Só então é que Mário percebeu onde estava e que acontecia.

— Não. Obrigado. Estou bem.

— Sou o capelão do hospital.

— Ah!

Mário ergueu a mão, que o sacerdote apertou longamente.

— Conheço o senhor de nome, naturalmente. Mas tenho o prazer de conhecer sua senhora *pessoalmente*...

Mário não podia discernir bem as feições do padre. Pelo vulto, parecia um homem corpulento. Sua voz era uma surdina que se casava bem com a penumbra do quarto.

— Não seria bom o amigo aproveitar esta calma, confessar-se agora e tomar a comunhão amanhã de manhã, antes da operação?

Por que não me dão já a extrema-unção? — perguntou Mário em pensamento. — Por que não encomendam por adiantamento este futuro cadáver? Imaginou que Tilda tivesse telefonado ao capelão, pedindo-lhe que visitasse o herege, e insistisse em fazê-lo confessar-se e comungar. Quem sabe? Talvez o corpo simbólico de Cristo, ao pôr-se no seu estômago em contato com a flor maligna, tivesse o poder de eliminá-la. Quantas vezes, naqueles últimos três dias, Tilda insistira para que ele *conversasse* com frei Pacífico, um padre intelectual cuja cultura e eloqüência conseguira já converter tantos ateus e hereges empedernidos? "Não, Tilda, não posso acreditar nesses teus monsenhores e bispos que voltam as costas para Deus para melhor poderem abraçar generais, senadores e milionários."

Mário olhou para o capelão:

— Não sou religioso, padre.

— Não é, mas pode tornar-se. A morada de Deus está sempre de portas abertas. Há muito que Ele está à sua espera.

— Deus não precisa de mim.

— Haverá algum bom pai que não precise dos filhos?

— Mas o senhor não acha que uma conversão nesta hora em que estou correndo o risco de morrer seria um pouco... digamos, indecente? Uma espécie de barganha desonesta de última hora?

Mário não viu, mas sentiu que o sacerdote sorria.

— Vamos deixar que Deus julgue o valor desse gesto. Ele sabe mais e melhor que nós.

Mário procurou desconversar:

— Como está a noite, padre?

— Calma, morna e estrelada.

Houve um curto silêncio.

— Obrigado pelo seu interesse — murmurou Mário. — Se Deus existe, Ele saberá me compreender. Se não existe, nada terá a menor importância...

O padre caminhou até à janela, ficou ali por alguns segundos a olhar a noite; depois tornou a aproximar-se da cama.

— Vou usar um argumento que pode não ser teológico, mas que me parece prático. Me diga uma coisa: que é que o senhor perde se se confessar e comungar?

— Perco o respeito próprio, que afinal de contas é uma das poucas coisas autênticas que me restam.

— Isso tudo não será soberba?

— Use o nome que quiser. Será sempre uma palavra. — Mário passava a mão pelo peito, por baixo do pijama, como se acariciasse a flor. — Transigi muito na vida, padre, fiz muitas concessões em todos os terrenos. Meti-me em transações que dum ponto de vista estritamente moral não eram lá completamente... digamos, *limpas*. Passei moeda falsa, cheques sem fundo... — Ergueu a mão. — Não se assuste. Estou falando metaforicamente. Quero dizer que usei e abusei de mentiras sociais e comerciais dessas que nos abrem caminho, trazem resultados materiais, conquistam simpatias, abrem portas... compreende?

O padre sentou-se na cama. Mário sentiu o calor daquele corpo escuro, de face imprecisa.

— Continue — pediu o capelão.

— Para tudo eu encontrava uma desculpa, quando a outra parte do meu eu pedia satisfações... Dizia que aquelas coisas eram meios para conseguir um grande fim. Eu perseguia um velho sonho. Pura conversa. Acabei matando o sonho. Ficou o hábito. O hábito de ganhar dinheiro, de ser rico, de ver meu nome nos jornais, de ser amigo de figurões...

Calou-se e depois, meio brusco:

— Padre, eu estou me confessando! É cômico, mas estou me confessando...

O outro permaneceu silencioso. Mário mudou de tom:

— Agora, por favor, me ajude a fazer um gesto decente. Não me force a dizer uma mentira conveniente. Não se valha de meu medo de morrer. Não abuse da minha fraqueza... — Sorriu. — Nem desta sonolência...

Esperou que o capelão se erguesse e fosse embora. Mas o homem continuou onde estava.

— Uma coisa não compreendo — disse o sacerdote. — Que importância podem ter a decência, a coerência e a honestidade para quem não crê em Deus? Se Deus não existe, não pode existir o Bem nem o Mal e tudo vale. Sabe duma coisa? O senhor é religioso mas não sabe. Ou não *quer* saber. Por quê?

— Não me obrigue a digressões filosóficas nesta hora. Estou com os olhos pesados de sono. Além disso, sou um pobre comerciante de tecidos. As abstrações me estonteiam. Não me queira mal, padre. Minha conversão à Igreja nesta hora não teria sentido, não serviria a ninguém...

Passou-lhe pela cabeça a idéia de que no fundo seu ateísmo talvez fosse apenas um sentimento de fidelidade ao dr. Florit e ao seu próprio passado. Mas quem lhe podia garantir que na hora da morte o velho catalão não se tivesse reconciliado com o Criador?

Formou-se-lhe na mente uma frase. Se eu entrar no Céu será pela mão do vigário do Rincão de Santa Rita, que me conhece desde menino. Fechou os olhos e contra as pálpebras pesadas viu três vultos. Três? Não. Quatro. O vigário, que o conduzia pela mão, seguido pelo dr. Florit e por Alfonso XIII, o perdigueiro triste. E, por entre nuvens, o quarteto trilhava a estrada que levava à Casa do Pai.

Sorriu. Essas idéias tolas deviam ser uma conseqüência dos entorpecentes que tomara. Ouviu os passos do capelão, que se retirava, e o ruído da porta ao fechar-se. Não me queira mal, padre — pensou Mário. — Sou um pobre moço confuso do Rincão de Santa Rita. Adeus, amigos. Adeus, Roberto.

Estavam os dois, ele e o filho, olhando o mar. Eram ambos uma única pessoa. O vento cheirava a maresia. As ondas avançavam contra a praia, lambiam-lhe os pés nus, borrifavam-lhe a cara. O mar soltava seus longos suspiros. Uma grande onda ergueu-se como um paredão negro, engolfando-o...

XI

Foi a enfermeira quem o despertou na manhã seguinte. Mário olhou em torno e no primeiro instante não reconheceu Elza. Levou pouco mais de um segundo para compreender onde estava e que se passava. Veio de longe o canto dum galo. Era extraordinário. Quantos anos fazia que não ouvia o clarinar dum galo?

— Que horas são? — perguntou.

— Seis e meia. Tire o casaco.

Mário obedeceu.

— Deite outra vez.

A enfermeira tinha na mão um tubo fino de borracha.

— Que é que a senhora vai fazer?

— Passar-lhe esta sonda...

Mário compreendeu que ela lhe ia meter a sonda no nariz e levá-la até o estômago. Pensou nos seus terrores infantis. Quando o médico lhe comprimia a língua com o cabo duma colher, para examinar-lhe a garganta, havia um momento convulsivo de agonia, a ânsia de vômito, o horror da asfixia... Outra coisa que o apavorava eram as cataplasmas de linhaça e mostarda que a mãe lhe aplicava no peito e nas costas, e que lhe queimavam a pele. Os fantasmas de seu folclore íntimo voltaram a tomar conta dele quando Elza começou a introduzir-lhe a sonda no nariz. Sentiu uma cócega que se transformou em náusea quando a ponta da sonda lhe passou pela garganta.

— Fique quietinho...

A sonda descera pelo esôfago, devia estar agora no estômago. Em contato com a flor? Essa idéia causou-lhe mal-estar.

— Pronto — disse a enfermeira. — Suportou bem. Agora não se movimente muito.

— Quanto tempo essa coisa tem de ficar assim?

— Até depois da operação.

— Por quê?

Como se não tivesse ouvido a pergunta, Elza virou-lhe as costas sem dizer palavra.

Agora nada mais importava. Mário olhava para as raparigas de Gauguin e pensava vagamente em Antônia. Lembrou-se da visita do padre na noite anterior e sorriu. Que estaria fazendo Tilda àquela hora? Talvez rezando numa igreja. Costumava ir à missa das seis. E Roberto... ainda à beira do mar? Decerto contemplava o dia nascendo das águas, esperava o sol violento, o sol ardente e implacável como um câncer. Era boa... O sol, câncer do espaço. Incurável. Inoperável. Imaginava a face do filho iluminada pela luz da manhã nascente, a barba azulada, os olhos intensos. Não nos deves nada, Roberto. Vai! Pinta, ama, vive... Vai! Não nos deves nada!

Lágrimas escorriam-lhe agora pelas faces, mas não havia a menor sombra de terror no seu corpo ou no seu espírito. A fragrância da manhã entrava pela janela. Ele chorava porque estava fraco, muito fraco, só por isso. Tudo estava bem. Enxugou as lágrimas com a ponta do lençol.

A enfermeira tornou a entrar. Desta vez trazia uma seringa na mão. Acercou-se da cama, passou-lhe no braço um algodão embebido em éter. (A cena veio-lhe instantânea: madrugada, no baile de máscaras do Municipal, a mulher fantasiada de odalisca caída a um canto, em coma, tendo numa das mãos um lenço embebido em éter.)

Por que lhe davam duas injeções? Decerto queriam levá-lo para o matadouro meio dormindo. Seria melhor. Deviam fazer o mesmo com os touros. Com os cavalos. Podiam vir. Estava pronto. Nada, nada mais importava. Fosse como fosse ele voltaria. Para onde? Para onde? Para o quarto? Para casa? Para o Rincão? Mas que rincão?

A porta abriu-se e entrou um enfermeiro empurrando uma mesa de rodas, que colocou paralelamente ao leito.

— Será que o senhor pode se levantar sozinho? — perguntou a enfermeira.

Que pergunta! Quantos anos pensam que eu tenho? Soergueu-se, pôs-se de pé, meio cambaleante, e sentou-se na maca, amparado pelo enfermeiro, que o segurava por baixo dos braços. Elza ergueu-lhe as pernas. Ridículo, um homem da minha idade com este canudo no nariz...

A mesa era dura, fresco o contato da coberta de plástico nas suas costas nuas. Seu último olhar, ao sair do quarto, foi para a rapariga com o cesto de frutas...

O elevador ficava a poucos passos do quarto. De olhos fechados Mário sentiu quando o empurraram para dentro do carro, que se pôs logo em movimento. Para cima ou para baixo? Pouco importava.

Um ruído metálico indicou que a porta se abria. Agora Mário era levado ao longo dum corredor. Rumores de vozes chegavam a seus ouvidos.

Dentro de poucos minutos me põem nu. Como um feto que acaba de sair do ventre materno. Talvez a morte afinal de contas seja a nossa mãe

316

legítima, a verdadeira, a definitiva. Um feto com uma sonda de borracha enfiada no nariz... Ele já se habituava àquilo. Poderia passar o resto da vida com aquele apêndice. A morte devia ser também um hábito.

A maca mudou de rumo. Quando Mário abriu os olhos, estava já na sala de operações. Paredes de ladrilho azul e teto branco. Numa das paredes, um relógio elétrico redondo. Uma enfermeira mexia em instrumentos cirúrgicos espalhados sobre um pano branco em cima duma mesa. Lá estava, também, o anestesista. A manopla do Fonseca pousou-lhe no braço, bem em cima no lugar onde a enfermeira lhe dera uma das picadas.

— Então, meu velho, como passaste a noite?

— Não sei. Dormi como uma pedra. Estou meio tonto...

Esforçava-se por ver tudo com lucidez. Não queria dizer nem fazer nenhuma tolice. Mas sentia a cabeça pesada, os olhos turvos.

— Não te preocupes. Tudo vai sair bem.

Fonseca bateu-lhe de leve no ombro.

Um vulto entrou na sala. Fonseca apresentou-o a Mário como sendo o assistente do dr. Silva-Gonzaga. Mário de novo cerrou os olhos. Ouvia o tinido de metais, vozes abafadas, sentia pelo deslocamento do ar que pessoas se moviam a seu redor.

Três homens o ergueram e passaram para a mesa de operações. Abriu os olhos. Um enfermeiro ajustava no alto duma haste um vidro de soro fisiológico do qual saía um longo tubo de borracha.

— Agora vais conhecer teu carniceiro — sorriu Fonseca.

Um homem de estatura meã, vestido de branco, aproximou-se da mesa.

— Bom dia! — disse. Mas não estendeu a mão. — Já nos conhecemos, lembra-se? Fomos apresentados no Country Club...

— Ah! — fez Mário.

Mas não se lembrava. Focou os olhos no cirurgião, num esforço para dominar a sonolência e ver claro. Silva-Gonzaga tinha uma cara de feições um tanto grosseiras. Bigodes hirsutos e grisalhos cobriam-lhe o lábio superior permanentemente arregaçado pela dentuça saliente. Um javali — comparou Mário. Mas um javali de olhos mansos e humanos. Que era mesmo que o *bicho* lhe dizia? Mário lutava com o torpor. Por que não se entregava? Seria melhor dormir logo. Que era aquilo que lhe metiam na cabeça? Uma touca? Um capacete? A cara do anestesista cresceu, esfumada, no seu campo de visão. Sentiu que lhe seguravam e amarravam o braço...

317

— Vai sentir só uma picadinha — disse uma voz. — Como a de um mosquito.

Um mosquito mordeu-lhe o braço. A casa vivia cheia de mosquitos. Ele ia às vezes à farmácia comprar pó de píretro. Mário Meira Moura, tens morena ou loura? Não tenho mais ninguém... As mãos de sua mãe viviam cheias de pontos vermelhos, picadas de mosquitos. Ou de agulhas? Chamem d. Eulália. Estão torturando o filho dela. Chamem d. Eulália. Os mosquitos estão chupando o sangue dele. Chamem...

O dr. Silva-Gonzaga tornou à sala, dessa vez com um avental azul. Uma máscara branca tapava o focinho do javali, deixando visíveis apenas os olhos de homem. O anestesista injetava alguma coisa no tubo de soro.

Mário respirou fundo, sentiu um peso na cabeça, respirou outra vez e entrou num túnel escuro...

XII

O comboio saiu do túnel para a manhã luminosa. Mário perguntou ao chefe de trem:

— *Que horas são?*

O homem tirou do bolso o relógio de platina e olhou o mostrador:

— *Son las cinco de la tarde.*

— *Por que estamos tão atrasados?*

— *Porque levamos no trem o cadáver dum toureiro.*

— *Ah!*

— *Um touro rasgou-lhe o estômago com as aspas.*

Mário olhou para fora. Reconhecia as paisagens da infância.

— *Que é isso no peito?* — *perguntou o chefe de trem.*

Mário abriu mais a camisa e disse:

— *Uma tatuagem. Uma flor. É para a minha namorada, que está me esperando do outro lado da ponte.*

— *Quantos anos você tem, menino?*

— *Vinte.*

— *Em que trabalha?*

— *Sou marinheiro.*

— *Donde vem?*

— *Das Índias.*

O homem sacudiu lentamente a cabeça, compreendendo. Depois sumiu-se. O trem apitou. Mário meteu a cabeça para fora do carro e avistou a estação. Lá estava o boné vermelho do agente, o velho sino, a tabuleta com o nome da vila... O trem parou, resfolegando como uma besta cansada. Mário precipitou-se para fora do carro, saltou para a plataforma.

— E a sua bagagem? — perguntou alguém.

Ele soltou uma risada.

— Não tenho. Só esta flor.

Mostrou a tatuagem. Respirou o ar que cheirava a folhas secas queimadas. Devia ser abril. Desceu apressado a encosta, acenando para os conhecidos. De todos os lados brotavam vozes: "O Mário voltou!". As vozes espraiavam-se pelo vale, subiam os cerros, o eco as repetia longe. "O Mário voltou... ou... ou... ou..."

Mário sentia no corpo a força dum potro. Não se conteve: rompeu a correr. Bebia o vento como quem bebe água. Avistou longe o vulto da mãe, negro e imóvel diante da casa. Ela o esperava. Nada tinha mudado.

Viu a ponte e estacou, temendo que Antônia não o estivesse esperando. Seu coração teve um súbito desfalecimento. Mas não! Lá estava ela, parada do outro lado da ponte de pedra, o vento modelava-lhe as formas, soprava-lhe os cabelos, seu corpo dourado resplandecia. Pomona!

Mário abriu os braços e, correndo e sorrindo, cruzou a ponte.

XIII

O relógio elétrico na parede da sala de operações marcava nove horas e vinte e cinco minutos. A intervenção estava terminada e agora o cirurgião e o clínico, despidos os aventais e as luvas, conversavam numa sala contínua à de operações.

— Acho que tudo correu perfeitamente bem — disse o primeiro. — Fiz a resseção do tumor e a olho grosso não vi nenhum sinal de metástase. Acho que vamos botar nosso homem outra vez de pé.

Arreganhou mais os lábios e as presas de javali avançaram.

— Merecemos um cafezinho — sorriu Fonseca.

Foi exatamente nesse momento que uma enfermeira entrou intempestiva e, com um tremor de alarma na voz, disse-lhes que o anestesista os chamava com urgência. Os dois médicos precipitaram-se para a sala de operações.

O corpo do paciente estava rígido e imóvel sobre a mesa. Seu rosto havia tomado uma cor violácea.

— Que é que há? — perguntou Silva-Gonzaga.

— Não posso compreender... — balbuciou o anestesista.

— Houve parada cardíaca...

O suor escorria-lhe pelas faces e havia uma torva expressão de medo em seus olhos.

O cirurgião aproximou-se da mesa, encostou o ouvido no peito do operado, enquanto o clínico lhe segurava o pulso.

— Não ouço o coração.

— Não sinto o pulso.

Silva-Gonzaga olhou para o colega.

— Não há dúvida — disse. — Ele fez uma parada cardíaca. Vou abrir o tórax...

— Não há outra solução — murmurou Fonseca.

Sem tornar a vestir as luvas ou o avental, pois não havia tempo a perder, o cirurgião apanhou um bisturi e, sem hesitar, fez com ele um corte transversal à altura do mamilo esquerdo de Mário Meira Moura. Depois, com outro golpe mais fundo, seccionou-lhe os músculos intercostais e a pleura e a seguir, com ambas as mãos, afastou as costelas. Depois meteu a mão esquerda na cavidade, procurou o coração, segurou-o e começou a fazer-lhe massagens ritmadas, enquanto o anestesista procurava manter o fluxo de oxigênio através da cânula metida na traquéia do paciente.

Com mãos trêmulas, Fonseca preparava uma injeção de adrenalina numa seringa de agulha longa.

— O coração não reage — disse Silva-Gonzaga, sem cessar a massagem.

Com a mão direita segurou a seringa que o colega lhe entregava, introduziu-a também na cavidade e enfiou a agulha no músculo cardíaco e com o polegar empurrou lentamente o êmbolo.

Consultou com o olhar o anestesista. Este sacudiu negativamente a cabeça. Silva-Gonzaga continuava a massagem cardíaca. A um canto da sala o dr. Fonseca, lívido, limpava com o lenço o suor que lhe umedecia a testa.

O relógio marcava nove e quarenta e cinco quando Silva-Gonzaga largou o coração do operado.

— É inútil — murmurou. — Está morto.

XIV

Minutos depois, coberto da cabeça aos pés por um lençol, o corpo de Mário Meira Moura era carregado de volta para o quarto, na mesma maca de rodas em que fora trazido à sala de operações. Empurrava-a agora um enfermeiro alourado e retaco, com ar de jogador de judô. Com passos leves de bailarino, caminhava a seu lado um colega, mulato esguio com olhos de tísico, assobiando baixinho um samba, por entre dentes.

— Sabes quem é esse? — perguntou o primeiro, fazendo com os beiços um sinal na direção do defunto.

— Não.

— É o famoso M. M. M.

— Ah... — fez o mulato, indiferente. Mas animou-se de súbito, como quem se lembra de alguma coisa.

— O dos tecidos? Menino, esse camarada tem um programa bacana na televisão. *O Saber Vale Ouro*. O cara se inscreve numa especialidade... vamos dizer, futebol, *jazz*, cinema, ópera... qualquer coisa assim. Depois responde às perguntas. Um primo meu tirou quase quinhentos contos. Sabia tudo sobre a vida do Grande Otelo.

Pararam à frente da porta do elevador e, enquanto esperavam que o carro subisse, o mulato descreveu com entusiasmo a abertura do programa:

— A coisa começa com a orquestra tocando uma musiquinha assim como um galope de circo... Aparece um cara de *smoking* com um cravo no peito e diz: "Senhoras e senhores! Este é o programa *O Saber Vale Ouro*, patrocinado pelos tecidos M. M. M., as iniciais que bem podiam ser B. B. B., isto é: bom, bonito e barato!".

A porta do elevador abriu-se. O enfermeiro alourado empurrou a maca para dentro. O mulato fez uns passos de frevo e entrou também. E, quando o carro estava já em movimento, ele se inclinou sobre a maca e disse:

— Sabe que nunca vi a cara desse bicho?

Levantou a ponta do lençol. A luz da lâmpada do teto caiu em cheio sobre a face do morto.

— Olha... — admirou-se o mulato. — Está sorrindo. Que será que viu do outro lado?

Crônica literária

No fim da década de 1920 e começo da década de 1930, a dramaturgia brasileira não era a prima rica das letras nacionais. Predominava no Brasil um tipo de espetáculo que se podia chamar de "teatro de atores". Eram eles o centro do fenômeno teatral. Leopoldo Fróes, Procópio Ferreira e Alda Garrido agitavam os anúncios e faziam palpitar os corações da platéia, que lotava as casas de espetáculo nas principais cidades brasileiras. Os teatros localizavam-se pomposamente no centro, para onde convergiam o comércio e a circulação dos passantes e bondes elétricos, que haviam recém-substituído os bondes de tração a burro. Quando não ocupavam o centro, estavam lado a lado dos espaços de poder, como na Porto Alegre para onde Erico se mudou com a jovem esposa, Mafalda, em 1931. Na capital gaúcha, o principal teatro era o São Pedro, de formas neoclássicas, inaugurado em 1858, e que comparece a alguns romances, como *Olhai os lírios do campo* e *O resto é silêncio*.

No campo da dramaturgia, vicejavam remanescentes da comédia de costumes herdeira do século xix, como *Onde canta o sabiá*, de Gastão Tojeiro, e *Entrou de caixeiro e saiu como sócio*, do pelotense Abadie Faria Rosa, que fez grande sucesso no Rio de Janeiro, com Leopoldo Fróes num dos papéis principais.

Houve tentativas mais ousadas. 1932 é o ano da estréia da peça *Deus lhe pague*, de Joracy Camargo, sucesso extraordinário de Procópio Ferreira, sem dúvida um dos atores mais representativos daquele momento. Alcançou mais de 10 mil apresentações com o grande ator e teve até mesmo a glória de ser proibida em Portugal, no período salazarista, depois de algumas exibições. Isso porque o nome do filósofo comunista Karl Marx aparecia no palco com todas as letras — era a primeira vez numa peça do Brasil. Nesse melodrama, um dos personagens ganha a vida mendigando nas escadas das igrejas e se torna um capitalista riquíssimo. Para conseguir conquistar o coração de sua amada, deve aparecer como o mendigo que é nas horas de trabalho, não como o entufado homem de *smoking* ou fraque que é nas horas de lazer. Que drama! Assim era a dramaturgia brasileira, naquela época abundante em lugares-comuns.

No entanto, isso não era sinônimo de teatro ruim. Uma peça mediana nas mãos de um grande encenador e grandes atores torna-se o clássico que Shakespeare desejaria ter escrito e dirigido. Algumas das tentativas mais ousadas de renovação foram realizadas pelos gaúchos Álvaro Moreyra (radicado no Rio de Janeiro) e Ernani Fornari, bem como Oduvaldo Vianna. O modernista Oswald de Andrade escreve em 1937 a peça *O rei da vela*, em que espinafra de fio a pavio a provinciana burguesia nacional e, de quebra, um empresário imperialista. Mas a peça, engavetada, só faria sucesso na década de 1960. O também modernista Alcântara Machado fazia críticas jornalísticas avançadas para aquele momento brasileiro ainda muito distante das vanguardas européias, em que despontavam Bertolt Brecht e Pirandello, ao lado de outros autores já renomados, como Henrik Ibsen e Bernard Shaw.

Ao escrever os contos que compõem o universo de *Fantoches*, Erico encontrou, com sua incansável sede de leitor inveterado, suas fontes justamente em Pirandello (embora confesse no livro de memórias *Solo de clarineta* não ter lido nada do autor antes de 1932 e ser, portanto, apenas uma "influência de oitiva"), Ibsen, Shaw e Anatole France.

É claro que, entre a inspiração da fonte e a realização do texto, vai uma distância considerável. Podemos observar nos contos de *Fantoches* — levados pela mão já totalmente segura do Erico que décadas depois comenta sua primeira obra — o dedo inseguro do autor principiante. São textos em que às vezes o lugar-comum supre a falta de prospecção na linguagem, mas que já apontam para o exímio dialogista em que Erico se transformaria nos romances posteriores. Esses contos de *Fantoches* são o retrato vivo de uma época em que o Brasil despertava para a modernidade. E a modernidade, diz Erico — e daí sua paixão primeira (de adolescente literário) pela forma dramática —, é dialógica, ou não é modernidade. Uma lição que hoje deveria ser pensada com gosto na cultura e até na política brasileiras.

Crônica biográfica

Em 1932, Erico acabara de conhecer aquele que seria um dos seus melhores amigos, seu "companheiro de caminho" das aventuras literárias: Henrique Bertaso. A amizade era ainda sóbria e talvez indescoberta, uma vez que no livro de memórias *Solo de clarineta* Erico descreve suas relações com Bertaso como "distantes". De todo modo, essa amizade acompanha um longo período da trajetória da editora Globo, que Bertaso, sucedendo ao pai, começava a dirigir. Quando o escritor a conhecem, ela ainda era uma casa "incipiente" (segundo seu depoimento nas memórias) — a mesma empresa que depois se tornaria um dos principais vetores da modernização do parque editorial e do espaço intelectual da vida brasileira, sob a direção companheira de ambos.

No começo da década de 1930, Erico Verissimo era um jovem recém-casado e tinha responsabilidades domésticas enormes, pois sobreviver naquela época com salários precários era muito difícil. Praticamente não havia previdência social, e os direitos trabalhistas (férias, descanso remunerado, licença-maternidade, entre outros) eram grande novidade.

O jovem aprendiz mostrava-se encantado com a convivência com gente de renome nas rodas de Porto Alegre, como Augusto Meyer, Mansueto Bernardi, Manoelito de Ornellas e Athos Damasceno. Mas mostrava-se vexado pelas condições precárias de saúde, que acabou descobrindo serem decorrentes de uma proliferação aguda de amebas.

Como fonte de inspiração, sua vida sugeria a forma dramática. Talvez isso explique ser essa a forma preferida para os contos de seu primeiro livro, *Fantoches*. Tão contraditórias eram as condições de vida do autor que ele confessa ter ficado feliz quando um providencial incêndio destruiu a maioria dos exemplares encalhados, permitindo que a editora recebesse da empresa seguradora um valor que levaria talvez uma eternidade para obter com as vendas da obra. *Fantoches* representou um momento decisivo na vida de Erico. Quando Bertaso resolveu bancar a edição (que o próprio autor se oferecera para custear), dava uma carta de confiança ao jovem escritor, que trabalhava na *Revista do Globo*. Carta de confiança que levou Erico à condição de principal conselheiro intelectual e comercial da empresa, uma das principais na história editorial brasileira.

Como testemunham os textos acrescentados na segunda parte deste volume, Erico continuou a praticar o conto esporadicamente — com maior domínio de suas técnicas. Produziu textos fortes, como "Os devaneios do general", de denúncia política da violência; "Sonata", conto

326

fantástico que se destaca em meio à obra realista do autor; "As mãos de meu filho", tema do conflito entre pai e prole, presente em *Olhai os lírios do campo*. Essas experiências literárias convergirão para *Noite*, livro inspirado no conto "O homem da multidão", de Edgar Allan Poe. Erico escreve uma novela em que um cidadão anônimo percorre as ruas de uma cidade (Porto Alegre) para expiar um crime que ele não cometeu, mas de que se sente culpado. Mais ou menos como no conto "Sonata", em que o personagem central, o professor de piano e compositor de uma peça musical que viaja no tempo, descobre ser "culpado" pela frustração do amor que não liberou dentro de si mesmo.

Nessas narrativas breves, Erico Verissimo teve oportunidade de "praticar" exercícios literários, lançando temas e motivos desenvolvidos mais tarde em seus romances, o que comprova a importância de sua consciência profissional na formação de seu perfil e de seu estilo.

Biografia de Erico Verissimo

Erico Verissimo nasceu em Cruz Alta (RS), em 1905, e faleceu em Porto Alegre, em 1975. Na juventude, foi bancário e sócio de uma farmácia. Em 1931 casou-se com Mafalda Halfen von Volpe, com quem teve os filhos Clarissa e Luis Fernando. Sua estréia literária foi na *Revista do Globo*, com o conto "Ladrões de gado". A partir de 1930, já radicado em Porto Alegre, tornou-se redator da revista. Depois, foi secretário do Departamento Editorial da Livraria do Globo e também conselheiro editorial, até o fim da vida.

A década de 30 marca a ascensão literária do escritor. Em 1932, ele publica o primeiro livro de contos, *Fantoches*, e em 1933 o primeiro romance, *Clarissa*, inaugurando um grupo de personagens que acompanharia boa parte de sua obra. Em 1938, tem seu primeiro grande sucesso: *Olhai os lírios do campo*. O livro marca o reconhecimento de Erico no país inteiro e em seguida internacionalmente, com a edição de seus romances em vários países: Estados Unidos, Inglaterra, França, Itália, Argentina, Espanha, México, Alemanha, Holanda, Noruega, Japão, Hungria, Indonésia, Polônia, Romênia, Rússia, Suécia, Tchecoslováquia e Finlândia. Erico escreve também livros infantis, como *Os três porquinhos pobres*, *O urso com música na barriga*, *As aventuras do avião vermelho* e *A vida do elefante Basílio*.

Em 1941 faz uma viagem de três meses aos Estados Unidos a convite do Departamento de Estado norte-americano. A estada resulta na obra *Gato preto em campo de neve*, o primeiro de uma série de livros de viagens. Em 1943, dá aulas na Universidade de Berkeley. Volta ao Brasil em 1945, no fim da Segunda Guerra Mundial e do Estado Novo. Em 1953 vai mais uma vez aos Estados Unidos, como diretor do Departamento de Assuntos Culturais da União Pan-Americana, secretaria da Organização dos Estados Americanos (OEA).

Em 1947 Erico Verissimo começa a escrever a trilogia *O tempo e o vento*, cuja publicação só termina em 1962. Recebe vários prêmios, como o Jabuti e o Pen Club. Em 1965 publica *O senhor embaixador*, ambientado num hipotético país do Caribe que lembra Cuba. Em 1967 é a vez de *O prisioneiro*, parábola sobre a intervenção dos Estados Unidos no Vietnã. Em plena ditadura, lança *Incidente em Antares* (1971), crítica ao regime militar. Em 1973 sai o primeiro volume de *Solo de clarineta*, seu livro de memórias. Morre em 1975, quando terminava o segundo volume, publicado postumamente.

Obras de Erico Verissimo

Fantoches [1932]
Clarissa [1933]
Música ao longe [1935]
Caminhos cruzados [1935]
Um lugar ao sol [1936]
Olhai os lírios do campo [1938]
Saga [1940]
Gato preto em campo de neve [narrativa de viagem, 1941]
O resto é silêncio [1943]
Breve história da literatura brasileira [ensaio, 1944]
A volta do gato preto [narrativa de viagem, 1946]
As mãos de meu filho [1948]
Noite [1954]
México [narrativa de viagem, 1957]
O senhor embaixador [1965]
O prisioneiro [1967]
Israel em abril [narrativa de viagem, 1969]
Um certo capitão Rodrigo [1970]
Incidente em Antares [1971]
Ana Terra [1971]
Um certo Henrique Bertaso [biografia, 1972]
Solo de clarineta [memórias, 2 volumes, 1973, 1976]

O TEMPO E O VENTO

Parte I: *O Continente* [2 volumes, 1949]
Parte II: *O Retrato* [2 volumes, 1951]
Parte III: *O arquipélago* [3 volumes, 1961-1962]

OBRA INFANTO-JUVENIL

A vida de Joana d'Arc [1935]
Meu ABC [1936]
Rosa Maria no castelo encantado [1936]
Os três porquinhos pobres [1936]
As aventuras do avião vermelho [1936]
As aventuras de Tibicuera [1937]
O urso com música na barriga [1938]
Outra vez os três porquinhos [1939]
Aventuras no mundo da higiene [1939]
A vida do elefante Basílio [1939]
Viagem à aurora do mundo [1939]
Gente e bichos [1956]

Copyright © 2007 by Herdeiros de Erico Verissimo
Texto fixado pelo Acervo Literário de Erico Verissimo (Alev) com base na edição princeps,
sob coordenação de Maria da Glória Bordini.

CAPA E PROJETO GRÁFICO Raul Loureiro

FOTO DE CAPA © Bruno Barbey/ Magnum Photos

FOTO DE ERICO VERISSIMO Leonid Streliaev

SUPERVISÃO EDITORIAL, CRONOLOGIA E TEXTOS FINAIS Flávio Aguiar

ESTABELECIMENTO DO TEXTO Maria da Glória Bordini

PREPARAÇÃO Cristina Yamazaki

REVISÃO Lilian Aquino e Isabel Jorge Cury

*Os personagens e as situações desta obra são reais apenas no universo da ficção;
não se referem a pessoas e fatos concretos, e sobre eles não emitem opinião.*

1ª edição de *Fantoches*, 1932
1ª edição de *Fantoches e outros contos*, 1972
12ª edição de *Fantoches e outros contos*, 1989
13ª edição de *Fantoches e outros contos*, 2007 (1 reimpressão)

Dados Internacionais de Catalogação na Publicação (CIP)
(Câmara Brasileira do Livro, SP, Brasil)

Verissimo, Erico, 1905-1975.
  Fantoches e outros contos / Erico Verissimo ; ilustrações Rodrigo Andrade ;
prefácio Moacyr Scliar. — São Paulo : Companhia das Letras, 2007.

  Bibliografia
  ISBN 978-85-359-1090-2

  1. Contos brasileiros I. Andrade, Rodrigo. II. Scliar, Moacyr. III. Título.

07-6543   CDD-869.93

  Índice para catálogo sistemático:
1. Contos : Literatura brasileira 869.93

[2009]
Todos os direitos desta edição reservados à
EDITORA SCHWARCZ LTDA.
Rua Bandeira Paulista, 702, cj. 32
04532-002 — São Paulo — SP
Telefone: (11) 3707-3500
Fax: (11) 3707-3501
www.companhiadasletras.com.br